幸福御礼

林 真理子

角川文庫
23818

目次

第一章　除幕式

東京駅から東北新幹線で一時間、そこから私鉄の駅を五つ行ったところに河童市《かっぱし》はある。

人口は六万ほどで、この数年は減りもしないし増えもしない。体重計でいえば、六のあたりをいつもピクピク動いている町だ。名産はカンピョウと蒟蒻《こんにゃく》であるが、最近はマイタケの人工栽培も盛んである。

北関東のこのあたりは、言語学的に特殊なところで敬語のボキャブラリィを持たない。また全国書店組合、出版社等の統計でもあきらかなように、日本でいちばん書籍が売れない地帯である。

しかし、秋晴れのその日、公園の中は敬語が飛びかい、人々は一様に本を手にしていた。今日は七期にわたって河童市市長を務めた、大鷹康隆《おおたかやすたか》翁の胸像除幕式が行われているのだ。この日に合わせて刊行された『私の半生』というぶ厚い本も、記念品として人々に手渡された。そこには昭和三十年に初当選して以来、町村合併、駅舎新築、工業団地建設と、苦難と勇気にとんだ翁の政治家としての人生が記録されている。

今年米寿を迎える翁は、足腰がすっかり弱り車椅子《くるまいす》で出席したものの、頭と口はすこぶる元気である。六十代の彼をイメージしたというブロンズ像を眺め、

「本物よりずっと男前だワー」

と叫び人々を笑わせた。こんな時、年寄りがよく口にしそうな冗談ともいえぬ言葉であるが、二百人ほどの人々がどっと笑ったのは、友人代表の衆議院議員がそこにいたのと、翁の長男が現職の市長だからである。

胸像がつくられたほどであるから、翁は名市長とも傑物とも呼ばれているが、その在任期間中に三つの大きなミスを犯したといわれている。その三つのミスは、汚職や財政赤字などではなく、明確なかたちをもって翁の目の前にある。

特に最初のひとつは、巨大なてっぺんの先が来賓のテントからにょきっとはみ出しているのを、今人々ははっきりと見ることが出来る。山をひとつ切り開き、公園と市民ホールをつくったまではよかったのであるが、公園の真ん中に彫刻を置こうと考えたのが、翁にとって取り返しのつかないこととなった。東京の有名な彫刻家が「夢想」と名づけたそのオブジェは、球体の土台の上に、トグロを巻いた三角錐《すい》が横たわっている。今では子どもたちばかりでなく大人さえも「公園のウンコ像」と呼ぶ。あ

まりの製作費の高さと市民の評判が悪いのとで、当時は市議会でも問題となったほどである。彫刻家さえも晩年自分の作品集から削除したあの「ウンコ像」さえつくらなければ、翁はもう一期市長を務め、「日本一の長期市長」になれたのではないかと、今でも地元の者たちはいう。

　そして翁の二つめのミスは、今日のセレモニーのためのマイクの調整をしたり、本を配ったりとこまめに働いている中年男である。彼は『私の半生』の出版元である「大鷹企画」の社長で、タウン誌や小さな広告を手掛けたりしている男だ。本来ならば家族の席であるテントの中に座っているべきなのであるが、受付と一般席の間の非常に微妙なところをうろうろしている。なぜならば彼は翁の愛人が産んだ息子なのだ。市長に出馬するずっと以前に翁は彼を認知し、大鷹姓を名乗らせている。それが在任中に公になった。

　本来ならば大スキャンダルになるところであるが、なにせ敬語もなく本も読まない町である。

「戦争未亡人に同情したのだ」

　という翁の弁解に納得出来る時代でもあった。七年前、翁の本妻が亡くなった後、老いた愛人も籍に入れてもらったが、こちらの方は、

「老後のめんどうを見てくれる人が出来てよかった」

と市民も好意的である。

そして三つめのミスに関しては、おそらく翁は認めないに違いない。それは十一年前、彼が後継者と定めた今の市長、長男の隆一郎《りゅういちろう》である。政治家業を嫌って医者となり、東京の国立病院に長らく勤めていた彼は、父親の勇退によってしぶしぶ市長選に出馬した。翁の威光が輝いていた時であったから、対抗馬は共産党市議がひとりで楽々当選した。そのせいであろうか、六十五歳になった彼は、今でも坊ちゃん気質が残っているのと権高いのとで、えらく市民に評判が悪い。新幹線の駅誘致が潰《つぶ》れたのは彼のせいだという者が多く、次の選挙の時期に翁が死んだら、当選は危ういというのが専らの評判である。

が、『私の半生』はこんなふうに結ばれている。

「それにしても私ほど幸せな人間がいるだろうか。人間としての欠陥を数多く持ち、恥ずかしい失策も犯した。政治家としての歳月も悔いの残ることが多い。それにもかかわらず多くの方々に支持され、河童市のために尽くすことも出来たのである。これからは親子二代、河童市のために生きていこうと長男の隆一郎とあれこれ話すのが、私の何よりの幸せである」

これは例の二番目のミス、愛人の子どもである大鷹明誠《めいせい》がゴーストライターで書いているのであるが、翁の偽らざる気持ちであろう。

とにかく今日はめでたい日である。友人代表の衆議院議員は、式が終わるやいなや早々と黒塗りの車で帰っていったが、人々はしばらく公園に残り、なぜこのブロンズ像が三千万円もかかったのかひそひそ話をしたりしている。今日ここに集まっているのは、半ば強制的に十万円以上の寄付をさせられた人々ばかりだ。このくらいの無礼は仕方ないだろう。

もちろん彼らはその後でテントの下の翁の元へ行き、祝いの言葉を述べる。テントの下には真っ赤な造花を胸につけた人々が九人ほどいた。

まず翁の車椅子の後ろに立つのは、今年七十四歳になる夫人のナミだ。翁がその自伝の中で、

「戦争で夫を失った女性の相談にのっているうち、いつしか愛情が生まれた。これについては亡き妻も理解してくれ、男として本当に幸せだったと思う」

と言葉少なに語っている女性だ。夫人が手にしている布袋が不自然にふくらんでいるのは、溲瓶《しびん》が中に入っているからである。彼女は看護師並みの素早さで、それを夫にあてがうことが出来る。そして長男の大鷹隆一郎市長夫妻。彼らには娘が二人いたが、一人は福岡在住で出産間近、一人はアメリカに赴任した夫に従って渡米中なので出席していない。

そして翁の次女夫妻。市民病院院長をしている次女の夫は、挨拶《あいさつ》も堂に入っている。

市長に負けぬほど知り合いも多く、短い会話の合間には、

「これ、最近どうです」

とクラブを振る真似をするのも忘れない。

おかげで割を喰《く》ってしまうのが、その隣にいる翁の長女春子《はるこ》の夫、大鷹亮二《りょうじ》である。彼とても有限会社「大鷹商店」の社長であり、押しも押されもせぬこの町の名士なのであるが、肥満気味の大鷹一族の中にあって、ひょろりと痩《や》せているのと、頭部が淋《さび》し気に後退しているのとで、どうしても「貧相」という印象を与えてしまう。それより何より「養子」という彼の立場が、こうした華やかなセレモニーの中で突然あぶり出されるのである。彼ら夫婦からやや退《さ》がった場所に亮二の長男志郎《しろう》が立っていた。色白で大柄の彼は、三十六歳という年齢よりもずっと若く見える。いかにも東京ものらしい垢抜《あかぬ》けたネクタイは、二十代の若者が締めるようなものだが、似合っていないことはない。

「やあ、志郎ちゃん」

この町の長老たちが、幼い頃の愛称で声をかけると、彼は見かけよりもずっと折目正しい口調で頭を下げた。

「本日は祖父のために、わざわざありがとうございました」

由香《ゆか》は夫のこうした端正さを見ると、いつもながら裏切られたような思いになる。

いや騙《だま》された、といった方が自分の心を正確に表現出来ると思う。東京でごく普通の青年と結婚したつもりであった。知り合った頃、彼はこう言ったではないか。

「僕のうちは田舎の小さな材木屋だよ。どうってことないうちだよ」

ところがどうっていうことがあったのだ。材木屋は材木屋でも、従業員七十人を有する、昔からの山林持ちである。親戚《しんせき》は医者がやたら多く、おまけに名市長が祖父で、伯父《おじ》は現職の市長なのだ。

「私ってわずらわしいこと嫌いなのよ。地方の名士ぐらいめんどうくさいものはないもの。そういうの好きな女もいるでしょうけど、私は嫌いですから」

はっきりと宣言したにもかかわらず、まずトラブルは結婚当初からあった。籍だけ入れ、友人だけで簡単なパーティーでもしようと考えていた由香は何度も抗議したものであるが、本人たちの意志とは関係なく、途方もなく立派な結納が運ばれてきたのだ。

「そう怒るなってばさ。うちの田舎って、冠婚葬祭が異様なぐらい盛んなんだってば。そんなに人もいないとこなのに、結納専門店もあるんだから。そこの店、改築する時うちの材木使ってくれたからさ、近所づき合いっていうのがあるんだってば。こういう時に買わなきゃ悪いの」

志郎の奇妙な説得で押し切られてしまった。その後、河童市での挙式、披露宴とさ

まざまなアクシデントが続いたが、由香にとっての救いは、

「自分はあの町へは帰らず、一生サラリーマンをやっていく。親や親戚なんていっさい関係ないよ」

と志郎が言い、それが実行されているからだ。とはいうものの、こうした行事の際、由香は河童市へ帰らねばならず、大鷹家の嫁としてさまざまな義務がつきまとう。

さっきも姑《しゅうとめ》の春子に言われたばかりだ。

「ねえ、由香さん、今回は着物で来てね、ってあんなに言ったじゃないの」

「すいません、着物って持ってないんですよ。成人式の時の振袖《ふりそで》が一枚だけです」

「まあ、それは……」

春子は何か言いかけてやめたが、由香は長年の勘で何が言いたいのか想像できる。

「ちょっと配慮が足りないんじゃないの、おたくのお母さん。私は結婚の時に、娘に二棹《さお》ぎっしり着物を持たせたわよ。うちみたいな家に来たら、そのくらいのこと常識でしょう」

が、春子もそう馬鹿な女ではない。場所柄、強い言葉はじっと呑《の》み込み、やさしいいたわりのある声を出す。

「言ってくれれば、私の着物をいくらでも貸したのに。もう派手になった菊の訪問着、あれなら由香さんにぴったりだったワ」

「でも、私、長襦袢《ながじゅばん》も持ってないんです」

「あっそう、それなら仕方ないワ」

　それきり春子は黙ってしまった。

　春子は恰幅《かっぷく》と身だしなみの大層よい初老の女だ。妹と連れ立って一ヶ月に一度、東京の美容室で染めてもらう髪は艶《つや》やかな茶色である。自分で白髪染めを使う地元の女たちとは仕上がりが違う。いつもセットしたての髪といい、小皺《こじわ》をうまく隠す紫のグラデーション付き眼鏡といい、典型的な地方の名流夫人の雰囲気である。

「大鷹商店」専務取締役の彼女は、国際ソロプチミスト河童支部会長、母と子の交通安全協議会会長、「婦人公論」愛読者友の会河童支部代表と、夫よりも多くの肩書を持つ。近くの女子校の卒業生であるから、同窓会理事も頼まれていたのであるが、これだけは断った。なぜなら春子が入学する少し前まで裁縫学校であったその学校は、昔から近隣の成績の悪い娘を収容するところと知られていた。理事などになってなまじ過去をほじくられたくないのだと口さがない者たちは言う。

　ともあれ今日の春子は、不機嫌三分、上機嫌七分といったところであろうか。不機嫌の原因は父の愛人だった女が、この晴れの日、堂々と正夫人として振るまっていることによるものであるが、それも次第に収まってきた。

「腹が立つことは立つが、おかげで老いた父のめんどうを見なくても済む」

という結論に大鷹家の女たちの意見はまとまっているのだ。それに人々の祝辞や賞賛が、正妻のナミよりも長女の自分の方へより多く寄せられることに気づき始めると、春子はだんだん晴れやかな表情になってきた。客がふっと途切れ、彼女は嫁の耳元に口を寄せる。

「ねえ、由香さん、ちょっといいかしら」

春子がこう言った時は、最近始めた趣味の俳句を披露するぞという合図である。

「秋晴れや銅像となった父若く」

「晴れの日の米寿の父に菊香る」

いいですねえと由香は答えながら、帰りの新幹線がもっと早くならないものだろうかと考えている。

河童市にホテルは四つある。そのうち二つはビジネスホテルで、駅前にある味もそっけもないやつだ。車で十分ほどいったところに丸屋《まるや》ホテルという老舗《しにせ》があるが、ここは元々が旅館だったゆえに、ロビーの様子や宴会場がまるで垢抜けない。残りのひとつ、電鉄会社が経営する河童グランドホテルに、最近大きく水をあけられているというのが専らの評価だ。結婚披露宴を挙げるならグランドホテルの方でと、河童市のたいていの未婚女性は答えるという。

が、翁の胸像建立記念パーティーは、丸屋ホテルで行われた。ここの三代目社長は、商工会議所会頭にして、市長の無二の親友と自他共に認めている。今日は社長としてではなく、来賓のひとりとしてスピーチをしたばかりである。

他の客がそうであったように、丸屋ホテルの社長も志郎の姿を見つけるやいなや、大げさに声を上げて近寄ってきた。

「あれー、志郎ちゃん、久しぶりでないカァ」

「お久しぶりです」

「全く見違えちまったなあ。最後に会った時は高校の時カァ」

「ほら、うちの父が市長を退いた時のパーティーですから、もうとっくに勤めてましたってば」

ビールのグラスを持った春子がすばやく答える。このパーティー会場に着いてから姑の春子はぴったり息子に寄り添うようにしている。客の誰かが質問し、志郎が答える。するとそれに気のきいた言葉を春子がつけ加えるのだ。まさに絶妙のコンビネーションだ、などと由香が思うのは、そんな光景を醒《さ》めて見ているからだろう。だがもちろん面白いはずはなかった。

全くこんな時の妻の立場ほど間抜けに見えるものはない。由香は姑と夫と客がつくり出す半円の一歩外にいる。声をかけてくる客はすべて春子の知り合いであり、その三分の一ほどが志郎を知っている。そしてそのうち十分の一ほどの人間が、嫁さんはどうしたと志郎に質問する。やっと由香の出番だ。

「長男の嫁ですワ」

さまざまな感情を抑え込もうとすると、こんな表情になるだろうという春子の笑顔だ。が、たいていの姑はこのような場合、同じように笑うはずである。と、最初は寛容な由香だ。

「おお、こりゃこりゃ」

紹介された客はここで愛想《あいそ》を言おうと肩で軽く息をつぐのであるが、後の言葉がなかなか出てこない。目の前にいるのは、そう美人でもないのっぽの女だ。髪を男のようにショートカットにしているのも田舎の者の理解を超えてしまう。彼らにとって良家の嫁というのは、一目でわかる価値を持たなければならない。つまり美貌《びぼう》で、やわらかくカールをした長い髪こそが、必要最低条件というものであった。

春子には彼らの胸のうちが手にとるようにわかるらしい。相手の顔にはっきりと落胆の色が浮かぶ前に、目には見えない嫁の付加価値を口にするのである。

「嫁は上智出て、いま英語の塾をやってるんですワ」

が、せっかくの春子の意気込みもかなりのパーセンテージで空しいものとなる。

「上智」と聞いてほほうと感嘆するのは、四十五歳以下の連中だ。この町に住む年寄りの頭の中にある大学は、早慶に隣町の国立大学ぐらいである。ジョウチなどと言われても、とっさに意味もわからぬ。またそうした年寄り連中ほど、無遠慮に次の質問を発するのである。

「志郎さんとこ、子どもはもう大きいんだカ？」

　この時春子の微笑は大きく意味を持ったものになる。

「まだおりませんワ」

「あれっ、そうカヨ」

「この頃の若い人は呑気《のんき》ですからねえ、私たちの頃と違って」

　春子もそれなりに気を遣っているのである。〝どうしたのでしょう〟では、あまりにも皮肉めいている。〝何を考えているんだか〟とくると、これはもう悪意以外の何ものでもない。〝呑気ですからねえ〟というのは、それなりの春子のユーモアと気遣いの結晶なのであるが、由香はそのたびに顔がこわばってくる。

　結婚してすぐの時と三年前、由香は二度ほど流産をしている。医師も決して諦《あきら》めることはないと言ってくれたし自分もまだ若いと、由香はのんびりと構えている。何よりも切実に子どもが欲しくないのだ。そんな嫁を見ていて姑《しゅうとめ》は歯がゆくてたまらないらしい。夫の志郎を通じて、それとなくこちらの様子を窺《うかが》うことも何度かあった。が、由香はそのたびにぴしゃりと拒否したものだ。

「そんな夫婦のプライベートなことを、いくらあなたのお母さんだからって聞く権利はないはずだわ。あなた、そういう時はぴしっとはねのけてね」

その時、志郎がどんなふうに言ったか由香にはわからぬが、どうやらその結果が、今の春子の、

「若い人は呑気だから」

という恨めし気な言葉なのである。

子どもは早くつくらなきゃいかんと、さんざん説教がましいことを言って年配の客が離れた後は、今度は女客たちがわっと春子をとり囲む。

「今日はよかったわねえ……。おめでとうございます」

「市長さん、いえ、元市長さんは、相変わらず立派だワ。カクシャクっていうのは、あの人のためにあるんだねえ……」

ソロプチミストの仲間か、それともしょっちゅう会っている「婦人公論」愛読者友の会の女たちであろうか。女たちの身なりは誰もがかなりのもので、着物姿の者も混じっている。

夫の志郎が後ろを振り向いて目くばせした。この連中が春子に近づいてきたということは、宴ももう終わりということに他ならない。河童市は封建的なところがまだ多分に残っている地域だ。最近はパーティーに女たちが出席することはもうあたり前になってきているが、彼女たちが主賓に近づくのは、男客たちがひととおり終わってか

らという不文律がある。大きな指輪をつけ、ラメ入りのスーツを着た初老の女たちも、こうしたルールはちゃんと守る。

女たちと春子とで、この後、遠慮のない立ち話がしばらく続くはずだ。だからひとまずこの場を離れ、ひと息ついてきたらよいと志郎は言っているのである。

由香も軽く頷《うなず》いて洗面所に入った。用を済ませて口紅を軽くつけ直す。自分の唇が見事に〝へ〟の字に曲がっていることに、思わず苦笑してしまった。昔からそうだ。自分の気に添わぬことを一時間以上続けていると、次第に口角が下がってくるのである。よく由香は「無愛想な女」と表現されることがあったが、これも口元が原因だ。とはいっても三十を過ぎてから急に下がってきたような気がして、マッサージを始めたことがある。高いクリームを塗り、毎晩丁寧に上に持ち上げるようにするのだ。

そんな時たまたま幼稚園時代の写真を目にしたら、遊戯をしている四歳の自分の唇が、しっかりと折れ曲がっていて、思わず苦笑してしまったことがある。踊ったり歌ったりするのは今でも大嫌いだが、幼い時もさぞかし苦痛だったのだろう。他の子どもたちが困惑したり、照れたりとそれぞれ子どもらしい表情をしているなか、由香だけがしっかりとカメラを見据えて不満を表明しているのだ。

しかしそんな自分の唇の歴史を人に言ったりする必要はない。いまとりあえず口角を上げないことには、角度と比例して由香の評判は下がるばかりであろう。由香はへンシルを取り出し、それにたっぷりと口紅をなすりつけた。口角に小さな縦の線をひき、それを塗りつぶすようにすると、口角は上がって見える。これはよく女性雑誌に載っているテクニックである。

化粧ポーチをしまおうとして、由香は煙草の箱に触れてしまう。まずいなと舌うちする。うちで吸う分には一向に構わないが、実家に帰った時は我慢してくれと志郎から言いわたされていた。

建立除幕式と、それに続くパーティーにとりまぎれていた煙意とでもいうようなものが、尿意とひきかえに由香にとりついたらしい。

あたりを見渡す。まさか今日胸像が建った人の孫嫁が、トイレの中で煙草を吸うわけにはいかなかった。廊下に出た。女性用トイレを出た右側はおそらく厨房《ちゅうぼう》へと続いているのだろう。金屏風《きんびょうぶ》で廊下の半分は遮られているが、そこからソファの足がちらりと見える。人影もない。いっぷくするにはなかなかよさそうなところだ。

ハンドバッグからマイルドセブンを一本取り出した由香は、そこでどきりとする。屏風の陰に、一人の男がぐったりと座っていたからだ。人の気配に男も顔を上げる。

「あ、伯父《おじ》さん」

さっきまで翁の車椅子《くるまいす》の傍で、客たちから祝辞を受けていた市長の隆一郎ではないか。胸板の厚いがっしりとした体つきで、高い背広であればあるほど着映えのするといったタイプの男だ。その彼が腰を深く埋《うず》め、背中を丸めるようにして座っている図は、見るものを一瞬ひやりとさせるほど哀《かな》し気に老いていた。

「なんだ由香ちゃんか……」

彼は心から安堵《あんど》の表情を見せる。めったに話をしたこともない夫の伯父であるが、そのほっとした顔つきに由香は初めて身内の連帯感をもった。

「お疲れなんですね」

うまく煙草をハンドバッグの中にするりと入れた。

「ああ、いま何だか急に気分が悪くなってね。ここで休んでた」

「伯母《おば》さん、呼びましょうか」

「あ、いい、いい」

隆一郎はとたんに勢いよく右手を振った。

「心配するといけないから呼ばんでいいワ。もう俺《おれ》もすぐ戻るから」

「そうですか」

由香はどうしたらいいものかと、かすかに身をよじる。それじゃと、すぐにここを立ち去った方がいいのであろうか。が、それではあまりにもそっけなさ過ぎるような気がする。伯父のこのだらしない座り方には、どこかタガがはずれた異様なものを感じるのだ。式とパーティーとで彼は二回挨拶《あいさつ》をした。〝お高い〟と市民には評判が悪いらしいが、とりつく島もない端正さはそれはそれで立派なものである。医者から市長へと、人から頭を下げられるだけの人生をおくった人独得の傲慢《ごうまん》さも、ステージで見る分には威厳というものだ。あのライトを浴びていた市長と、目の前の首をがくっと落とした老人とは本当に同一人物なのだろうか。

おそらく由香はまじまじと隆一郎を見つめていたらしい。相手はそのことに気づいた。

「由香ちゃん」

顔を上げる。目が意志と力を持ち始め、はっきりとこちらを睨《にら》んでいる。

「このこと誰にも言わんでくれや」

「そんな……」

「人に伝わると何て言われるかわからん。いいか、春子にも言わんどいてくれ」

そして彼は立ち上がった。よろめくかと思ったが、そんなことはなかった。金屛風から出ていく時は胸さえ張る。そんな伯父の姿を由香はしばらく呆然《ぼうぜん》と見つめるのであった。

誰にも言うな、と言われたが夫は別であろう。帰りの新幹線の中で、由香は昼間見た伯父の姿を告げた。

「ふうーん、そんなこともあるだろうな」

ビールを片手にサキイカを齧《かじ》る志郎はこともなげに言った。河童市をひとたび離れると、いつものようなのんびりとした夫である。

「あのさ、うちのお袋もよく話してたよ。政治家っていうのは、とにかく健康がイノチみたいなんだってさ。あの議員は疲れてるとか、入院したなんていう噂《うわさ》をたてられたら政治家生命はお終《しま》いなんだってさ。だから伯父さんも、椅子に座ってるとこ、人に見られたくないのさ」

「ふうーん」

「ほら、政治家っていうのは、パーティーからパーティーへって、正味十分ぐらいしかいないだろ。あれは案外疲れないためかもしれないな。ほら、長居するとすぐ座りたくなるだろ。それよりは自分の車でゆっくり座って移動した方がいい」

「なるほどねえ。ま、私らには関係ない話だけどさ」

由香はため息をついてマイルドセブンを取り出す。いちばん端に昼間吸いそこねた一本がややくたびれてあった。

「おい、よせよ」

志郎がぐいと身を近づけてささやいた。

「河童市からさ、乗ってる人がいないとも限らないんだぜ。君が新幹線の中で煙草吸ってたって言われたらやっぱりまずいよ」

「あのさ、いったい誰が私を知っているっていうワケ」

由香の抗議は、いつにない志郎の押し殺した声に負けそうになる。

「こっちは知らなくてもあっちは知ってる。それが僕たちの立場なんだよ」

「だから煙草吸って何が悪いのよ。それにもうここは東京よ。もう私のお務めは果たしたわよ」

由香は強引に火をつける。そしてそれは彼女の大っぴらに吸うことが出来た煙草の、残り少ない一本となった。

由香は自宅で子どもたちに英語を教えている。ある教材会社がチェーン展開している教室に申し込んだところ、すぐに採用されたのだ。上智大学を出たというと誰でも英語が出来るように思われるが、専攻した学部によってかなり差がある。由香の卒業した心理学科はこれといって英語で行う講義もなかったが、在学中に知り合った帰国子女や外国人留学生のおかげで、かなりのレベルまで喋《しゃべ》れるようになった。

特にステファンによる功績は大きい。ステファンというのはオーストラリアから来た学生で、かつての由香の恋人である。もう円がかなり強くなり始めた頃であったので、留学生の生活は困窮を極め、ステファンなどは毎日学食でトーストとコーヒーだけの昼食というみじめさだった。

由香はこうした男にひどく弱い。男が寒々とした格好をしていたり、空腹らしい様子を見せるとそれだけで胸がじいんと痛くなる性格である。

「あなたも私みたいに男で苦労するよ」

と母の三枝子《みえこ》に言われるまでもなく、由香はステファンに貢ぎ始めた。ステファンが卒業する最後の一年間は、ほぼ同棲《どうせい》状態だったといってもいい。

その頃、上智の学生に非常に人気のあったアルバイトは、ホテルニューオータニの上にあるクラブのウエイトレスであった。ここの制服は太ももまで見えるようなスリット入りスカートだ。これを着ると誰でも美人に見えるらしく、クラブを接待に使う若きエグゼクティブたちに声をかけられるというメリットがある。何よりも時給が抜群によかった。ステファンとの二人の生活のために由香は、ここでアルバイトを始めた。「愛敬《あいきよう》がない」とよく非難がましく言われる由香であるが、ここのクラブは高級であったために、格別の問題もなく日は過ぎていった。

背の高い由香はスリット入りのスカートがなかなか似合い、これもアルバイトが長続きした理由だ。

働き始めて二年めのクリスマスにバンドが入れ替わった。そこでギターを弾いていたのが成城大学七年生の志郎である。その頃彼の体は大鷹家独得の肥満のきざしはまだ見えず、腰のあたりも少女のようにほっそりしていた。由香はこうした「寒々しい」男が何とも言えず好みである。いちばん年若の志郎はいいように先輩たちにこきつかわれ、重たい荷物もひとりで運んだりする。由香はそういう彼を見るとせつなさのあまり鼻がぐずっと鳴ってしまう。店がひけた後、深夜までやっている喫茶店に誘い、スパゲティを奢《おご》ったりしているうちにつき合いが始まった。

ステファンは、といえば彼はその頃、念願の外資系銀行に高給で採用され、会社が借り上げているマンションへと引っ越していった。ごく儀礼的に結婚の話も出たことは出たが、その時は由香の心がすっかり冷めていたのである。

それに反して自分でも不思議に思うほど志郎とは続いた。ようやく大学を卒業した彼がミュージシャンの道を選ばず、普通のサラリーマンになった時はかなりがっかりしたが、志郎のギターは恋人の由香が聞いてもあまりうまくなかったので仕方ないことだとすぐに諦《あきら》めがついた。

そして志郎の勤め先はさえない製菓会社である。老舗《しにせ》は老舗であるが、このところこれといったヒット作はなく、テレビのCMで見ることも少なくなった。大学に七年も行っていればこの程度の就職先であろうと由香は納得していたのであるが、いつのまにかクラスメイトたちから、

「貧乏クジの由香」

と言われ始めているのを知った。彼女たちは上智というブランドをひっ下げて、皆、

それなりの相手を見つけていく。

「由香って本当に欲がないっていうか、男の好みが屈折してるんだから」

とさんざん揶揄《やゆ》されたものであるが、彼女たちがいっせいに口をあんぐり開けたのが由香の披露宴の時であった。一流ホテルの宴会場で聞く志郎の経歴は、「大学へ七年通った」「元バンドマン」といったものを完璧《かんぺき》に覆したのである。地方の金持ちの親、元市長の祖父、現職市長の伯父《おじ》、そして市民病院院長の義理の叔父《おじ》……そう言われてみれば目鼻立ちがちんまりとしている志郎の風貌《ふうぼう》はいかにも御曹司《おんぞうし》らしく、おっとりとして見える。

「なんだ、そういうことだったのね」

などと女友だちに言われた時、ウェディングドレスの由香は屈辱に震えたものだ。これではまるで「玉の輿《こし》願望」を持つ世の中のアホな女たちと一緒ではないか。

自分は何も知らなかったのだ。自分が愛したのはあの細い腰をして、深夜喫茶の赤いスパゲティを美味《おい》しそうにすすっていた志郎なのだと、由香は何人の友人に訴えたことだろうか。

あれから十年がたち、そんなことは胸の中のつぶやきにもならなくなった。ただ志郎の郷里へ帰った後は、しばらく昔のことを思い出したりする。根っからの風来坊などいやしない。みんなそれぞれ郷里があり、係累というものが存在しているのだということを考えたりもする。

そしていま由香はボードをつくっている。親会社から今月の教材として送ってきたものは家族に関するテキストで「ファーザー」「マザー」「ブラザー」「シスター」という単語の上には大人や子どもの絵が描かれている。これを子どもたちに持たせ、家族を紹介する。構文を覚えさせていくのだ。

「シイ・イズ・マイ・マザー」

ボードを持ってつぶやいてみる。英語教室教師の採用の時、AとOの発音がちょっとおかしいと言われたものだ。オーストラリア男とつき合っていた頃の名残であるが、今はそれも完全に直った。

「シイ・イズ・マイ・マザー」

ボードに描かれた女は、金髪に青い目という悲しいまでにステレオタイプの外国人の女だ。が、仕方ない。これは英語教材なのだから。そして無意識に由香はある一言をつけ加えている。

「シイ・イズ・マイ・マザー・イン・ロー」

〝法律上の〟という単語を加えただけで、マザーという言葉はいっぺんに冷ややかで硬質なものに変わる。由香は姑《しゅうとめ》の春子を思いうかべた。

今のところこれといった被害もない。河童市は遠いところにある。帰郷すれば小さなトゲがいくつか刺さるが、それも新幹線に乗り、家に帰ってくれば癒《いや》される。ほんの二、三日我慢をして、自分はまたこの部屋に逃げ込めばいいのだと由香は思う。

マンションのリビングルームはぬくぬくと暖かく、窓から入る秋の陽ざしはまっすぐ清潔であった。由香は子どもたちに配るキャンディをラップし、リボンで結び始めた。

その電話がかかってきたのは、ちょうどレッスンの最中であった。五人の子どもたちが車座になり、ボードを交換しながら英語で家族を紹介している。

「ディス・イズ・マイ・マザー」

「ディス・イズ・マイ・ファーザー」

ちょっと待っててねと断って、由香は受話器を持った。雑音でよく聞き取れない。

「もしもし、私です」

「あ、お姑《かあ》さま」

「いまね、新幹線からかけているのよ」

「そうですか」

姑の春子が新幹線に乗るのはそう珍しいことではない。おしゃれな彼女は都心のホテルにいきつけの美容室があり、そこに月に何回か通っているのだ。しかし郊外の息子夫婦のところへ寄ることはあまりなかった。

「あの、志郎の会社にも連絡しときましたけど、今日の六時にはそこに着きますから」

「はあ……」

「大切な話があるのよ。あのね、夕食はそこでとるワ。出前でいいから用意しておいてちょうだい」

それだけ言って電話は切れた。後には不快さと不安が残される。姑がこれほど命令口調になるのは珍しいことだ。珍しいことだからと言って受け容《い》れるわけにはいかない。何か重大なことが起こったのだろう。それにしても春子が直接夫の会社に電話をしたのは腹が立つ。こういうことは自分が取り次いで、それから夫の会社に電話をかけるのが本筋というものだろう。

「ちょっと待ってて。これを見ててね」

教材のビデオをセットして由香は隣室に入った。夫の会社の電話をまわす。覇気のある会社とそうでない会社というのはここまで違うのだろうかと、いつも感心するほど眠たげな交換手の声だ。

「もしもし、販促課の大鷹をお願いします」

繋《つな》がるのも遅い。志郎の声がもしもしと告げた時、由香は前置きなしでいきなり喋《しゃべ》り出していた。

「いま、お姑さまから電話あったわよ」

「僕のところにもあった。お昼過ぎだ」

由香は唇を噛《か》む。どうやら春子は新幹線に乗るずっと以前に電話をしたらしいのだ。ついつっけんどんになった。

「夕食をうちで、って言われたけど、今から言われても困るわ」

「だから出前でいいんだってば」

故意にめんどうくさそうな声を出す志郎だ。

「ねえ、話って何なのかしら」

「会って話すって言ってたけど、もしかすると姉貴のことかなあ。多分そうだよ」

志郎の姉の貴代子《きよこ》は夫の赴任地大阪に住んでいる。四人という最近珍しいほどの子福者《こぶくしゃ》であるが、夫との仲が大層悪くてしょっちゅう離婚話が持ち上がっているのだ。何だかんだでもめて、先日の建立除幕式も夫婦揃《そろ》って欠席したぐらいである。

「そうか、いよいよかあ……」

由香はとたんにやさしい気分になる。義姉の離婚となったら話は別だ。夕食の時にゆっくりと姑の愚痴を聞くぐらい何ともない。

「わかったわ、じゃ私、買い物に行って簡単に何かつくるわ」

先ほどよりもずっと晴れやかな思いで由香は受話器を置いた。春子そっくりの切れ長の目をした貴代子に、これといっていい思い出がない。小姑の離婚話というのは、何とはなしにこちらを浮きたたせるものがあると、由香は一瞬思い、そんな自分をほんの少し恥じた。

春子が家に着いたのは六時を二十分過ぎていた。駅からのタクシーがなかったという。

「すいませんねぇ、志郎さんが帰っていたらすぐに車でお迎えに行ったんですけどねぇ」

「いいのよ、いいのよ。一日中働いていた人をとても使えないワ」

こういう言葉を嫌味ととるようでは、とても嫁としてやっていけないと、この頃由香は考えるようにしている。ひとつの言葉は虹《にじ》のようにいくつかの色を持っているものだ。それだったらば、いちばん自分の気に入っている色だけを見るようにすればよいのである。

「でもお姑さま、今回はいろいろ大変でしたね」

由香の差し出す紅茶を受け取りながら、春子は意外そうに目をしばたたかせる。

「あれ、由香さん知っていたワケ？」

「あの、薄々と、何となく志郎さんから……」

由香は目を伏せた。これはご愁傷さまで、と言う時と同じマナーだ。

「そう、じゃあもう志郎は覚悟してるってわけね」

しみじみとした春子の声だ。

「そりゃもう、前から心配はしてましたもの」

「私はね、そりゃあびっくりしたワ。だって聞いたのは突然だったもの」

ハンカチを取り出し涙を拭《ふ》く。貴代子夫婦の正月におけるいがみ合いを見なかったのかと、由香は少々鼻白む気持ちとなった。

「でもお、前からそんな予感はありましたよ」

「そう、離れていた由香さんたちにはわかってたんだワ。私はまだ覚悟が出来てなくてね」

「だって、あれだけすごい喧嘩《けんか》を見れば、誰だってわかるじゃありませんか」

「へっ」

春子はきょとんとした表情になる。

「あなた何のことを言ってるの」

「何のって……」

お義姉《ねえ》さんの離婚のことでしょう、とはどうも言いづらい。由香はもじもじと身をくねらせた。その時、部屋のチャイムが鳴ったのは何という幸運であったろうか。

「あ、志郎さんです」

玄関先でカバンを受け取りながら、由香はすばやく打ち合わせをしようとしたのであるが、時は既に遅かった。

由香が振り向くとそこに仁王立ちになっている春子がいた。紫のグラデーション入りの眼鏡が真上のライトを浴びてキラキラと光っている。

「志郎さん」

彼女はおごそかに問うた。

「もう覚悟が出来てるんですってね」

「まあね」

意味を勘違いしたまま頷《うなず》く志郎に、春子は満足気に頷き返す。

「そう、隆一郎伯父《おじ》さんの後を継ぐのは自分しかいないって、もうわかっていたのね」

「えーっ」

夫婦揃って大声を上げた。

「だってあなたたちは知っていたんでしょう。伯父さんがガンでもう駄目だっていうこと」

「いったいどういうことなのか、お姑さま、順序立てて説明してくださいよ」

思わず由香は叫んでいた。すっくと立っている春子の背後から得体の知れない黒いもやが漂い始め、それが部屋を覆いつくすかのようだ。

「ちょっと座ってくださいよ」

春子がこれほど背が高い女だったかと驚く。着ているスーツこそ見慣れないものだが、眼鏡といい橙色《だいだいいろ》の口紅といい、いつもの春子だ。それなのにこの威圧感はどうしたことであろう。

「草間《くさま》の伯父さんがもう長くないのよ」

腰をおろしたとたん、春子は野太い声を出した。草間というのは春子の兄の隆一郎が住んでいる場所だ。普段は「市長が」と呼んでいるのに、こうした身内の呼び方をするのは、彼の死が真実に近いことを表している。

「そんな、だって伯父さん、先月の胸像が出来た時のパーティーじゃ、元気に挨拶《あいさつ》してたじゃないか」

「それがあの後すぐ、胃ガンが見つかったのよ。前から胃が痛い、痛いって言ってたんだけど、医者の不養生っていうやつだったのね」

由香はパーティーの日、物陰でぐったりと座り込んでいた隆一郎の姿を思い出す。すべてをかなぐり捨てたような疲れた様子だったが、あの時もう病魔は彼の体に巣くっていたのだ。

「そんな、馬鹿な。伯父さんは人間ドックとか受けていなかったの」

責めるような志郎の声だ。幼い頃は伯父に大層可愛《かわい》がってもらったという彼は、由香とは全く違う反応を見せる。何よりも先に怒りがこみ上げてくるらしい。

「早期に発見してもらえば、今の医学じゃいくらでも助かるだろ」

「それがねえ……」

春子は眼鏡をはずして涙を拭き始めた。老眼のそれだから、はずしたとたん目が二分の一の大きさになり、ぐっと彼女は老けて見えた。

「レントゲンにも写らない、いちばんわかりづらいところに巣くってたっていうのよ。もう手術も駄目で、後は抗ガン剤をうつだけだって……」

「それにしても、いろいろ手をつくす方法はあるだろ。伯父さんは慎重な性格じゃないか。どうして自分の体のことに気をつけなかったんだろ」

「政治家にとっちゃ、病気は命とりだからねえ、ヘンな噂《うわさ》を立てられないためにも、あんまり病院へ行けないのよ。今だってあの人は、腰痛のために入院っていうことになっているんだワ」

「そんな……」

由香はため息が出る。座り込んだ姿を見られた自分に、

「絶対に人に言わないでくれ」

と言った伯父の濁った目を思い出した。記憶の中でそれはもはや死者の目となって

いる。

そして春子はまるで宣誓するように高らかに声を上げた。

「あと半年ぐらいだって言われてるワ」

長い沈黙があった。キッチンからシュンシュンとかすかな音が聞こえている。シチューを煮ている多重鍋《なべ》の音だ。

「だからね、今のうちに準備をしとかなきゃいけないのよ」

突然春子は顔を上げる。眼鏡の紫がまたきらりと光る。

「他の人たちは誰も知らないの。伯父さんの病気を知っているのは私たち家族だけよ」

〝家族〟という言葉を春子は力を込めて発音した。

「だから今のうちに急いでことを進めなきゃいけないんだワ」

「あの、急ぐって何を急ぐんですか」

「そりゃあ、志郎の立候補をですよ」

「えーッ、ウソーッ」

思わず学生言葉が口から出た。ウソーッと叫んだのは何年ぶりであろうか。しかしこの直接的なミもフタもない言葉が今の由香にはいちばんぴったりとくる。

「お姑《かあ》さまったら、冗談ばっかり」

由香は笑いながらソファにそりかえる。そしてぞっとして夫の顔を見た。何と志郎は笑っていないのだ。一緒に「ウソーッ」と叫んでくれると思っていた夫は青ざめた顔をして、テーブルの一点を見つめている。

「ね、志郎ちゃんも大鷹の家に生まれていればそれなりの覚悟もあったでしょう。伯父さんのところは二人とも娘なんですもの。あとを継ぐのは志郎ちゃんしかいないんだワ。ね、わかるでしょう。大鷹の家にとって、政治は家業なんだから」

春子は〝家業〟に独得のアクセントをつけるのであるが、混乱している由香にはわからない。

〝カ行〟とはいったいどういうことであろう。カ・キ・ク・ケ・コの教えか。

カミツクナ

キラウナ

クルシムナ

ケムタガルナ

コイスルナ

あぁ、自分はいったい何という馬鹿なことを考えているのだろうか。今ある状況は現実ではない。姑《しゅうとめ》はおかしなことを言っているのだ。ここはひとつ大きな声で笑って、彼女を現実に引き戻さなくてはならない。

「あー、おかしい。笑っちゃう」

しかしこれは全く裏目に出た。由香の笑い声は空しく居間に拡がり、彼女の元に返ってきた。由香は自分の笑い声の残響を持て余し、ひとりとり残される。

「ねえ、お姑さま、冷静に考えてくださいよ。志郎さんがどうして政治家になれるんですか。普通のサラリーマンやってる普通の人ですよ。なれるはずないでしょう。そんなタマじゃないわよ」

しまったと舌うちする。また〝タマ〟などという下品な言葉をうっかりと使ってしまった。しかし春子はそのことに気づかないふりをする。

「由香さん、自分の夫のことをそんなふうに言ってはいけないワ。私はね、ずうっと政治家の娘をやってきた人間です」

ここで春子は胸を張った。

「その私が見て、志郎なら出来ると思ったから、こうして東京にやってきたんじゃないの」

由香はこの時初めて、夫がさっきからずっと沈黙を守っていることに気づいた。急に腹が立ってくる。

「あなた、何か言いなさいよ」

脇腹《わきばら》を思いきり叩《たた》いたら、春子がすごい形相でこちらを睨《にら》んだ。

その志郎は大きく鼻で息をした後、不貞腐《ふてくさ》れたように言った。

「そんなこと、急に言われたって困るよ」

「そりゃ、そうですとも」

春子はここでにっこりと微笑《ほほえ》んだ。三分前まで泣いていた人とは思えないほどの笑顔である。

「志郎ちゃんにも今まで築き上げてきた人生っていうものがあるんだから、そんなすぐに返事は出来ないでしょう。あたり前だワ。だけど時間がないのよ。伯父《おじ》さんのニュースはおそらく来週には皆に伝わるはずよ。そうしたら皆がざわざわと動き出す。その時にこちらがぐらついていたら、あっちの思う壺《つぼ》なのよ。わかるでしょう」

「いったい誰が出そうなんだ」

「助役が出るかもしれないわね。それから絶対確実なのが丸屋ホテルの社長だワ」

祝賀パーティーの会場となったホテルの社長で商工会議所会頭、市長の無二の親友と言われている男の顔を、由香はどうしても思いうかべることが出来ない。

「まあ、共産党も立てるでしょうけど、これは年中行事みたいなものだから」

「丸屋の社長は絶対なのか」

「そりゃそうですよ。十一年前の市長選の時も相当色気を見せてたんですもの。今度はやるでしょう」

由香は呆然《ぼうぜん》と二人のやりとりを聞いている。いったいどうしたことだろう、この会話は。志郎が真剣な表情で質問し、春子がそれにてきぱきと答える。二人の間にはもはや緊迫感といったものまで生じているのだ。

「志郎ちゃん、三日だけ待つわ」

　春子は立ち上がった。

「三日後に私に電話をちょうだい。すぐに私は上京してくるから」

　六十代とは思えない身のこなしで、春子はすばやくコートを手にとる。入ってきた時とはうって変わって、どこかうきうきとした調子があるのを由香は見逃さない。

「あ、お姑さま、夕食を」

　由香はあわてて後を追ったが、いまこの世でいちばんしたくないことは、姑とシチューを食べることだと思った。もしひと口でも食べたらただちに吐いてしまいそうだ。そんな嫁の心に気づいたわけでもないだろうが、春子はきっぱりと断ってくれた。

「今からだったら新幹線に間に合うから。私がくどくど言わなくても、志郎はよおくわかっているみたいだから、嬉《うれ》しい」

　由香は確かに聞いた。最後の〝嬉しい〟を春子はまるで娘のように発音したのだ。

「ねえ、いったいどういうことなの」

　エレベーターまで送って戻ってきた時も、志郎はさっきと同じ姿勢でソファに座っている。こいつにもシチューを食べさせるものかと由香は決心する。

「ねえ、どうしてすぐに断ってくれなかったの。あれじゃお姑さま、へんな希望を持ってしまうかもしれないじゃないの」

「だって仕方ねえだろ」

やくざな口調になるのは、志郎が腹を立てている証拠である。

「今、お袋にオレがギャーギャー言ってみろ、収拾がつかなくなるじゃないか。ここはおとなしく聞くしかないだろう」

安堵《あんど》のあまり由香は涙ぐみたくなってくる。なあんだ。夫はちゃんとわかっているではないか。いったん興味を示してみせたのは、母親をおとなしく帰らせる作戦だったのか。由香はキッチンに入り、シチューの鍋をとった。ふとやさしい気分になって夫に声をかける。

「ねえ、志郎、ワインでも開けよか」

「いらねえよ」

ごろりと体をソファに倒す。いつにない夫の傲慢《ごうまん》な態度に由香は一瞬むっとするが、すぐに思い直した。あまりの出来事に志郎も興奮しているに違いなかった。

シチューをかきまわし始めた。少し時間がたち過ぎて、ジャガ芋もニンジンもとろとろに溶けている。が、このくらいやわらかい方が夫の好みだ。シチューの湯気を浴びているうちに、由香はやっと平静さを取り戻した。

「私さ、政治家っていうのがこの世でいちばん嫌い。エラそうにしていて、お金に汚くって、それでスケベでさ。あれってもうはっきり言って衰退産業じゃない。だからさ、ろくな人材が入ってこないのよね。ねえ、そう思わない」

サラダのレタスもむしる。由香は次第に朗らかな気分になってくる。

「よくさ、大学の先生とかが政治家になるじゃない。そうするとさ、声も顔も変わってくるんだよね。政治家菌に冒されちゃうのよね。あの菌にとりつかれるとさ、女は男みたいな顔になるしさ、男は小太りになって顔がギラギラしてくる。どっちとも声は太くなるしさ、口は曲がってくるし、ああ、イヤだ、イヤだ」

出来上がったシチューとサラダをダイニングテーブルに運んだ。

「ニュース番組見ててもさ、すぐにチャンネル変えたくなるような顔ばっかりじゃん。ホントにおっかないよね。政治家菌だよ。いっちゃ何だけど、おたくのお姑さんもちょっと冒されてるとこあるよね」

「うるさいな」

志郎の声に由香は驚いて振りかえる。ソファの上で半身を起こした志郎は、確かにこちらを睨みつけているのだ。

「うるさいな、オレが考えている最中にゴチャゴチャ言うなよ」

盆を放り落としそうになるのを、かろうじてテーブルの上に置いた。

「考えるって、いったい何を考えることあるのよ」

「オレだって大鷹の家の男として、ちっとは考えなきゃいけないことがあるんだよ。それを横からああだ、こうだ言って。政治のことを何も知らない奴《やつ》がエラそうに言うなってば」

「志郎、まさか……」

夫は本当にこちらを睨んでいると由香は思った。この目は憎悪に満ちている目だ。私は憎まれているのだ。が、いったい、何のために。

「まさか、市長になりたいわけじゃないよね」

「うるせえな。わかんないから考えてんだろ」

「まさか、まさか……」

由香は後ずさりし、かかとが壁に触れた。そして思いきり大きな声を上げた。

「もしもそんなことしたら、私は別れるからね、絶対に離婚だよ。脅しじゃないからね、私は本当に別れるよ」

由香と志郎との間に、奇妙な沈黙の日々が始まった。夫婦喧嘩《げんか》の時と違うのは、必要最低限の言葉は交わすことであろうか。

朝、出かける時に由香はこれだけは尋ねる。

「夕飯どうするの」

いくら不景気の会社といっても、販促の仕事をしていれば、週に一度や二度は打ち合わせや接待で飲んでくることがある。あらかじめ夕食がいるかいらないか、予定を申告するのが結婚以来のならわしであった。以前春子が泊まった際に、そのありさまを見て、

「まるで昔の下宿屋みたいね」

と皮肉られたことがあるが、当然過ぎるほど当然のことではないかと、由香は思っている。いくら家で出来る仕事といっても、自分は大層忙しいのだ。送られてくる英語塾の指導要領を研究したり、読みたい本もたくさんあるから、志郎の不在の夜は大歓迎である。どこに出かけるというわけではないが、一人ならばパンを齧《かじ》ったり、スパゲティを茹《ゆ》でたりと夕食を簡単に済ますことが出来る。

春子が訪れたあの夜以来、夫婦の仲はかなりぎくしゃくしていたから、もとより食事はつくりたくない。だからぶっきら棒に、いつもよりも儀礼的なものを込めて由香は質問したのだった。

「夕飯どうするの」

その時、志郎はつうと目をそらした。靴箱の上のレースドールを見ながら言った。

「いいよ、今日は早退《はやび》けして河童へ行くつもりだから」

ちょっと、それはどういうことよ、と由香はとっさに叫ぼうとしたが、うまく声が出てこない。朝のこんな時に議論を始めたら大変なことになるという心のブレーキが働いたのだ。その隙《すき》をついて、志郎はきっぱりと宣言する。

「やっぱり心配だから、隆一郎伯父《おじ》さんのお見舞いに行くことにするよ。もしかすると泊まるかもしれない」

見舞いと言われたら、由香は抗議することも質問することも出来ないではないか。夫が行ってくるよと玄関のドアを閉めてから、由香は猛烈に腹が立ってきた。春子がやってきて、もうじき死ぬことになっている伯父のかわりに選挙に出るようにと懇願してから、もう四日がたつ。春子が返事をくれと決めた期限をもう一日過ぎてしまったが、その間、このことについて夫婦がきちんと話し合わなかったのは確かに不自然なことであった。しかし春子が帰った直後のような争いを由香はもう繰り返したくないのだ。それにあそこまで言ったのだと、由香は記憶をたどる。

「もしあなたが選挙に出るんだったら、私はきっと離婚するわよ。絶対に別れるからね」

あそこまで脅してやったのだ。由香は夫の性格を知りぬいているつもりだ。のんびりと鷹揚《おうよう》なように見えても世間体を気にする気の小さいところがある。離婚など出来る男ではないのだ。離婚を怖がる男に、どうして政治などというものが出来るだろうかと、由香は志郎に対してかなり見くびっているのであるが、それでもやはり腹が立ってくる。

どうして志郎は伯父の見舞いに行くのに自分を誘ってくれないのだろうか。今まで河童に帰る時は、いつもしつこく自分を誘っていくではないか。春子に選挙のことを断るとしても、それは妻の自分の目の前でやってほしい。それが選挙などと突然驚かされた自分に対する礼儀というものだ。

由香はコードレス電話を手にとった。学生時代の友人に話してもよいのであるが、彼女たちに夫の実家のことは説明しづらい。なぜならば結婚披露宴以来、友人たちは「玉の輿《こし》」などと誤解しているから、選挙のことなど話すと、却《かえ》って由香の自慢話ととられかねないのだ。

母の三枝子の電話番号を押していたが、ここに相談することは由香の場合、非常に珍しいことである。子どもの頃から由香は、母親にあれこれ自分のことを話したことはない。母子でそんなことをするのは恥ずかしいという由香の美学に加え、とにかく忙しい母親であった。由香が小学生の頃に両親は離婚しているが、幸い母の三枝子の家に多少の財産があった。祖父と祖母が競争で可愛《かわい》がってくれたから、みじめな思いをしたことは全くない。三枝子は以前、化粧品の訪問販売をしていたが、現在は下着を手掛けている。決して口八丁手八丁というタイプの女ではないが、何を売っても成功して、今では部下を何人か持つ埼玉の大宮支部の所長である。年間成績優秀者ということで、おととしはパリへ研修旅行に連れていってもらったほどだ。

こんな三枝子だから家になどいるはずもなく、営業所に何度かかけ、やっとつかまった。

「ハルコさんが、突然おかしなことを言い出したのよ」

姑《しゅうとめ》のことを実の母に話す時、由香の場合〝ハルコさん〟である。〝お姑《かあ》さま〟と言うのはそらぞらしいし、〝あの人〟と呼ぶほど意地悪くもない。ハルコさんという呼び名には、そこはかとないユーモアが漂っていると思うのは、やはり母に告げ口する時の由香の言いわけというものだろう。

といっても忙しい母への告げ口は、自然と早口で簡略になっていく。由香は手際よく四日前のことを話した。

「おまけに今朝、伯父さんのお見舞いへ行くって言うのよ。私、カーッとしちゃって。何だか急にコソコソし始めちゃって。私、すっごく嫌なの」

「なるほどね」

電話口で頷く三枝子の背後から、重なって電話の音が聞こえる。

「私もね、あんたの結婚前、あっちの家の事情聞いた時、ちょっと嫌な予感してたけどね」

「えーっ、そんなもんあったの。だってうちの夫はただのサラリーマンよ。いくらお祖父《じい》さんや伯父さんが市長してても関係ないじゃないの。将軍さまのお世継ぎじゃあるまいし、彼があとを継ぐ筋合いじゃないわ」

「まあ、いろいろこんがらがってくるのが政治っていうもんなんでしょうね」

「でもね、私、もしそんなことあったら離婚するって言ってあるからね。本気でするつもりよ。私、夫がヤクザになるって言うんならまだ許したかもしれないけど、政治家なんてまっぴらよ」

「ふふふ……。ま、それもいいかもね。また母娘《おやこ》三人で楽しく暮らすのもね」

ここで由香はすっかり心が萎《な》えてしまう。こうすんなりと母親から離婚を勧められると、娘たるものあまりいい気分がしない。三枝子はそこを計算してわざと言っているのかというとそうではなく、由香が離婚するのを本気で期待しているのだ。三年前、由香の妹の加奈《かな》が、ひとり娘を連れて家に戻ってきた。三枝子に言わせるとこれも親孝行のひとつなのだそうだ。娘が可愛い孫をもうけてまた帰ってきてくれれば、血の繋《つな》がった女たちだけのぬくぬくした暮らしが始まる。娘も娘の方で、もう夫に苦労することもなく実の母親にのんびりと甘えられるのだ。女だけの気兼ねない暮らしがいいというのは、確かに本音のあっけらかんとしたものであろうが、だからお前も参加しないかと言われれば由香はやはりとまどってしまう。人間、それほどいいとこ取りで暮らしてはいけないという思いは、言葉に出来ないもどかしさだ。

「まあ、これから先どうなるかわからないから」

などと前後に曖昧《あいまい》につぶやいて受話器を置いた。そしてそのとたん不安はさらに大きくなる。志郎が今日、河童市に戻ったのは本当に伯父の見舞いだけだろうか。もしかすると自分たち夫婦の運命を大きく変えることが起ころうとしているのではないだろうか。

「そんなはずはない。そんなはずはない」

由香は大きく首を横に振る。横文字の本が目立つ2LDKの居間は、幾つかの花が飾られている。由香は小さな花を一輪ざしで使うのが好きで、今日は青磁の細長い瓶にさした。こんなこざっぱりとした快適な暮らしは、明日もあさっても、由香が望む限り続くはずだ。そうに決まっている。

やはり志郎はその夜河童に泊まり、次の日は河童から出勤したらしい。帰ってきたのは夜の十時をまわっていた。夕食をとるという申告が無かったため、当然何の用意もしていない。

「お茶漬けでもいいから。何か仕事がたて込んでいて喰《く》いっぱぐれちゃったんだ」

しかし今夜の志郎はどこか尊大なところがある。ネクタイをゆるめながら、ごく当然のことのように由香に夜食を命じたのだ。一瞬むっとしたが、もともと料理をするのは嫌いではない。つい体が動いてしまう。

「ご飯今日は炊かなかったから、冷凍してあるのしかないわ。お茶漬けよりもお雑炊にしてあげる」

「お、サンキュー」

ありあわせの野菜を刻み、最後に卵を落とすと、なかなかうまそうなものが出来上がった。志郎はレンゲでふうふうすくって口に運ぶ、それで由香の心はずっとなごやかになった。傍で熱いほうじ茶なども淹《い》れてやる。

「ねえ、伯父《おじ》さんの具合、どうだった」

「気の毒だったよ」

志郎は睫毛《まつげ》を何度か上下させた。

「ガンだっていうことを人に知られたくないから、入院もしてないんだぜ。腰を痛めたっていうことで通院しているんだ」

「まあ……」

こういう時のあいづちはまことにむずかしい。場合によっては夫の身内に対して冷淡な態度にとられかねない。

由香があたりさわりのない言葉を組み立てた瞬間、次の志郎の言葉ですべてが破壊された。

「由香、オレ、決めたよ」

「えっ」

とっさに意味がわからないのは、由香がすっかり油断していたからだ。雑炊をこれほどうまそうにすする男が、野心など所持するはずはないと思い込んでいたからである。

「オレ、伯父さんに泣いて頼まれたんだよ。自分の意志を継いで欲しいって。もう死は覚悟しているけれど、やり残したことがいっぱいあるって。それをオレにやって欲しいって。大鷹の家の男としてやって欲しいって……」

「ちょっと、ちょっと待ってよ」

由香は右手で夫を押し出すようにした。その合間に何とか考えをまとめる。由香の昔からの癖だ。集中してコンセプトを決めさえすれば、それを突破口にして言葉はいくらでも出てくる。

「ねえ、冷静に考えてよ。そりゃ、あなたは大鷹の家の人間かもしれませんよ。伯父さんとこは女の子ばっかりだから、あなたが頼られても仕方ないかもしれないわよ。だからって世の中には、政治家に向いてる人とそうでない人がいるわよ。昨日までサラリーマンしてたあなたに、どうして選挙や政治ができるのよっ」

「伯父さんだって、市長になるまでは医者だったんだ」

「医者とサラリーマンは違うったら」

いつのまにか由香の腕は〝く〟の字になり、ものを言うたびに大きく横に揺れる。

「医者になろうっていう人は、もともと政治家に近いわよ。努力することを知ってるし、人から抜きんでることも知ってる。野心を持ってる人も多いわ。だけどね、サラリーマンっていうのはね、政治やる人からいちばん遠いのよ。あなたは特にそうだってば。早稲田《わせだ》の雄弁会に入ってたわけでもない。松下政経塾に行ってたわけでもない。本当に普通のサラリーマンでしょう、あなたは」

「政治家は誰だって最初は素人だよ。サラリーマンだった人も多い。みんな誰でも最初は素人だ」

「ふん、タレント議員が必ず言うセリフよね」

由香と志郎は睨《にら》み合った。こんな夫の目を初めて見たと思った。目が充血したように赤い。そして目尻《めじり》がきゅっと上がっている。野心というもののために、夫の顔がこれほど急変するのは耐えられなかった。ああ、五日前の顔に戻してほしい。春子がこの家にやってくる前の志郎の顔にだ。

「とにかくオレは決めたんだ」

ああ、声まで変わってしまった。夫はこんなに野太い下品な声を出す人間だったろうか。

「とにかく誰かがやらなきゃいけないことなんだ。これは大鷹の家に生まれた者の義務なんだよ。わかってくれよ」

「あのね、冷静になって考えてよ。大鷹の家って何よ。たかだかお祖父さんと伯父さんが田舎の市長やったたって話でしょう。鳩山さんとか田中角栄さんちとは違うんだから。あなたが深刻に考えることないでしょう」

「君、君はうちを馬鹿にしてるのか」

「馬鹿になんかしてません。あたり前のことを話してるだけよ」

その時、ダイニングテーブルの上の電話が鳴った。こんな最中でも反射的にとってしまった。受話器を通すとさらによく響く春子の声がした。挨拶《あいさつ》もなく彼女は言った。

「由香さん、志郎さんから話を聞いたでしょう。さあ、あなたにも頑張ってもらわないと」

「お姑《かあ》さま、そうおっしゃいますけれど」

ひどく冷静になっている自分に、由香は気づいた。猛烈な怒りが脳味噌《のうみそ》の中を嵐《あらし》のように吹き荒れ、思慮や遠慮といったもろもろを吹き飛ばしてしまった。後は静寂のみがある、そんな感じだ。

「私の知らないところで、選挙に出るなんて言われても困ります。私はどうしても納得出来ません」

「そうは言ってもねえ、今日、急に決まったことなんだワ。草間の伯父さんが志郎ちゃんに泣いて頼んで、それで志郎ちゃんがその気になったんだワ。こりゃ、男同士の約束っていうことなんじゃナイ」

言い繕おうとすると、河童独得の呆けた訛《なま》りが、ますます濃厚になる春子であった。

「それならそれで結構です。でも私、志郎さんにちゃんとお伝えしてありますけど、もし選挙なんていうことになったら、私は離婚いたしますので、悪しからず」

「それは駄目だワ、由香さん」

のんびりとした声に聞こえるのは、もしかすると笑いを含んでいるのだろうか、それとも強い怒りを嚙《か》み殺しているのだろうかと、由香は一瞬身構え、肩を震わせる。

「離婚なんて、絶対にいけんワ」

「それはどうしてですか。そちらが男同士の約束なら、こちらは夫婦の約束なんです」

「あのね、由香さん、これから選挙をする人が離婚なんてとんでもない。あなた、頑張ろうとしている志郎をつき落とす気かネ」

「つき落とす、なんてことじゃないでしょう。私はこれからの私たちの人生について話してるんです」

「あのねえー」

春子の声が一瞬途切れる。

「離婚するなら三年前にしてほしかったヮ。由香さんが二度目の流産した時だヮ。私はね、もし跡継ぎが出来なかったらどうするつもりだと、志郎に聞いたんだヮ。だけど志郎は、どうしても離婚する気ないって言ったんだヮ。由香さんもそういう志郎の気持ち聞いたら、今さら離婚は出来ないでしょう」

「いいえ、出来ますッ」

ガチャンと思い切り強く、叩《たた》きつけるように受話器を置いた。脳味噌の中を、ぴゅうぴゅうとまた嵐が吹き抜けていく。

「あなた」

その嵐が強過ぎて、静寂どころか荒野になってしまった。夫の方を向いたものの、なかなか言葉が出てこない。

「どうして三年前に離婚してくれなかったの、私は構わなかったのよ。お世継ぎが産めなくって、あなたはお母さまに責められたんでしょう」

「大げさだなあ」

志郎はあくびをするようにため息をついた。これはめんどうくさいことを逃れようとする時の彼の癖だ。春子もそうだが、わざとのんびりした様子をつくろうとする。よく似た母子だと由香の怒りは頂点までいきつこうとしている。

「どうぞ、離婚してくださって結構ですよ。私はまるっきり構いません。いいえ、お願いしたいぐらいだわ。もう私、これ以上争うのは嫌よ。私はひとりになる。だからあなたもひとりになって、選挙なり何なり出てくださいよ」

「そう興奮するなってば」

さっきまでの尊大な態度がとたんに消え、志郎は困惑と優しさをぎゅうぎゅう詰めに込めた声を出す。

「お袋が何て言ったか知らないけど、僕は君と別れる気持ちなんてまるっきりない。三年前にもそんな話、出なかったよ。出たとしても、ちょっとした世間話だったら」

「あんたたち母子《おやこ》って、ちょっとした世間話に離婚の話なんかするわけ。私が口惜《くや》しいのはね、お姑さんに恩着せがましく、それでも息子はあんたと別れないのよ、なんて言われることよ。どうして私がそんなことを言われなきゃいけないのよ」

「わかった、わかった」

志郎は下の歯をイーッとつき出すようにしながら、まあまあと手で妻を制す。

「ねえ、もうちょっと落ち着いて話そう。このことはとても時間がかかることだろうと思って覚悟していたよ」

由香はしぶしぶとソファに腰をおろした。いつもこうだ。由香は怒りが長続きしない。大きな声を出したり、荒い言葉を吐く自分がすぐ恥ずかしくなってしまうのだ。

それを知り抜いている志郎は、頃合いを見計らって妻に椅子《いす》や茶を勧めるのである。

「今日、僕は君に僕の気持ちを聞いてもらおうと思って帰ってきたんだよ。真っ先に自分の気持ちを聞いてもらうのは、由香しかいないと思っていた。わかるだろ」

由香は呆然《ぼうぜん》として夫の顔を見る。いつのまにこれほど口がうまくなったのだろうか。

「時間をかけても由香を説得するつもりだったけど、知ってのとおり、僕には時間がないんだ。伯父さんは自分で、あともって半年だろうと言っていた。だけどもう少し頑張るから、その間に地固めして、絶対に当選するようにって僕に言うんだ」

〝泣き落とし〟の技も、今まで無かったことである。由香はふと、自分たち夫婦の、喧嘩《けんか》のパターンを思い出す。たいてい無言のまま何日か気まずい日を過ごし、そのうちに志郎がこちらの機嫌をさりげなくとり、やがてなし崩しになるというのが多かったのではなかっただろうか。

志郎は志郎で少年じみた頑固さを持っていたから、そこまでいくのに一週間はかかったはずだ。それなのに今はわずか十分後に、妻をとりなそうとする。確かに時間がないらしい。

「オレさ、子どもの時、選挙がすごく嫌だった。だってさ、お風呂《ふろ》に入ってると、人がどんどん入ってくるんだぜ」

「人が」

「まさか浴室の中には入ってこないけどさ。選挙の頃になると、オレのうちが選挙事務所になるんだよ。広いうちだったけどさ、お風呂場はもちろんひとつだよ。しかも田舎だから服を脱ぐとこの奥に便所がある。子どもの時さ、風呂に入ってると、脱衣場をどやどや人が通るんだ。おまけにさ、トイレは誰かがすぐに汚して、熟した柿のにおいでいっぱいになるんだ。日本酒をいっぱい飲んだにおいだよ」

「最低ね……」

「そう、次の日、その便所を掃除してるお袋を見るの、みじめだったなあ。だけどこの頃、急にあのにおいが懐かしくなってくるんだよ」

「マゾなんじゃないの」

「道を歩いてると、時々年寄りから話しかけられた。あんたの祖父《じい》ちゃんのおかげで道が出来たとか、台風の時お金貰《もら》ったとかさ」

「あのね、そういうセンチメンタリズムで選挙やるのって、違うと思うわよ。そんなこと言ってたら、あなたは失敗するわよ」

「そりゃ、わかってるけどさ。あのさ、オレ、選挙に出たいっていうのに、理由はいらないと思うようになってきたんだ。ただ選挙に出たい、市長になりたいっていうだけでいいじゃないか。それだけで由香はオレのこと認めてくれないだろうか」

　由香は視線をかすかにドアの方にそらした。もし夫の目が燃えていたり、あるいは静かだったりするならば、それを見るのはとても怖いと思う。

目も鼻もない象徴的な大きなものが、この部屋を圧し始めている。それと戦うために、由香は具体的な質問を次々と発しなければならなかった。

「会社はどうするのよ」

「辞めるしか仕方ないだろ」

「辞めるって、そんなに簡単に出来るもんなの」

「理由を話せば大丈夫だろう。うちの会社は、ボーナス前に辞める者には、わりと寛大だから」

「お金はどうするの。うちにいくら預金があるかわかってんでしょう。マンションの自治会長にも立候補出来ないぐらいのお金よ」

「それは大丈夫だ。伯父《おじ》さんの選挙資金も、今までほとんどうちで出していたんだから」

志郎の実家、大鷹商店は、春子が店を継ぐ条件に、兄の市長へせっせと金を出し続けてきた。どうやら春子は、その黒子《くろこ》的存在に飽き始めていたのではないかと由香は思う。

「伯父さんは来期も立候補するつもりだったから、その準備もしていた。金は何とかするってお袋は言ってる」

「それから」

由香はいちばん大切な質問をした。

「あなたはこれから河童市に住むっていうわけね」

「ああ。会社を辞めるのは来月としても、今度の週末から河童へ行くようにするよ」

「私は行かないわよ」

いつのまにか立ち上がっていた。

「離婚するのは後で考えるとしても、とにかく私は河童には行かないわ。私は仕事もあるし、今までどおりここで暮らす」

「そりゃ困るよ。選挙で奥さんがいない、なんて聞いたことがないよ」

「お姑《かあ》さんがいるじゃないの」

由香はもしかしたら、自分がうっすらと微笑《ほほえ》んでいるのではないかと思う。何やら楽しい気分になってくる。夫が狼狽《ろうばい》する様子を見るのが、これほど楽しいと思ったことはない。あたり前だ。重要なことをひとりで決めようなどというのは、とんでもないことではないか。

「政治家の娘として生きてきた、なんて言って張り切っているお姑さんに頼みなさいよ。そして二人で頑張って頂戴《ちょうだい》。私はここにいる。私は関係ないの。たまには会いましょう。ご健闘をお祈りするわ」

それから一ヶ月のことを、由香はあまりよく憶《おぼ》えていない。さまざまなことが起こったような気がするが、

「自分には関係ない」

という言葉ですべて遠ざけ、見て見ないようなふりをしてきた。結婚の際、仲人をしてくれた志郎の上司から電話がかかってきた時もそうだ。

「突然辞めさせてくれなんて驚くけど、選挙に出るって聞けば仕方ないか。だけどこのことは奥さんも承知しているの」

その時に由香は言ったものだ。

「選挙に出るのを承知する妻なんて、いるんでしょうか」

「そりゃそうだ」

なぜかひどく感心した声の後で、彼は低くつぶやいた。

「だけど大鷹君が政治やるなんて、想像もしなかったよ。いつのまに、そんなことを考えたんだろうかね」

「菌がついたんじゃありませんか」

由香は言ってやった。

「政治家菌っていうやつ。今まで潜伏期間だったんですよ」

その菌にとりつかれた志郎は、少しずつ自分の荷物を河童市に運んでいる。相変わらず由香とあまり話をしないが、それでもそう不機嫌ではないのは、決意というものの晴れがましさのためだろう。

志郎が実家に運んだ荷物の中に、学生時代愛用したギターがあったことに、由香はすっかり呆《あき》れてしまった。

「まさか田舎で、どんじゃか弾くつもりじゃないでしょうね」

母の三枝子に電話で言いつける。

「それとも選挙カーの上で、客寄せに演奏するつもりかしら」

「一人で淋《さび》しいから、それで気晴らしをするのよ」

相変わらず忙しい三枝子は、せかせかとした口調で言った。

「だけどあんたも情がコワイ人だねえ。そりゃ奥さんっていうのは、夫が選挙に出るの、嫌がって反対するけど、途中で折れるんじゃないの。それを平気な顔をしてるんだから」

「いいの、私は私の仕事があるんだから」

「就職するっていう気持ちにはなれないの。大鷹志郎の妻、政治家の妻っていうのはもう職業だって思えないんだろうか」

「そういうこと言う奥さんたちもいるらしいけど、私は絶対にそんな気になれない。

あの人、私のことを押し切って選挙に出るのよ。一人でやるのはあたり前よ。もっともハルコさんが張り切っているけど」

「そのハルコさんだけど、何も言ってこないの」

「そうなのよ、とっても不気味なのよ」

あれ以来電話もかかって来ない。もちろん東京の家にやってくる様子もない。戦線を離脱した嫁に、彼女はどういう処置をとるつもりなのだろうか。由香はふと、春子の紫のグラデーション入りの眼鏡を思い出し、やれやれ、と首を横に振った。

第二章　事前運動

今日は結婚記念日だと由香はすぐ思い出し、そんな自分を訝《いぶか》しく感じた。この何年来、結婚記念日などというものを意識したことはない。夕方近くなり、夕飯の支度をしている時に、ああそうだったなぁと、ちょっとつぶやく程度だ。

それなのに今年は、ベッドの中で目が覚めたとたん、「結婚記念日」という言葉が頭にうかんだ。これはよくないことの前兆ではないかと由香は考える。そもそも、何年か前に結婚した日だからといって、花束や指輪を贈り合う夫婦が由香は嫌いである。そんなことをしなくては、もたないのかとさえ思う。

毎日を幸福に満ち足りて暮らしているならば、そうした記念日など意識のどこかへいってしまうというのが由香の論理である。カレンダーを見る前に、はっきりとわかった、などということは、結婚を強く意識しているということで、意識しなければならないほど、それは自分たちにとって切実な問題になっているのではないだろうか。

といってもあまり危機感がないのが、由香と志郎の困ったところである。志郎が河童市に帰ってから、半月がたっている。時々志郎は電話をくれ、

「そっちはどうか」

と尋ねる。

「どうっていうことないわよ。元気でやってるわ」

と由香は答え、そりゃあよかったと志郎は頷《うなず》く。それから、車の税金を払っておいてくれたか、ダイレクトメール類は転送してくれなくてもよい、などといった事務的な話になり、

「風邪に気をつけろよな」

という言葉で締めくくられる。何のことはない、志郎が長期出張している状態とまるで変わらないのだ。これはこれでいい暮らし、などと思っている自分は、志郎に対する愛情が本当に失くなっているのだろうか。「離婚する」などという言葉は、単なる脅しではなく、自分の心の中に確実にある願望なのではないだろうか。

何だかよくわからなくなってきた。こんな日は、ビデオを見るに限る。由香は英語のスラングを勉強するために、アメリカ在住の友人から定期的にビデオを送ってもらっているのだ。日本で買ったり借りたりすると、どうしても字幕に頼ってしまうということに気づいたからである。

それにしても、こうして初冬の一日、昼からソファに深く埋《うず》まり、ビデオを見ることぐらい楽しいことがあるだろうか。

由香はこの快適さと引き替えに、何かを失いつつあるような気もするのであるが、それは考えたくなかった。

チャイムが鳴った。英語教室の子どもたちや親が、この二、三日ひっきりなしに訪れては歳暮を置いていく。その一人だろうと思いドアを開けた由香は、あっと小さく叫んだ。見慣れぬコートを着た志郎が、そこに立っていたからである。

「どうしたのよ」

〝お帰りなさい〟より先に、なじる声が出た。

「帰ってくるんだったら、電話くれればよかったじゃないの」

「そうしようと思ったんだけど」

志郎は口をもごもごと濁した。

「今日は結婚記念日だから、突然帰って驚かそうと思って……」

照れてしまったのは由香の方だ。

「どうしたのよ、結婚記念日なんて。どうしてそんな殊勝なことを考えついたの。新婚夫婦じゃあるまいし」

「そう言うなよ。離れて暮らしてるんだから、結婚記念日ぐらいちゃんとしようぜ。

おい、これから二人で食事にでも行こうよ」

「クリスマス前でどこも混んでるわよ。それにこのあたり、ろくな店がないんだから。私が何かつくるわ。鍋《なべ》か何かでいいんでしょ」

「ああ、サンキュー。それがいいな」

志郎は足をぐにゃりと折るようにして座る。とても疲れているようだと由香は思った。顔色も悪い。今まではどちらかというと色白だった志郎であるが、それにかすかに茶色が混じったような色になっている。

「毎日、忙しそうじゃないですか」

他人行儀の言い方になるが仕方ない。離婚する、しないとさんざん争った夫婦の、久しぶりの再会なのである。そうすぐにやさしい言葉が出てくるはずもなかった。だいいち夫の傍にはすぐに行けず、由香はコーヒードリップをセットしている最中なのだ。

「何だかよくわからないけど、毎日いろんなところへ連れていかれるよ。町内のカラオケ大会、寄り合い、このあいだは一度も会ったことがない爺《じい》さんの、古希の祝いの会っていうのに行ったなあ。あ、そうだ、これ」

志郎はこっちへおいでと手招きをする。手帳から切り抜きを取り出した。

「何よ、結婚記念日のプレゼントかと思っちゃったじゃないの」

「そんな暇あるはずないよ、それを見ればわかるよ」

　地方新聞の切り抜きであった。「大鷹志郎氏、市長選出馬か」という見出しがあり、子どもの片手ほどの大きさの記事が続いている。

「来年十月の任期満了にともなう河童市長選では、現職の大鷹隆一郎氏（六五）の動向が注目されていたが、市長の甥《おい》で、会社員の大鷹志郎氏（三六）が立候補する模様だ。志郎氏は成城大学を卒業後、都内の製菓会社に勤務していたが、先月末から河童市水際町の自宅に帰ってきている。本人の弁によると、実家の大鷹商店を継ぐためということだが、周囲の話では立候補は確実と言われている。このほかにも助役の盛岡《もりおか》氏などが立候補の動きをみせており、市長選に向けた候補者調整が本格化してきた」

　記事の真ん中にはペンダントトップほどの、志郎の顔写真があった。いったいいつ撮った写真だろうか。肉がつき始めた頬《ほお》が強調され、本物よりずっと太って老けて見える。

「すごいじゃないの。新聞に出るなんて」

「地方紙だから、たいしたことないよ。だけど、当選すると、ＮＨＫニュースに出るんだぜ。関東版の速報にも出る。知ってたかよ」

　次第に以前の志郎に戻っていく。

「うちにもさー、朝日とか読売の記者がやってくるんだぜ。定期的にだぜ。大鷹さん、本当のこと教えてくださいよ、挨拶《あいさつ》まわり始めてんでしょ、立候補すんでしょ、なんてしつこいんだよ。オレさ、いや店を継ぐための挨拶ですから、なんていって誤魔化《ごまか》してんだけどさ。何だかちょっと小沢一郎になったみたいな気分だよな」

「ふふ、そうやってね、だんだんずるい、やーな人間になってくのよ。私が言ってる政治家菌っていうのに冒されてくのよ」

軽口を叩《たた》き始めた由香は、その時すっかり油断していた。だから志郎がこちらの様子をうかがいながら、姿勢を正そうとしていたことに全く気づかなかったのである。

「由香」

突然ソファからころげ落ちるように離れ、カーペットの上で正座した。

「オレの一生のお願いだ。どうか、一緒に河童に行ってくれ」

深々と頭を下げた。彼の後頭部のてっぺんはかなり地肌が透けて見える。それは由香にとって、全く見知らぬ男のハゲの初期部分である。

「やっぱり市長選に立つ男に、女房がいないなんてことは出来ないよ。オレにはお前が必要なんだよ。本当に今度ばかりは降参だ。お願いだから一緒に行ってくれ。この通りだ」

「嫌よ」

後頭部だけを見つめていたら、すらりと拒絶の声が出た。

「結婚記念日を一緒に祝おうなんて言っちゃって。結局はこういうことなんじゃないの。私、絶対に嫌。あの町に帰って選挙を手伝うなんていう思考やスケジュールは、私の人生の中にはないの」

「そう言うと思ったよ」

志郎が顔を上げた。激怒していると思ったが、表情は穏やかだ。

「お前って、昔から情がコワイもんな」

「そう、私ってコワイのよ。嫌だったら、いつでもパートナーチェンジしてくださっていいのよ」

目をそらしたのは志郎の方だ。

「わかった、わかったよ。君の性格はわかっているつもりだ。オレが泣いて頼んだって、イヤなものはイヤなんだろ」

「そうなの」

相手が一歩退《ひ》いた部分に、由香はとことんきつい言葉を置いていく。さっきからゲームの点の先取りばかりしているような気分だ。

「今すぐ離婚するのがまずいっていうのならば、あなたが当選して落ち着いてからにしていいのよ。私、それまではおとなしくしているから。世間に漏れることもないと思うわ」

「オレがさ、本気で離婚のこと、考えていると思ってるのかよ」

しみじみとした声だ。

「選挙のために一緒にいてくれ、って言ってるわけじゃないよ。オレは今不安だし、本当にこのまま突っ走っていいのかと思ってる。だから由香に支えてもらおうと思った。それでも駄目なのか……」

志郎の目はあの時の目だ。バンドマンとして重いPA機器を動かした夜、由香が奢《おご》ってやったチャーシューメンに、唇をてれてれさせながら志郎は言った。

「オレってやっぱり才能無いのかなあ。親に反対されても一文無しになってもやり抜こうと思ってた。それでも駄目かな」

いや、いや、志郎のあんな目を思い出してはいけないと、由香は乾いた唇を嚙《か》む。

「私、あなたが普通のサラリーマンなら、一生きっと支えてあげることが出来たと思う。私も普通の女だから。だけど、政治家なんて駄目よ。私の想像外よ。とっても支えてなんかいられないと思う」

「そうかあ……」

志郎は立ち上がり、のろのろとコートを着始めた。今までのトレンチコートはどうしたのだろう。グレイのひどく野暮ったいコートを羽織ったとたん、志郎の背は急に丸くなった。

「オレの方からお袋に話しとくよ。君は今のままここに住んでればいいさ。離婚してるわけじゃないんだから、たまにはここに来ていいだろう」

「もちろんよ」

「今日、泊まっちゃ駄目かな……」

「あまりいい考えとはいえないわね」

由香は志郎のいちばん上のボタンをかけてやり、ポンと軽く叩いた。

「そういうことでなし崩しになったり、仲直りしようっていう考え、私、あんまり好きじゃないの」

「そうか、わかった」

志郎はコートの懐から小さな包みを取り出した。たったいま上からポンと叩いた時には気づかなかったが、いったいどこに隠していたのだろう。

「こんなもん、わざとらしいと思うだろうけど、結婚記念日のプレゼントだよ」

「そう、ありがとう」

受け取ったものの、すぐには開かなかった。しばらく沈黙の後、志郎は〝じゃあ〟と扉のノブに手をかけた。その背が本当に丸くなっていることに由香は驚く。自分の知らないところで、夫が一足飛びに中年になった思いだ。

「体だけは気をつけてね」

「ああ、ありがとう」

扉が閉まる音を聞いた後で、包みを開けた。中からブローチが出てきた。葉っぱの形をした中に真珠が五つぶ並んでいる。ほどほどの価格でほどほどに野暮ったいそれが、いかにも夫らしいと思ったとたん、由香の胸の奥で何かが大きく裂かれる音がした。同時に瞼《まぶた》の奥がじんと熱くなる。

「あなたがいけないのよ」

由香はつぶやく。

「とんでもないこと考えるからよ。いけないのはそっちよ」

しばらくビデオを見ることも忘れ、ぼんやりと座っていた。自分たちは本当にこのまま別れることになるのだろうか。が、一方でそんなことが起こるはずがないという声がする。志郎もはっきりと口に出して言った。自分は離婚する気など全くないと。それなのに自分はどうして意地の悪い、頑固な言葉ばかり口にするのだろうか。まるで狼が来たと嘘《うそ》をつく少年になったようだ。

「離婚してやる、離婚してやる」

と脅し続ければ、志郎は選挙に出ることを断念すると思っていた。ところがどうだろう。いつのまにか「離婚」という言葉だけが、大きくひとり歩きし始めてしまったようなのだ。自分の心の奥には真っ正直で、まっさらな言葉があるはずなのに、それがなかなか目を覚まさないようだと由香は思う。ああ、自分でもそれが何なのかわからなくなってきたと由香はため息をついた。

その時、電話が鳴った。志郎に間違いない。ひき返していいかと問うてきたのだ。そうしたら答えよう。もちろんOKよ。

「もし、もし」

「もしもし、大鷹さんのお宅ですか。由香さんいますか」

聞き慣れない男の声だが、宅配便の問い合わせとはあきらかに雰囲気が違う。

「はい、由香は私ですけど」

「こちら南駅の者ですけど、おたくに志郎さんというご主人がいらっしゃいますね」

「は、はい」

「さきほどご主人、駅の階段から足を滑らしてケガをしたんですよ」

「何ですって」

「お名前をおっしゃったぐらいですからたいしたことはありませんが、いま市立病院に運ばれました」

「そんな……。命に別状はないんでしょうか」

とんちんかんな問いを発してしまった。いま駅員は本人が名前を言ったと教えてくれたばかりである。しかしこれによって、かすかに相手の声はなごんできた。

「もちろん大丈夫です。救急車で運ばれる時もしっかりしてらっしゃいました。市立病院です。おわかりですか」

「ええ、わかります、わかりますとも」

受話器を両手で握って由香は叫んだ。


一階の処置室に志郎は寝かされていた。さぞかし痛がっているのではないかと思っていたところ、なんとすやすやと寝息をたてているではないか。

「とても疲れているようなので、点滴をしましたら、すぐにおやすみになりました」

まだ若い医師は言う。

「疲労がたまっていると、よくこういうことがありますよ。下から歩いてくる人をよけられずに、下までずるずる落ちてしまったんですよ。普通ならどうということないんですけどね」

左の足首は折れていない。ヒビが入っただけだ。腰をしたたかに打っているが、そうたいしたことはないと思う。一応レントゲンは撮っておいたけれど、などということを彼は関西弁訛《なま》りで喋《しゃべ》った。由香と一緒に神妙に聞いているのは、駅員の制服を着た男だ。由香は後に彼から、事の顚末《てんまつ》をさんざん聞かされなければならなかった。

「奥さん、これは目撃した人の話ですけどね。ご主人、そりゃあ、つらそうに一段一段降りていったっていうんです。下から若い男の子が駆け上がってきてもよけられないで、あっという間に落ちたそうです」

いささか言いわけがましくつけ加える。駅側は全く責任がないと言わんばかりだ。

「わかりました。あの、たいしたことないと思いますので、どうぞお引き取りください」

由香は志郎の寝顔を見つめた。こんなふうに寝ている夫の顔を見るなどというのは、何ヶ月ぶりのことだろうか。老いと疲れが、全く無防備に蛍光灯の下にさらされている。顎《あご》の下というより首の上に、剃《そ》り残したひげが数本とがって見える。これほど無精たらしい男だったろうかと、由香は悲しい驚きでそれを見つめた。

「離婚するつもりよ。もう帰ってちょうだい」

二時間前に自分が発した言葉が、病院のあちこちでリフレインしている。最初からわかっていたことではないか。自分はこの男と別れるつもりなど、これっぽっちもなかったのだ。拗《す》ねた心に意地と怒りが積み重なり、次々と激しい言葉が出た。しかしそれが夫をどれほど苦しめ、悩ませていたのだろうかと由香は自分を責めたくなってくる。

志郎の寝息が次第に小さくなっていく。かすかに開いた唇から、空気が漏れていた。由香は、目の前に横たわる夫が、死んでいることをふと空想してみた。もし志郎がただのケガでなく、頭を打って死んでいたらどうだろう。自分は後悔と恐怖の中で、今頃はただ震えていたに違いない。それはどれほどつらいことであったろうか。由香はあわてて、夫が元気で生きている現実の安逸さに戻ろうとした。しかしなかなかうまくいかない。由香を待ちうけているのは、安逸ではなく、謝罪しなければならぬという心の負いめだ。

今日、志郎は疲れ果て、救いを求めてわが家へ帰ってきたのだ。それなのに自分はきつい言葉とともに夫を追い出してしまった。

駅員は証言したではないか。志郎はよろよろと歩いていたと。疲労がたまっていたのだと医者も言った。

「ごめん」

言葉に出さず由香はつぶやいた。といっても、

「あなたが悪いのよ」

とつけ加えることは忘れない。

その時、志郎の睫毛《まつげ》がぴくりと動いた。うっすらと目を開けていく。

「あっ、いてて……」

「静かにしなさいよ。腰をうってんだから」

「骨、折れてんのか……」

「大丈夫、ヒビが入っただけ。もうちょっと休んだら、家に帰ってもいいって、先生はおっしゃってたわ」

「そうかぁ、助かったァ……」

志郎は安堵《あんど》の深いため息を漏らし、そのとたん唇が仏像のように奇妙に持ち上がった。

「あのさ、お袋に電話してくれないかな。明日、午後いちばんに一緒に挨拶《あいさつ》まわりに行くことになってんだよ」

由香はいたましさをもって夫を見つめた。意識が戻って最初に口にしたことは、選挙のためのスケジュール変更なのだ。以前の由香だったら、ひと言ふた言皮肉を口にするところであるが、それはやはり出来ない。

「わかったわ。今、電話してくる」

ところが公衆電話の前に立ったとたん、由香は河童市の夫の実家の番号をすっかり忘れていることに気づいた。この二ケ月、全くかけていないこともあったが、そもそも実家へ電話する時は志郎が番号を押していたのだ。そして母親と楽し気にしばらく喋った後、由香に替わる。

「お姑《かあ》さま、ご無沙汰《ぶさた》しております」

と由香は決まりきった挨拶をしながら、よくもまあ、男のくせに長電話をするものだと夫を軽蔑《けいべつ》の目で眺めていたものだ。そんな由香が、夫の実家の電話番号を空で言えるわけがなかった。

仕方なくハンドバッグから手帳を取り出した。何となく腹立たしい。アドレス部分のいちばん最初に、河童の電話番号が書かれているからだ。誰に要求されたわけでもなく、誰が見る手帳でもないのに、どうして女というのは夫の実家をいちばん最初に記すのだろうかと、由香は密《ひそ》かに嗤《わら》いたくなってくる。

「もしもし、大鷹でございます」

受話器をとおすと、いささか野太く聞こえる春子の声だ。由香は手短に、志郎が駅の階段から落ちたこと、明日もまた病院で様子を見るので、明日河童市に戻るのは無理ということを話した。

「まあ、まあ、まあまあ」

春子は悲鳴のような声を上げる。

「何ていうことなの、この大切な時に。あのね、明日会うことになっているのは、河童交通の社長さんだワ。お忙しいところを無理言って、やっとお目にかかることになったんだワ。それをこっちの都合で会えなくなるなんて、そんなこと、言えないワ」

「言えなくても言ってください」

由香は自分でもぞっとするほど、低い声が出た。

「志郎さん、ケガもありますけど、すごく疲れていて死んだように眠ってたんですよ。ですから明日一日ぐらい、うちでゆっくり休ませるつもりですので、河童には帰れません」

「あのね、由香さん」

物知らずのお前にじっくり教えてやろうと身構える人間独得の、ねっとりとした口調になった。

「こちらに来ないあなたにはわからないかもしれないけれど、志郎は今いちばん大切な時なんだワ。市長がガンだっていうことにね、薄々みんな気づいてきたんだワ。丸屋ホテルの社長なんか、浮足立っちゃっているんだワ。だからね、今は一日が本当に貴重なんだワ。志郎だってそのことがわかっているはずだワ。ねえ、後でいいから志郎に電話かけさせてちょうだい。車頼んで東京から帰ってもらうつもりよ」

「それは出来ません。私、妻として夫の健康を管理する義務と権利がありますから」

「ちょっとォ、由香さん、そういう屁理屈《へりくつ》言わないでよ」

〝へ〟をことさらに強く春子は発音した。

「あなたは選挙に協力しないって東京に居る人なんですから。ご自分の生活が大切なんでしょう。そのために夫婦が別れ別れに暮らしても平気なんでしょう」

「今日からは違いますよ」

由香の口からするりと言葉がこぼれた。

「今のままじゃ、志郎さんがあまりにも可哀相《かわいそう》ですものね。私、やっぱり志郎さんの傍についていてあげます。今日でもじっくり話し合って、近いうちに私も河童へまいります」

「ふうーん……」

春子は長い感嘆詞を発したが、その間に態勢を立て直そうとする様子がありありとわかった。

「それじゃ、あなたも、選挙に協力するっていうのね」

「志郎さんがそうしたいっていうんなら仕方ありません」

「わかったワ。そういうことなら、私も考え方を変えるワ。あなたも私の教えるとおりに頑張ってちょうだい」

「それもまた、後でゆっくり話し合わせていただきます」

受話器を置いた後で、由香はこみ上げてくる苦さを必死になって耐えた。いつもそうだ、言いたいことを言えなかった後で、この苦さはやってくる。由香が本当に姑《しゅうとめ》に言いたかったことは、

「話し合わせていただきます」

などということではなかったのだ。

「私はお姑さまとは違うやり方をしますので、どうぞご心配なく。お姑さまのお力がなくてもやってみせますから」

しかしそれが不可能なことだということぐらい由香にもわかる。まだ一度も経験したことがないことを、自分ひとりの力でなしとげてみせると言い張るほど由香は馬鹿でもなければ、自惚《うぬぼ》れてもいない。仕方ない、しばらくは従順な家臣のふりをして、大鷹家の陣に座っていよう。そして戦いのやり方を覚えたら、ゆっくりと寝返っていけばよいのだ。

その考えを繰り返しながら処置室に戻り、ドアのノブに手をかけようとして、由香はあっと小さく叫び声を上げた。たった今、自分は何と言ったのだろうか。姑への怒りで自分は重要なことを口走ってしまったらしいのだ。

「選挙に協力します」

明言してしまった。あれほど嫌悪していた場所に自ら身を投げ出してしまったのだ。

「やっちゃったァ、全く、もうー」

由香はその後、階段から落ちたのはもしかしたら謀略ではなかったかと、時々夫を疑うことになる。

年が明けた十五日、河童市では〝女正月〟と呼ばれている日に、志郎の記者会見が行われた。市長選に出馬の意志があることはすでに広まっており、水面下であれこれ活動するのはもはや得策でないと判断したからだ。

田舎の市長選などに、いったい何人の新聞記者が来るものかと由香はタカをくくっていたのであるが、市役所四階の記者クラブには、何と二十人もの人々が集まっていた。

「朝日、読売、毎日、産経、日経からみんな支局の連中が来てるし、後は北関東新聞だろ、それから関東タイムズ……」

前の夜、志郎は地方紙の名前を挙げてみせたものだ。

「河童新報、河童タウン情報……」

新聞記者をこれほど大量に間近に見たのは由香にとって初めての経験である。しかし半分以上が背広ではなく、ジャンパー姿なのには驚いた。わけもなく志郎が侮辱されているような気がする。おまけにいちばん前に座った記者は、志郎が何か言うたびに「ふん、ふん」と声を出して頷《うなず》くのであるが、これが何とも高慢なのだ。

「私といたしましては、祖父、伯父《おじ》と代々築いてきました河童市行政を、私の代でさらに実らせてみたいという思いでいっぱいです」

「ふん、ふん、なるほどね……」

「後継者問題につきましては、さまざまな憶測が流れましたが、私自身もサラリーマンをずっと続けるつもりでしたので、決意をしたのは最近のことです」

由香は部屋の隅で夫を見つめていた。このような記者会見では、普通妻は出席しない。しかし骨にヒビが入って以来、由香は夫の運転手を務めている。他の人間に世話をさせると、ケガのことを大げさに言いふらされるというのだ。そう忠告した春子といちばん目立たない部屋の隅で、ひっそりと由香は立っている。あの喋《しゃべ》っている男が志郎とは、にわかには信じられない思いだ。こんなに喋る男であったろうか。それより何より、あの唇の曲げ方といったらどうだろう。テレビでよく見かける政治家そっくりではないか。

最初に出会った頃、口についたスパゲティのケチャップを、よく彼は舌でなめまわした。ナプキンで拭《ふ》けば、と由香が差し出すと、素直にそれを受け取ったものだ。

「いつも由香さんに奢《おご》ってもらってすいません。僕も男ですから、今度はご馳走《ちそう》させてくださいよ」

はにかむように言った同じ男の唇から、いま「行政が」「ビジョンが」「地方政治が」といった陳腐な言葉がはじき出される。そして当人は何の照れもなく微笑している。ああ、歳月というのは何と不可思議なものだろうか。

その時「奥さん」という単語が発せられ、由香はびくっと体をこわばらせた。あの「ふん、ふん」記者が質問している。

「噂《うわさ》によると、奥さんが今度の立候補にだいぶ反対されたみたいですね。選挙活動は大丈夫ですか」

「はい、やはり最初は家内も躊躇《ちゅうちょ》していたようですが、やっとわかってくれて今は私に従《つ》いてきてくれます。何といってもうちは大恋愛で結ばれましたからね」

部屋にいた者たちはどっと笑ったが、そうでない者が二人いた。もちろん由香と春子である。

河童市に住む条件として、由香は別居をまずだいいちに挙げた。これは当然過ぎるほど当然なことだと由香は思っている。

遠く離れていたからこそ、何とか平穏さを保っていた自分と姑との仲が、夫の市長選出馬を境にぎくしゃくし始めた。由香はあの時の怒りをまだ忘れていない。

「離婚するなら三年前にしてほしかったワ。由香さんが二度目の流産した時だワ」

などと言った姑に、誰が好意を持てるであろうか。それがものはずみといおうか、夫可愛《かわい》さといおうか、ひょんなことから選挙を手伝うことになってしまったのだ。仕方なく河童市に帰ることになったが、こんな状態の中、同居など始めたら、どれほど悲惨な状態が始まるかわかっている。

予想される危機からは、出来る限りの手段を講じて逃れなくてはならない。それが本当の知性というものであると、学生時代読んだ何かの本に書いてあった。

由香はひと波乱、ふた波乱起こることを覚悟して、別居を志郎に提案したのであるが、意外にもあっさりと受け容《い》れられた。これには二つの理由があると由香は推理している。

ひとつは、由香が東京に残っていることが、地元で噂になり始めていたらしいことだ。不仲説も浮上し、これを打ち消すためには、ある程度の条件は呑《の》まねばと春子が考え始めたらしい。

二つめは、立候補騒動の時の由香の頑固さを春子が知ってしまったことである。どうやらこの嫁はひと筋縄ではいかぬと、春子もそれなりに覚悟を決めたようだ。大鷹家から車で十分ほどの新築のマンションが春子の手で調えられた。マンションといっても、どちらかというとアパートとの中間と言った方がいい建物である。いかにも高級に見せようという趣旨のレンガが、逆効果という建物であるが、このあたりではピカイチの建物だという。

「どうせ当選すれば、すぐに公舎に入ることになるから、マンションの方が便利でいいワ」

などと春子がまわりの者たちに漏らしていると聞き、由香はすっかり呆《あき》れてしまった。全く何と自信家のうえに、見栄っぱりの姑なのであろうか。これは志郎とまだ揉《も》めていた最中なのであるが、今でも由香は東京のマンションをまだそのままにしてある。現市長のガンの容態に関して、詳しいことはよくわからぬが、いずれにしてもあと半年以内にはおそらく決着のつく出来事なのだ。

「落ちることを考えて選挙に出る者はいない」

と志郎は言うが、それは建前というものである。近頃やたら建前を口にすることが多くなった夫とは別に、由香は本音の人生を考えなくてはいけないと思う。落選したら自分たちはまた東京に戻るのだ。志郎も自分も仕事を辞めてしまったが、新しい職ぐらい何とか探し出せるであろう。そのためにも東京での住まいは、しっかりと確保しなくてはならない。

今の由香がいちばん怖れていることは、今回選挙に落ちた志郎が故郷に残り、そのまま家業を継ぐことである。そんなことは絶対にさせるものかと、由香は唇を噛《か》むのである。

さまざまな思惑を秘めて由香の河童での生活はスタートした。志郎のケガもすっかり治り、今は市議会議員に連れられてあちこちまわっている。春子は自分の店に勤める者の中から、気のきいている若い男を志郎専用の運転手にした。立候補を表明した時から志郎はもうハンドルを自分で握らない。春子が言うには、この河童市は飲酒運転に関して非常に寛大なところであるが、人をひっかけたりすると話は全く別だ。これで政治家生命は断ち切られてしまうと言うのである。

　春子が「政治家」と口にするたびに、由香はぷっと噴き出したい気持ちを抑えるのに苦労する。たかだか人口六万の市長ぐらいで、どうして政治家生命などという言葉が出てくるのであろうか。

「このあいだ亡くなったそうだけど、小沢一郎サンのお母さんっていうのはえらい人だったみたいだワ。新聞にいろいろ出ていたけど、私はすっかり感心したワ」

　この国の権力者の名をひき合いに出す。志郎と小沢一郎との間に、どんな共通点があるのか由香は理解できない。

「あそこの嫁さん、つまり小沢さんの奥さんっていうのは、由香サンと同じ上智大学を出てるんだワ」

「へえー、そうですか。初耳です」

「そしたら、その嫁さんにいつもねんねこを着せてたっていうんだワ。都会の上智出た嫁さんだと、選挙民に嫌われるからね」

　どうやら自分への訓戒にもっていきたいのだということを由香は理解する。が、それにしても小沢一郎夫人と自分との間に共通点があるとは意外であった。しかもそれは志郎と小沢一郎との「政治家」という言葉で導かれる共通点よりもはるかに強いような気がする。

「だから由香さんも、自分が上智出たっていうことを、あんまり言わんでほしいんだワ」

「私、そんなこと言ったことありませんよ」

そもそも嫁の学歴を自慢していたのは春子の方ではなかったか。背が高過ぎ、愛想《あいそ》がなく、平凡な容姿を持つ由香をひけ目に思い、

「ジョウチ、ジョウチ」

を連発していたはずだ。

「このあたりの女は、まだまだ高校だけだヮ。せいぜい地元の短大だからね、上智を出たなんて言うとお高くとまってると思われるんだヮ」

「だったら何て言ったらいいんですか」

「まあ言わんことだネ。聞かれたら専門学校へちょっと……ぐらいで言葉を濁してほしいんだヮ」

それからと、春子は自分の顔を指し示した。

「何か気づかんかしら」

「別に……」

前よりも皺《しわ》が増えたように見える、などとはやはり言えない。

「由香さんはぼんやりだネエ」

春子はじれったそうに唇をゆがめた。そうすると唇のまわりのたるみがはっきりとわかり、化粧が薄くなったのだと合点がいった。

「私は眼鏡を変えたんだワ」

確かに眼鏡が、今までのしゃれたものから、普通のツルに変化している。紫色のグラデーション入りのものは、水商売の女の人のように思われてしまうと春子は言った。

「そうでしょうか、私はとってもお似合いだと思いましたけどね」

「いや、いや、政治家の家族っていうのは、自分が似合うかどうかっていうことじゃなくて、地元の人がどう思うか、っていうことをまず考えるものなんだワ。そいでね……」

いよいよ話は核心に触れてきた。

「由香さんの服は、あなたにはよく似合うけど、選挙に出る人の妻の服じゃないワ」

その時由香は、カルバン・クラインのジャケットを着ていた。手足が不格好なほど長い由香は、日本製のものだとサイズが合わない。バーゲンの時を見はからって少しずつニューヨーク・デザイナーのものを揃《そろ》えている。同級生の中に、繊維会社の広報に勤めている者がいて、社員セールの時はよく声をかけてくれるのだ。

「ちょっとスカート丈が短いんだワ」

「そうですかね」

「雅子《まさこ》さまのスカート丈を見本にするといいんだワ。あの方も働いてた時は、結構短いスカートだったけど、今はお辞儀をすることもある、被災地へ行って床に座ることもある。頭のいい方だから、ちゃんと自分の立場わかって、ちょうどいいスカート丈になったんだワ。やっぱりすごい人だワネー」

小沢一郎夫人の後は皇太子妃かと、由香はしばらく口が開いたままになる。

「私が服のことや、挨拶《あいさつ》のことをこれから徐々に教えるけど、まずスカート丈を何とかしてほしいんだワ」

由香はこの指示を全く無視することにした。スカートが短いなどという自覚は全くない。膝小僧《ひざこぞう》の真ん中あたりの丈というのは、足がいちばん綺麗《きれい》に見える長さである。これを変えるつもりは無かった。昔から由香は足をよく誉められる。現に春子の息子の志郎にしても、恋愛時代は、

「日本人には珍しい足だね」

と撫《な》でたり触ったりしたものである。もっともそんなことを姑《しゅうとめ》に教える必要はないけれども。

が、由香が姑の教えを守らなかったことを、初めて後悔する日がやってきた。志郎が立候補を表明して二十日後、「くれない会」の新年会が行われたのである。「くれな

い会」というのは、現市長の支持団体である「河童が二十一世紀に羽ばたく会」の女性の集まりだという。このメンバーは春子が会長となっている「婦人公論」愛読者友の会河童支部、あるいは国際ソロプチミスト河童支部のメンバーともほぼ重なる。つまり河童市における有力夫人の集団なのだ。会場は角屋《かどや》旅館が選ばれた。いつもならば丸屋ホテルの宴会場が使われるということであるが、ホテルの社長も近々市長選に出馬するという噂《うわさ》が専らだ。敵陣を避けたら、町の割烹《かっぽう》旅館ということになったのである。

「だけどこの方が喜ばれるかもしれないワ。あのね、河童の女は洋間でビュッフェ式っていうのが苦手なんだワ。慣れてないからああいうのを見ると興奮してね、うまく皿に盛れない。人の話もよく聞けない。会費出したのにあんまり口に入らなかったって、後からよく文句が出るんだワ。だから座敷で座って、っていう方が落ちつくんだワ」

車の中、春子はそう言いながら、嫁の膝小僧をじろりと見たが由香は知らん顔をしていた。ここに来るのも嫌でたまらぬのに、どうしてスカートのことまで文句を言われなくてはいけないのだろうか。

「まあ、春子さん、遅かったじゃないの」

玄関に二人が立ったとたん、痩《や》せて背の高い女が飛び出してきた。由香も長身であるが、女はもっとあるのではないだろうか。肩幅があるうえにえらが張っているので、男性的な印象だ。濃いアイラインにシャドウという化粧は、以前行ったことがあるオカマバーの男たちを連想させた。

「三千代《みちよ》さん、ごめんなさいね。早めに来たつもりなんだけど」

春子は女の手を握らんばかりの狎《な》れ狎れしさだ。初老の女が互いに名前で呼び合い、甘い声を出しながらすり寄っていく光景に、由香は目を瞠《みは》った。

「もうみんな集まってたの。どうしようかしらん」

「大丈夫だってば。まだ半分ぐらいだから。さ、春子さん、スリッパはいて。コートは私が預かってあげるわ」

二人は女学生のように一瞬もつれ合った。

「由香さんもハイ……」

いつのまにか由香も同級生のように呼ばれる。

「あの、お姑《かあ》さま、私、あの方にお目にかかったことあるでしょうか」

予想どおり大股《おおまた》で廊下を歩く女を見て、由香は春子にささやいた。

「何言ってるのよ。去年、胸像祝賀パーティーで紹介したでしょうが。『くれない会』副会長の斎藤さんだワ」

春子は信じられないものを見るような目つきで由香を睨《にら》みつける。冷え冷えとした廊下を歩きながら、姑と嫁との無言劇が始まった。口の形だけで春子は由香をなじる。

「あの方は大切な方なのよ。はじめまして、なんて言われたら、私は大恥かくところだったワ」

「ですけど、何人もの人を紹介されても、私は憶《おぼ》えられませんよ」

「何言ってるの、政治家の妻のいちばん大切なことはね、人の顔と名前を憶えることじゃないの」

三千代の背中を気にしながら、二人は睨み合う。

「春子さんと由香さんがいらしたわよォ」

斎藤三千代は、体に全く似合わない愛らしい声で襖《ふすま》を開けた。座敷にはコの字形にテーブルがしつらえてあり、中が抜けた上座と中座に、十人ほどの女が座っていた。まだ定刻より三十分も早いというのに、この集まり方は、彼女たちのなみなみならぬ意気込みを感じさせた。

「まあ、まあ、まあ、私、どうしましょう」

春子が悲鳴のような声を上げ、どさりと畳の上にひれ伏した。

「私、皆さんをお待たせしちゃったんじゃないかしら」

「そんなことないんだワ。私たちも何だか張り切っちゃって、早く来たんだワ」

「いいってば、いいってば、こっち座ってよ」

「川上さんからも連絡あってサ、『大鷹志郎君を励ます会』の計画も、こっちの方で進めてくれって言われてんだワ」

女たちがいっせいに声を上げるので、由香には非常に聞きとりにくい。それにしても、座敷のあちこちで発せられる、この奇妙な光は何といったらいいであろうか。女たちの多くが、ラメ入りの洋服をまとっているのである。このあいだのパーティーの時も気づいていたのであるが、この町の女たちというのは、おしゃれをして集まるというと、その繊維に必ずといっていいぐらいラメが混ざっているのだ。

「仕方ないよ。田舎のおばさんっていうのは、ラメが入るとおしゃれだって思うんだから」

と志郎は言いわけしたものであるが、ホテルの会場ばかりでなく、こうした旅館の座敷でも、ラメは用いられるらしい。

春子はラメ入りの女たちの方に向かい、コホンと小さな咳払《せきばら》いをした。来たぞ、と由香は思う。この咳払いが起こる時は、これからオフィシャルなことが始まるという前触れだということに気づきつつある。

「もう既にご存知の方ばかりでしょうが、これが志郎の嫁の由香でございます」

「どうぞよろしくお願いします」

畳に膝をついてお辞儀をしたとたん、膝小僧がにゅっと出た。一座の女たちの視線がここに集まったような気がして、由香はしまったと思う。この町でラメとミニでは、やはりミニの方がはしたないことになるのだ。

さて、と由香はかすかに深呼吸した。二十人のラメ軍団がじっとこちらを見ている。このような視線は初めてだ。強い興味に、好意と意地の悪さがかすかにまぶしてある。由香の出方ひとつで、その好意と意地の悪さとの比率は、どうとでも変わりそうだ。その揺らぎがこちらの方にも伝わってくる。由香はこれほど強く人々の注目を集めたのは、結婚披露宴の時以来だと思った。

「大鷹志郎の妻、由香でございます」

言葉が考えていたよりも滑らかに出た。

「何もわからぬふつつか者でございますので、どうか皆さま、よろしくご指導くださいませ」

ラメ軍団のあたりで四角く固まっていた空気が、急激にほぐれていくのがわかった。隣に座っていた春子の喉《のど》ぼとけが、ごっくんと上下するのを由香は見逃さない。

このくらいの挨拶が出来るのは、あたり前のことではないか。昨夜も春子はくどくどと支持者たちに会った時の注意を喋《しゃべ》り続けたが、そんなことはとうにわかっている。由香のことを、ヤンママとでも勘違いしているのではないかと、そのしつこさに腹が立ってきたほどだ。ミニスカートのことは確かに由香のミスであったが、その他のことでは万事ぬかりなくやるつもりである。こんな田舎のおばさんたちを丸め込むのはどうということもないと、由香は何やら楽しい気分にさえなってくる。案の定、

「若奥さんもいろいろ大変だねえ」

「まあ、河童も悪いとこじゃないからねえ」

と女たちの間からねぎらいの声が飛びかった。

「私は、志郎さんの結婚披露宴行けなかったんだヮ。あん時は娘のお産で悪いことをしちゃったんだヮ」

「いえ、いえ、そんな」

「志郎さんとうちの息子はずっと同級生だったんだヮ。大西邦明《おおにしくにあき》っていう名前なんだヮ。大西邦明。志郎さんに聞いてみて。きっとすぐにわかるはずだヮ」

「そうですか、さっそくうちに帰りましたら……」

女たちはゆで卵の殻をむくように、ゆっくりと人の好さをむき出しにしてきた。が突然、斎藤三千代の声が響きわたる。

「ここにいる人たちっていうのは、みいんな春子さんの大切な人ばっかりなんだヮ」

こうしたガラガラ声の女は、大仰なもの言いを好むものであるが、三千代も例外ではない。

「私たち、昔っからみいんな手を取り合って市長さんを当選させようって頑張ってき

たんだワ。ねえ、春子さん」

「そうよねえ、本当に私たちみんな一緒に頑張ってきたワ」

〝私たち〟の〝たち〟に力を込めて春子は発音する。

「私たちね、前の市長さんからのつき合いなんだワ。私なんかまだうんと若かった時分から、割烹着着て選挙事務所におにぎりつくりに行ったワ。あの頃はおかずもうちでつくって、鍋《なべ》ごとお煮〆《にしめ》を持ってったワ。あん時、春子さんもまだ結婚してなくて、一緒に選挙カーにも乗ったんだワ」

「そう、そう。三千代さんの声がいちばん通るって父は誉めてたワ」

「そんなお世辞はいいわョ。そいで今の市長さんになって、それでもずっと応援してたのは、大鷹の家が好きで、元はと言えば春子さんのことが好きだったからだワ」

「わかってるワ。わかってるワ。本当によく私にはわかってるのよ」

春子は鼻をつまらせ、もうちょっとで涙が出てきそう、といった表情をする。いったい何が始まったのかと由香は二人を見つめている。三千代がいきなり喋り出し、春子はそれに感激するふりをしているのだ。この二人の芝居じみた掛け合いはいったい何なのだろうか。

「私らね、だから今度志郎さんが立つのはあたり前だと思ってるんだワ。やっぱり大鷹の家から市長さんが出てほしいんだワ」

「三千代さん、嬉《うれ》しい……」

この春子の合いの手が実にうまい。

「だからね、由香さんには頑張ってもらわないと困るんだワ。あんたさんは東京育ちのインテリで、この河童が嫌いっていう気持ちよくわかるワ。選挙を嫌がるのもわかるワ。だけどね、私らもこんなに頑張っている以上、由香さんにも中途半端な気持ちでいてもらっちゃ困るんだワ」

ようやく意図が読めてきた。三千代はどうやら由香に説教するつもりなのだ。由香が夫の出馬に反対していて、なかなか帰省しなかったことは、支持者たちにとって愉快なこととは言えないであろう。それ以上に三千代は人々の前で由香にあれこれ言うことにより、自分の優位性を示そうとしているのだ。由香はこの手の女がいちばん嫌いである。喋っているうちに自分の言葉に酔い、酔うことによってますます声が大きくなっていく女だ。

そして必ず、こう締めくくる。

「気分悪くしないでほしいワ。私みたいな人間は口は悪いけど、お腹の中は真っ白なんだワ。これから由香さんとは長いつき合いだから、やっぱり言いたいことは言わないとネ」

口が悪い人間に、いい人がいた例《ため》しがないと、由香は言ってみたい衝動を感じたが、もちろんそんなことはしない。大勢の女たちの前で反抗的な態度をとるのは得策でないし、何よりも由香はげんなりしていた。全く恥ずかしげもなく長々とああしたセリフを吐く女に、なすすべなどあるのだろうか。由香もこう答えるしかない。

「私もいろいろ迷いましたけれど、今は主人のために一生懸命やるつもりですの。ですから、これからはいろいろ教えていただかないと」

「そうだワ、そうこなくっちゃいけんワ」

三千代のセーターのラメが、手打ちといわんばかりに何度かきらめいた。

その時だ。「あっ」と春子が低く叫んだ。

「三富《みとみ》さんがいらしたワ」

襖《ふすま》の方に目をやる。丹頂鶴の模様の襖が開き、一人の老婆が入ってくるところであった。そしてこの老婆も鶴に似ていた。優雅ということではなく、首が異様なほど長いのだ。大島の対《つい》の衿《えり》を浅く合わせているので、ますます長く見える。髪の先が玉虫色に光っているのは、以前気まぐれで紫に染めたなごりだろうと由香は思った。三富喜乃《よしの》のプロフィルぐらいはしっかりと記憶している。彼女は今の市長の後援会女性支部「くれない会」の会長なのだ。

喜乃が人々から多くの尊敬をかちとっているのは、地酒「河童の舞」会長夫人というだけではないと春子はいう。三冊の著書を持つ歌人として、中央でも知られているというのだ。何年か前まで地方紙に「河童の里便り」というエッセイを連載していた、いわば町きっての女性文化人だ。

おととしNHKが「ひるどき日本列島」で河童を訪れた際、町の案内役としてそつなく答え、市だけでなく県の有名人にもなったという輝かしい経歴を持つ。

喜乃は人々から注視されていることに慣れている人独得の傲慢《ごうまん》さで、どさりと床の間を背に座った。そしていきなり大声を発した。

「あーあ、私、もう困りきってるんだワ」

三千代もそうであるが、喜乃もかなり太く嗄《か》れた声だ。河童弁の〝ワ〟という語尾が蓮《はす》ッ葉《ぱ》に聞こえたのは、いくら名門醸造家といっても水商売だからであろうか。

「いったいどうしたんですか」

七十二歳の喜乃に、春子は大層下手《したて》に出る。

「丸屋の社長がねえ、ここんとこしょっちゅううちに来るんだワ」

ここの社長は近々立候補を噂《うわさ》されている。

「いやあ、うちのお父さんとは将棋する仲だから前から来てたんだけどねえ、ここんとこちょっとねえ……」

女たちは色めき立った。「河童の舞」会長は、息子に代を譲ってからさまざまな公職も退いているが、それでも町の有力者であることには変わりない。どちらの陣営につくかで、選挙地図に変化が生じる。

「うちは夫婦で市長さんを応援してるけど、それは市長さんの代で義理を果たしたんじゃないか、何も後援会組織がそのまま甥《おい》のところに引っ越すのはおかしいんじゃないかって、お父さんに言ってるんだワ」

「そりゃそうかもしれませんけどね」

春子は可哀相《かわいそう》なほど狼狽《ろうばい》している。

「うちのお父さんと社長とは親しいし、私はこっちの会をお引き受けしてるし、あっちを立てればこっちが立たず。本当にこんな狭い町の選挙ってむずかしいワ」

喜乃は最後ににんまりと笑い、由香は何やら気分が悪くなってくる。これではまるで小動物をいたぶるライオンのようではないか。いや、ライオンというのはあまりにもいい表現すぎるかもしれぬ。選挙という弱みを握り、泥の中をはいずりまわるドジョウを、くちばしでいじくりまわす鶴というのも美し過ぎるか。

とにかく由香は喜乃にいい感情など到底持てそうもない。三千代もやはり嫌いだと思う。三富喜乃といい、斎藤三千代といい、選挙で采配《さいはい》を振るう女というのは、どうしてこう低レベルなのだろうかと、由香は憤懣《ふんまん》やるかたない思いになってくる。いつかこうした女たちに自分も染まっていくのだろうか。そして春子のように彼女たちと睦《むつ》み合うのであろうか。おお、嫌だと由香は誰にも気づかれぬように首を横に振った。

第三章　新後援会結成

河童に来てから由香は、買い物に多大な時間がかかるようになった。春子から出来るだけスーパーでは買わず、地元の商店街へ行くように言われているのだ。

「それも同じ店ばかりじゃなくて、いろんな店をこまめにね。まずは由香さんの顔を覚えてもらうのが肝心なんだワ」

もちろんいちいち春子の命令どおり動いているわけではない。しかし、初心者の悲しさで、説得力のある言葉にはつい従ってしまうのだ。由香は最近他人に対してこれほど素直になったことがなく、そのことがひどく口惜《くや》しい。

今まで行ったことのない肉屋をめざして歩いているうち、由香はどうやら道に迷ったようだ。といっても元のアーケードに戻ればよいのであるが、暮れなずむ町の風景を見ているうちに、いつもの道とは反対に由香は歩き始めた。このあたりに来ると、町の様相はかなり変わる。古い建物が多い駅の反対側とは対照的に、公園のある丘陵地帯は新しい小綺麗《こぎれい》な家が続く。バブル時代、東京まで新幹線通勤をする者が増え、土地の安い河童に白や茶のモルタルづくりのプレハブの家を建てたのだ。

その合間にぽつりぽつりとしゃれた店が紛れ込んでいる。和風の食器の店だったり、小さなブティックだったりする。東京にあるようなガラス張りのベーカリーもあった。

後ろからクラクションを鳴らされ、由香は振り返る。ワゴン車から大鷹明誠の笑顔がのぞいている。

「どうしたの、由香さん。買い喰《ぐ》いはいけないよ」

彼は前市長、大鷹康隆翁が、その昔、戦争未亡人に生ませた息子である。由香にとっては義理の叔父《おじ》ということになるのであるが、一族の中の明誠の立場は微妙であり、長いこと由香はどうつき合っていいのかわからなかった。が、翁が七年前に明誠の母を後妻に直してくれたおかげで、ぐっと気が楽になった。

「大鷹企画」といって、町のタウン誌や広告を手がける会社を経営する明誠は、人柄やふるまいに垢抜《あかぬ》けたところがある。そしてそれが決して軽薄に見えないのは、苦労人の明誠がさまざまな場所で慎ましさを見せるからである。由香はひょっとすると、大鷹一族の中でいちばんマシなのは彼ではないかと思うことさえあった。

「家まで帰るんでしょ、送ってあげる」

明誠は、片手でおいでおいでをした。ごく自然に助手席に乗り込みながら、こんなところを春子に見られたら大変なことになるとちらっと思った。当然のことながら、春子は明誠のことを一段も二段も低く見ているのである。

「志郎ちゃんはどうしてるの」

四十代後半の明誠は、志郎のことをこう呼ぶのであるが、これも春子は気にくわないらしい。〝さん〟と呼ぶべきだというのだ。

「今日は青年会議所の人たちとゴルフに行ってますよ。顔つなぎにしょっちゅうやってるみたい」

「志郎ちゃんも大変だけど、由香さんも大変だよなあ……」

明誠は何を思い出したのか、低くくっくっと笑った。ちょうど信号で止まったところだった。

「いま後援会がもめてるそうじゃないか。みんな志郎ちゃんの方についてくれるかと思ったのに、丸屋の社長の方に行きたがるのも出てきたんだってね」

「そうなんですよ」

「ま、仕方ないさ。選挙っていうのは田舎じゃ大変な娯楽だからね。あの三富のばあさんや、斎藤の出しゃばりばあさんたちが張り切るわけだよ」

「明誠さん、駄目よ。そんなこと言っちゃ」

言葉とは裏腹に、「もっと、もっと」と由香は身をよじっている。

「あの『くれない会』っていうのは、化けもん屋敷みたいなもんだからなあ。ああいう中で由香さん、ようやるワ。だけど面白いだろ、めったに見られない人種ばっかりだもんな」

そうなの、そうなのと、由香の中で今度は震えがやってきた。

県道に出たとたん、急に渋滞が始まった。同じような小型車には、たいてい幼い子どもを一人か二人乗せた女が、ハンドルを握っている。

「市長さんの具合、どうなのかなあ」

突然明誠が尋ねた。

「あの、私はそんなに詳しいこと知りません。何でも腰が悪いって聞いてますけど……」

「そんな僕にまで用心することはないよ。知ってる人はみんな知ってるよ」

明誠は唇の端だけで笑い、由香はたまらない罪悪感をおぼえる。あれほど春子たちのやり方を軽蔑《けいべつ》しながら、やはり自分もこの男のことを、愛人の子どもと思っているのではないだろうか。

「なんでも志郎ちゃんの選挙の態勢が整うまでは、薬で抑えに抑えて内緒にしておくんだって。そういうの、麗しい肉親愛と見るか、あるいは政権を譲り渡したくないというエゴイズムと人は見るか。まあ、どっちにしても勝負はこれからだよな」

とはいうものの明誠も、急に突き放したような言い方になる。運転席の彼の横顔は、未だにひき締まった線を保っており、肥満気味の大鷹の者たちとはどこか違う。そのことが明誠の哀《かな》しみのようにも、ただひとつの矜持《きょうじ》のようにも由香には思えた。

「そうだ、由香さん、暇だったらお茶でも飲んでいかないか。ちょっと会わせたい人がいるんだ」

「えっ、今ですか」

自分の声の大きさに由香は恥じた。これでは生まれて初めて、男から声をかけられた中学生ではないか。何を怖がっているのだろう。相手は愛人の子とはいえ、志郎の叔父にあたる人間だ。

「いえ、あの、はい、いただきます」

「そんなに怖がらなくてもいいよ。僕の仲間が集まる面白い店さ」

明誠は県道を曲がり、ビニールハウスの横の道を走り始めた。前市長がつくり、悪評を極めた公園の「ウンコ像」が、夕陽を浴びて赤く輝いているのが見える。まるで、どこかの尊い巨人が、排泄《はいせつ》なさったばかりのモノのようだ。「ウンコ像」がここに見えるということは、明誠は新築の家が立ち並ぶ丘陵地帯に戻っているということになる。

やがてさっき由香が立ち止まった、美味《うま》そうなパン屋が見えてきた。明誠の車はそこを通り過ぎ、一軒の白い建物の前で停まった。「コーヒーギャラリー、アミン」と書かれている看板の前で、はて面妖《めんよう》なと由香は首をひねる。「コーヒーギャラリー」とは何であろうか。コーヒーカップを展示でもしているのか、それともコーヒー豆でも見せているのだろうかと不思議だったが、中に入ってすぐ合点がいった。七坪足らずの小さな喫茶店の一角がギャラリーとなっているのだ。窓ぎわの棚にはアクセサリーが並んでいて「遠藤マヤ彫金展」という手書きのポスターが貼《は》ってある。由香も女だから、光るものはすばやく嗅《か》ぎわける能力を持っている。そこにある指輪やブローチのセンスは悪くない。しかし会場と製作者の名前の陳腐さが、すべてをだいなしにしていた。

カウンターの中の女が、明誠を見て頷《うなず》く。彼はここでよっぽどの常連なのであろう。女は「いらっしゃいませ」を発するわけでも水を出すわけでもない。

「クニちゃん、さっきまで居たのよ。すぐに戻ってくると思うけど」

おそろしくぞんざいな口をきいた。この河童では珍しく茶髪系の女である。が、この茶髪は最近若い者たちが盛んにするアナーキーなそれではなく、水商売系のものでもない。女の年齢からしておそらく単に外国かぶれしたものと由香は推理した。四十近い女に時々こういう髪をした者がいる。半年か一年ぐらいの短い外国経験があり、自分はちょいと違うワという誇りと、望郷（望異郷か）の念とが、女を荒れた茶色の髪にしているのだ。この茶髪系は、必ずといっていいほど太いアイラインをしているものだが、彼女もそうであった。

「あ、これ、僕の甥《おい》の嫁さん」

「っていうことは……」

女の瞳《ひとみ》の中に、敬意とも茶目っ気ともつかぬものがめまぐるしく浮かんでは消える。

「今度、市長選に出る、大鷹商店の御曹司《おんぞうし》の奥さんかあ」

「あたりっ」

「まっ、すごい人に来てもらっちゃって」

女は皮肉を押し殺そうとするので、ややドスのきいた声になる。

「この人はね、この店のオーナーで京子《きようこ》さん。東京の文化学院出て画家をしてたんだけど」

「画家じゃないの、画家の奥さん」

「そうか、いつも間違えちゃうんだ。ま、どっちでもいいや。ずっと東京にいて、八年前からこの店やってるんだ」

「大鷹由香と申します。どうかよろしくお願いいたします」

最近なめらかに頭がすうっと前に下がる。が、由香の丁寧な挨拶《あいさつ》に、京子という女の機嫌はすっかりよくなったようだ。

「何飲みますかァ。うちのコーヒーおいしいわよ。ケーキも私の友だちが焼いて毎日持ってきてくれるのがあんの」

見た目よりずっとお人好《ひとよ》しで純情というのが、すべての茶髪系の特徴である。京子は由香だけに水の入ったコップを差し出した。

「京子ちゃんとこのコーヒーは河童でいちばんだぜ。いい豆を東京から買ってくんだもんな。他の店のコーヒーとはまるっきり違う」

「だけどさ、わかってもらうのに八年かかったのよ、八年」

京子は由香に訴えるかのごとく顔をしかめた。そうすると目のまわりに無数の皺《しわ》が出来、彼女は四十も半ばではないかと由香は見当をつける。

「この街の人ときたらさ、コーヒーなんていっても、せいぜいがファミリーレストランの、煮出し汁みたいな味しか知らないのよ。なんでコーヒーに六百円も出さなきゃいけないんだ。だったらラーメンを食べられるじゃないかって、うちの前通りながら聞こえるように言われたりしたんだけどさ」

「幸いいいお客がついてさ」

明誠が彼女の口真似をした。

「この店は今や河童の文化人の集会所みたいなもんかな。五年前からギャラリーも始めてくれたから、この街で絵や陶器をやってる者も自然と集まってくるんだ」

由香は釈然としない。河童市と文化人という言葉がどうしてもうまく結びつかないのだ。明誠の弁によると、この彫金をやっている「遠藤マヤ」という女も、文化人の一人になるのだろうか。

その時、京子がロイヤル・コペンハーゲンのカップを差し出した。確かにうまい。器といい、味といい、由香が今まで河童で飲んだ最高のコーヒーであった。口元に近づけるたびに、豊かな香りが顔全体を覆い、その苦さも渋さも絶妙な加減だった。由香はほんのかすかであるが「文化人」という言葉を信じてもいいような気さえして、思わず「おかわり」と言った。それで京子の心証はますますよくなったようである。

「これ、初対面のオ・マ・ケ」

と言って、小さなチーズケーキまで出してくれる。

「これは私の友だちが、毎日焼いてきてくれるの。あ、来た。噂《うわさ》をすればナントヤラね」

男と女がこれまた常連独得の乱暴さで、ドアを押して入ってきた。女は由香のようなショートカットにピアスをしている。三十三、四といったところであろうか。男も同じくらいの年齢ですらりと背が高い。どちらも黒の革ジャンパーを着ていて、河童の「文化人」にふさわしい風格だ。

「クニちゃん、どこ行ってたのよ」

京子が拗《す》ねたように声をかけ、由香はこの女がさっきまでいた女か、ということを知る。

「違うのよォ、この人がさ、車検で車出している最中なのにさ、フリーマーケットの品物、どうしても取りに行くって言い張ってさ。私、頭に来たから迎えに行くのよそうと思ったんだけど、やっぱり思い直して行ってあげたわけ」

「君が遅いからさ、オレ、テルミさんとこから帰るに帰れなくって困ったぜ」

「だったら、テルミさんに送ってもらえばいいじゃないの」

「あの人はマウンテンバイクしか運転しないの」

「まあ、まあ、まあ」

明誠は中に割って入り、由香を紹介した。

「僕の甥の嫁さん」

「ああ、大鷹志郎さんの奥さんか」

クニちゃんと呼ばれた女は、京子ほどさまざまなものをあらわにしないが、その「大鷹志郎さん」という発音の奥に「ふうーん」という感慨が含まれている。が、由香はもうこうしたことに慣れていた。大鷹という名前は、この河童市において、多くの意味を含んだ記号なのだ。記号が邪慳《じゃけん》に扱われたり揶揄《やゆ》されるのはあたり前のことなのである。

「こっちはね、山村俊樹《やまむらとしき》君と邦子《くにこ》さん夫婦。旦那《だんな》さんはカメラマン、奥さんはイラストレーターで、僕のやっているタウン誌をよく手伝ってくれる人たちだ」

「ここのコースターなんかは、全部クニちゃんが描いてくれたのよ」

京子は得意気、というよりも、邦子をいたわるようにそれを掲げた。おそらく由香の顔に不審気な色が浮かんだに違いない。こんな田舎で、果たしてイラストレーターなどという職業が成立するのだろうかととっさに考えたのは本当であるが、それを読みとられたのは由香のミスというものである。決して彼らを侮っているわけではないが、ただ由香は面くらっているのだ。

「あの、とってもいい色ですね」

由香はわびるつもりで精いっぱいの世辞を言い、そのコースターをしげしげと眺めた。青い花模様だ。

「そうだろう、この夫婦はちょっと変わってんだよ」

明誠の嬉《うれ》しそうな解説が入る。

「俊樹君はね、ライフワークとして鏝絵《こてえ》を撮ってるんだよ。これが撮りたいばっかりに、東京から戻ってきたんだ」

「あの、鏝絵って何ですか」

「昔の左官屋がね、これは俺《おれ》がした仕事だぞ、っていうことを示すサインなんですよ。屋根の下のとこの壁に、鏝をつかって大黒さんや龍の絵を描いたんです。この鏝絵が多いのは九州なんですけどね、どういうはずみかこの河童の旧家にもいっぱい見られるんです」

「河童は戦災に遭わなかったところですからね、こういうもの、探せばいっぱいあります」

　と邦子が口をはさむ。

「あのね、河童っていうとね、北関東の中でもいちばん本読まなくて、映画も見ないところって思われているけれど、ちょっと前までの人たちって、豊かな文化を持って美しいものを創造する力があったんです」

「明治の終わり頃、生糸で大儲《おおもう》けした猪田《いのだ》家っていうのがあって、すごい邸宅を持ってたんですよ。それこそ建築の粋を集めたような家だったから、僕たちは将来の河童市の遺産にしようって大キャンペーンを張ったこともある」

「あの時は頑張ったよねえ……。署名運動して、嘆願書書いて……」

　京子がため息をつく。

「だけどね、市長が結局は握りつぶしてしまった」

　俊樹は大きな舌うちをする。

「市が買い取ってくれなかったばっかりに、結局は建売住宅がいくつも出来ましたよ。全く、ここの行政の奴《やっ》らぐらい、文化とか自然というものがわからない者はいないと思う」

「あのね、私たち、奥さんにこんなこと言うのナンなんだけど、この河童市は元から変えていかなきゃいけないと思うのよ」

「おい、おい、初対面の由香さんに向かってそんなこと言うなよ」

明誠が二人を止めたが、コーヒーを飲みながらのため、声がくぐもってまるで迫力がない。由香はおそらく彼は、街のこうした声を伝えたいために自分をここに連れてきたのだろうと理解した。

「いや、いや、明誠さん、これだけは言わせてよ」

俊樹はカウンターに次第に前のめりになっていく。しかし、その声は真摯《しんし》なものに溢《あふ》れていて決して嫌な感じではない。

「選挙っていうとさ、いつもしゃしゃり出る選挙おやじや選挙おばさんが暗躍してさ、僕ら若いものはそっぽ向きたくなるよ」

選挙おばさんというのは、先日会った斎藤三千代や三富会長のことだろうと、由香は彼女たちのラメや大島を思い出した。

「大鷹志郎さんがどういう人か、僕たちはまるっきり知らないけど、伯父《おじ》さんの後を継いで同じことをしようとしてるなら、僕たちはとてもついていけないよな」

最初は違和感があったものの、ここのコーヒーの味といい、ここに集う人間といい、どうしてこれほど懐かしいのだろうかと由香は不思議だった。身内のことを悪く言われているのだから、もっと不快になってもいいはずなのに、そんな気は起こらない。それどころか、やっとめぐりあえた人たちという気さえする。

本物のコーヒーの味に飢えていたように、こうしたまともな人間にも飢えていたようだと由香ははっきりとわかった。

「あのー大鷹は皆さんの考えているような人じゃありません。普通のサラリーマンで、悩んで悩んで立候補したんです。皆さんと同じ世代で皆さんと同じような考え方の持ち主なんです。どうか大鷹に会ってやって下さい。そしていろいろ話をしてやって下さい」

由香は今自分が、完璧《かんぺき》なまでに政治家の妻をしていることに気づかない。

その夜、由香は春子に呼ばれていた。大鷹商店の中に設けられた後援会事務所では、いま来月の「大鷹志郎君を励ます会」に向けて大わらわである。案内状の宛名《あてな》書きを、何人かの女たちが手分けして行っているのであるが、それを由香が手伝う、手伝わないではまるで人々の心証が違うというのだ。

「もし何でしたら、私、パソコンを持っていきましょうか。一回住所と名前を入力させておくと、後はプリントされて出てくるものすごく便利なものがあるんですよ」

「とんでもない」

由香の提案に、春子は目をむいたものだ。

「この町でそんなことすれば、すぐにくず箱行きだワ。ヘタな字でも構わんから丁寧に書けば真心が通じるのヨ」

これはもちろん由香へのあてこすりというものである。由香は自分でも嫌になるほどの悪筆だ。四角ばった読みづらい字を書くとよく言われるので、かなり短いものでもワープロを使う。が、春子に言わせると、ワープロを使うなら、何も書かない方がマシなのだそうだ。

「選挙っていうものはね、印刷物がやたら多くなる世界なのヨ。だから手づくり出来るとこは出来るだけ手づくりをして、人間のぬくもりっていうものを使わないと駄目だワ」

春子の選挙哲学に、何やら情緒的なものが加わるようになったのには理由がある。参謀として雇い入れた萩原《はぎわら》のせいである。

選挙から選挙へと渡り歩いて、その都度謝礼を貰《もら》う「プロ」と呼ばれる人がいることを、由香は初めて知った。萩原は昨年も国政へ一人送り込んだという大変な実績の持ち主だという。

「本当はうちで頼めるような人じゃないんだけど、志郎をどうしても勝たせたいからって、市長が頼んでくれたんだワ」

春子が手を合わさんばかりに崇《あが》める萩原は六十半ばといったところであろうか。眉《まゆ》毛《げ》がどこかの首相のように長いが、年寄りじみた印象はない。そうかといって若々しいというのとも違う。張りのある声で何かを命じたかと思うと、次の瞬間には受話器を片手に誰かと話している。動きに無駄がなく、それでいて静止した時は、人々が決してないがしろに出来ない張りつめた空気が伝わってくる。

由香はこの緊張感にどうも馴染《なじ》めない。選挙という事業のまわりに集まってくる、いかがわしいものにまとわりつく圧迫感という気さえする。そんなこちらの気持ちを知ってか知らずか、萩原は案外好意的な様子を見せる。

何にも知らない嫁だと、春子が由香を最初に紹介した時、

「いや、シロウトの奥さんほど、土壇場になって底力を見せるもんですわ」

とその長い眉毛をやさしく上下させたものだ。

その萩原を中心に、大鷹家のリビングセットには、春子と志郎が座っていた。ここはいわば志郎体制の中枢と言えるところだ。たえず手伝いの者たちがざわざわと出入りしている応接間兼事務所とは対照的に、ここでは春子も萩原もごく低い声でものを話す。

萩原が好物だそうで、春子がいつも用意させているスコッチウイスキーと柿の種の皿の間に、ぶ厚い雑誌状のものが何冊か置かれていた。

「河童第一高等学校の同窓会名簿なんだワ」

　春子が説明した。

「志郎さんが出た頃は、このへんきっての名門高校だったんだけど、六年前に総合選抜になってからはどうもいけんワ」

　おそらく萩原から厳しく言われたに違いなく、春子は今までの「志郎ちゃん」という呼び名をすっかり「さん」に変えた。が、舌の方がまだなめらかにまわらないらしく、「さん」が「しゃん」に聞こえることがある。

「それでもねえ、河童一高出た人は、みんなこの町を支えてる人だワ。信用金庫の理事長も、『河童の舞』の社長も、みんな一高出身だワ」

「だから同窓会の名簿使って、案内状書いてるんですね」

「だけどねえ……」

　春子は深いため息をついた。

「丸屋ホテルの社長が、ずっと前からこっちの同窓会の会長してるんだワ。全く、こうなるのがわかってたら、志郎さんをちゃんと同窓会の総会に行かせとけばよかったワ」

「そんな過去のこと、くよくよ言っても仕方ないだろ。萩原さんの言うとおり同窓会名簿は宝の山なんだ。これをコツコツ崩してく他ないじゃないか」

志郎さえ苛立《いらだ》たし気に、ページをめくった。そんな息子に、春子はせつなげに鼻を鳴らす。

「全くこの町は、住んでいなかった人には冷たいところだからネ。同窓会のおエラ方ときたら、自分たちが選挙を左右するみたいなことを言って威張っているらしいんだワ。志郎さんはこれから一高のことで苦労すると思うワ」

「由香さんの同窓生はどうかね」

突然萩原が由香に尋ねた。

「上智の卒業生の、支部みたいなもんがこっちにないかね」

「そんなぁ、うちの学校の卒業生が、こっちにいるなんてそんなの聞いたことないですよ。それに……」

ここでいつぞやのお返しを、ちょいと由香はしてみたくなった。

「私はお姑《かあ》さまからきつく言われてますから。上智を出てる嫁さんなんて、こっちじゃ嫌われるだけだから、そんなこと隠してくれって」

うろたえると思いきや、春子は、あら、と可愛《かわい》い声を発した。

「私は頭を高くしないでくれ、って意味で言ったまでのことだワ。今は一人でも二人でもつながりのある人が欲しい時なんだから、由香さんが協力してくれないわけはないわよネ」

かりである。

口癖を発した後で、由香はしまったと思った。つい先日も萩原から注意を受けたば

「考えときます……」

「奥さん、選挙に『考えときます』はないんだ。みんなの戦意が喪失するから、これからは『すぐやります』にしてくれよ」

やわらかい口調であったが、眉毛に半ば隠された目は、強い光を放っていたものだ。

「あの、私もすぐ同窓会名簿を見て、この近辺に住んでいる人を探します」

言い直しながら、由香は口惜《くや》しさで次第に胸が揺れてくる。いい機会だからと、春子に軽いジャブをくらわせたのであるが、なぜかつまらぬかたちで自分に返ってきたのだ。夫の前で恥をかかされたというみじめさが、由香にしては珍しい行動をとらせた。手柄になるかもしれぬという期待が、突然彼女を饒舌《じょうぜつ》にしたのである。

「あの、私、今日、面白い人たちに会ったんですよ」

明誠に誘われたことだけは隠して、「コーヒーギャラリー」を中心とした、河童市の「文化人」たちについて語った。

「私、ああいう人たちって東京近郊にだけいるんだと思ってたけど、この町にもちゃんといるんですね。新しいかたちで住民運動してる人たち。タウン誌つくったり、フリーマーケットやったり。ああいうのって、河童の新しいパワーでしょう。ああいう

人たちを引き込まないテはないですよね」

　こんな手垢《てあか》のついた同窓会名簿に頼る選挙なんて、もう古いんじゃありませんか。志郎さんは若いんですから、あんな「くれない会」なんかとは手を切って、新しい選挙をやるべきなんですよ。

　由香が本当に言いたいのはそういうことなのであるが、後の言葉はもちろん上手にぼやけさせる。最近自分が欲求不満なのは、言葉を最後まで明確に言えないことだとわかっているが、この場合仕方ないことであろう。

　しかしかなり遠慮して、いいところだけピックアップした由香の言葉は、一座に思わぬ効果をもたらした。三人は目を宙に漂わせ、しばらく何も言わない。つまり完全にシラけていたのである。

「私、いつか由香さんが、ああいう人たちにかぶれるんじゃないかって思ってたワ」

　やがて春子が勝ち誇ったように言った。

「インテリぶって、わけのわからんことばっかり言う連中だワ、みんな。口ばっかり達者でさ、それでえらいめにあったことがあるんだワ」

「確かボロい建物を残せ、っていって署名運動を起こした連中だったな」

　明治の建築を市が買い取れ、という運動は、このあたりではかなり有名なものだったらしい。萩原もそのことを知っていた。

「あの人たちは、みんな東京でモノにならないで、河童に流れてきた連中だワ、それでとにかく、河童が東京と同じにならないって、いつも怒ってるような人たちだワ」

春子はやたら憤慨しているのであるが、東京でモノにならなかった、というのならばあんたの息子も同じではないかと由香は思う。

「このあいだの市議選の時も、あの連中がかつぎ出して、ヘンなフリーライターとかいう男を立候補させるっていう騒ぎだったワ。だけどその男が、東京に借金と妻子を残してきたことがわかってネ、すぐに立候補取り消したワ。まあ、みんなの笑いものだワ」

やがて気を取り直したらしい志郎が、いちばん穏当なことを言う。

「もちろん彼らが無視出来ない存在だっていうことはわかるよ。だけどさ、彼らと手を握るにはあまりにもリスクが大き過ぎるんだよ。もし僕が彼らに接近したりしたら、伯父《おじ》さんの後援会の連中も黙っていないと思うんだ。それにだいいち、彼らは僕のことなんか嫌いだと思う」

「由香さんは、選挙のこと、ちっともわかってないワ」

春子はもうやってられない、というふうに掌《てのひら》で自分の胸元をあおぐ。

「選挙っていうのは知恵の輪みたいなもんだワ。二つの輪だけでもこんがらがってんのに、他の輪っぱを持ってこないでほしいワ」

「あのお姑さま」

由香は尋ねた。

「知恵の輪って何でしょうか。私の年齢だと見たことがないんで教えていただかないと」

春子の下唇と萩原の眉毛《まゆげ》が向こうでピクピクと揺れた。

その夜、実家から持ってきた百科事典を志郎と拡げた。

「ほら、これが知恵の輪っていうんだよ。君さ、年寄りの例えをさ、いちいち咎《とが》めることないじゃないか」

「例えだからこそ、ちゃんと話してくれないとわからないわ」

由香はウイスキーを注《た》らしたミルクを片手につぶやいた。そう飲む方ではなかったのだが、最近は気持ちが昂《たか》ぶっているせいか、夜少々のアルコールを入れないと眠ることが出来ない。このままではいつかきっとアルコール依存症になるのではないかと志郎を脅かすのも、ちょっとしたナイトキャップというものだ。

しかしその図版を見れば見るほど由香はわからなくなってくる。

「ねえ、どうして知恵の輪が三本になるといけないの」

「そんなの知るか」

パジャマに着替えた志郎は、早くもベッドに横たわっている。アルコールが入らないと眠れなくなった妻とは反対に、彼は日々の疲れからベッドにいつも倒れ込むように行く。そして五分もたたないうちに、軽くイビキをかき始めるのだ。

「ねえ、お姑《かあ》さまの言うこと、矛盾してるんじゃないの。一人でも二人でもつながりが欲しいって言ったりさ、そうかと思えば余計な人脈をつくるな、って言ったり」

「そりゃそうだ。この町には対立してるものがあるんだからさ」

早く眠りたいために、とにかくこの場を早く切り抜けたいという思いが、ありありとわかるような志郎の声だ。

「古くからのお歴々とさ、そういう人たちが大嫌いな、元気なフリーマーケット族。そりゃ僕も若い人たちに支持されてマスコミにちやほやされたいと思うよ。新しい政治家とか言われてね。でも仕方ない、僕は伯父さんの地盤もカバンも引き継ぐんだ。その地盤をないがしろには出来ない。伯父さんのことをあざ笑っていた人たちとは、そう仲よく出来ないさ」

「でも、あの人たち、私のことそんなに嫌いじゃなかったみたい」

ねえ、と由香は百科事典を置き、夫のベッドに腰をおろした。

「やめてくれよ。僕がどれだけ疲れてるか知ってるだろ……」

「馬鹿ね、そっち方面はとうに諦《あきら》めました。ねえ、私に会をつくらせてくれない」

「えっ」

「あなたが出てけば問題あるだろうけど、私がやる分には何でもないでしょう。私ね、あんな『くれない会』のおばさんたちにはあきあきしてるの。あっちはお姑さまに任せる。私はね、もっと若い主婦や働いている女の人を集めて会をつくるわ。ねえ、やらせて」

「そんな、お袋が何ていうか……」

「バカ、バカ」

由香は布団ごと夫を叩《たた》いた。新婚の頃、こんなふうにして夫にじゃれついたことがあるが、今とは全く意味が違う。

「あなたね、一票でも欲しいでしょ。私が手に入れてあげるって言ってるのよ。私がやってあげる」

お姑さんより、ずっと多く、票という輝かしい、あなたがいちばん欲しいものをあげる。これも最後まで由香は言わなかった。


次の日、由香は例の商店街へ向かった。

午後二時過ぎという、いちばん暇そうな時間を見はからって来たのであるが、「コーヒーギャラリー」のカウンターには二人の男が座っていた。作業服を着ているところを見ると、近くの設計事務所の男たちらしい。うまそうに煙草を吸いながら、京子と何やら話している。

由香はしばらくドアのところで躊躇《ちゅうちょ》していたのであるが、運のいいことに男たちは立ち上がった。どうやら他の客がやってくるのを潮時にしようと心積もりをしていたらしい。

「どうもありがとうございました。あら、いらっしゃい」

京子は去る客と来る客同時に無精たらしい挨拶《あいさつ》をしたが、由香の方に念を入れて微《ほほ》笑《え》んだ。今日は心なしかアイラインの線が細いような気がする。

「また来てくださって嬉《うれ》しいわ」

「だって、ここのコーヒー、すごくおいしかったんですもの。私、この町に引っ越してから、初めておいしいコーヒー飲んだわ」

「自信はあるけど、そう誉められると張り切っちゃうわね。待ってて、いま、とびきりおいしい豆使うから」

思ったとおりだ。この稼業の女は世辞に結構弱い。厚化粧の女ほど根は単純だということを由香は経験から知っている。正攻法で行くのがいちばんである。

「私、今日、京子さんにお願いがあって来たの」

コーヒーを飲み終わり、由香はスプーンをかちりと置いた。

「何かしら、奥さんが私にお願いごとなんて」

京子は小首をかしげるようにする。わざとらしい動作である。すべてのことを知っているといわんばかりに、おどけたように目をしばたたいた。あたり前だ。この時期、候補者の妻が願いごとといったらもう決まっているではないか。由香は「くれない会」の女たちの表情を思いうかべる。

ああ、選挙というのは何と多くのものを質《しち》にとられるのであろうか。

しかし、これにめげてはならないと由香は密《ひそ》かに深呼吸する。

「私ね、京子さんたちにお会いした後、家へ帰ってよおく考えたの。京子さんを中心にこの町で何か組織をつくれないかって」

「それって、選挙のための」

京子の目が意地悪くまばたきする。この女は自分が考えていたほど単純ではないことを由香は思い知らされる。が、もう後には引けない。

「そお。私、夫を勝たせたいの。それ以上にこの河童の町を変えたいの。あのね、夫のことを京子さんたちは誤解していると思うんだけれど、彼は本当はこっち側の人なの。決してあっち側の人じゃないわ」

「こっち側、あっち側って、まるで死んだ人みたいね」

京子はニヤリと笑ったが、そのとたん、何かやわらかいものが、彼女の中で流れ出したような手ごたえを由香は感じた。

「あのね、今はあっち側のおじさんやおばさんたちにつかまってるけど、私がきっと近いうちにこっち側にとり戻してみせる。明日でもあさってでも連れてくるから話をしてちょうだい。きっとわかってくれるわ」

「ふふ、あっち側につかまってるはよかったねえ……」

「だって本当だもの」

由香は拗《す》ねたふりをする。

「私ね、ここだけの話だけど、あっち側の『くれない会』とかそういう人たちに、本当になじめないの」

「あら、あら、奥さんがそんなこと言っていいのかしら」

「いいのよ。私なんかどうせあっち側のはみ出しもんだもの」

「あのさ、私だからいいけどさ、そういうこと、めったな人に言わない方がいいわよ。この町、誰が聞いてるかわからないのよ。大鷹志郎さんの奥さんが、町の有力者のおばさんたちを嫌ってるなんて知れたら、大変な騒ぎになるわよ」

京子はもう一杯コーヒーを注いでくれた。しめた、もう少しだ。

「あのね、私、明誠さんに聞いたの。この町の若くて元気な人たちを束ねてるのは京子さんだって。京子さんさえのってくれれば、この町のパワーを集結出来るって」

もちろんそんなことを明誠は言ってやしないが、それにほぼ間違いなかろう。店の一角を占めるギャラリーは、今日は「熊田麗花展」と銘うってちぎり絵が飾られている。そして月例のフリーマーケットのポスター。その文字は今にも浮き上がってきそうだ。この文字の奥に、何十、何百という有権者が呼吸している。その手がかりが目の前にいる女なのだ。

「私なんかただの喫茶店のおばさんよ。何も出来やしないわよ」

しかしまんざらではない証拠に、京子の少し口紅のはげかけた唇が、やわらかく上下し始めた。

「嘘《うそ》よ。私、いっぺんでわかった。この町の力ある人を牛耳《ぎゅうじ》ってるのは京子さんだって」

「私なんかより明誠さんの方が実力者よ。あの人はタウン誌の社長なんだもの」

「京子さん、知ってるでしょう。うちと明誠さんとのこと……」

由香は哀《かな》し気にうつむいたが、これが意外な効果をもたらした。

「そうかあ、おたくんちもいろいろ大変なのよね」

「ホント、恥ずかしいの。うちの中でさえまとまってないのよ」

「私もさ、前の亭主と別れたのは、姑《しゅうとめ》とゴタゴタあったのよね」

由香はあくまでも愛人の子である明誠と、大鷹一族との確執を遠まわしに言ったのであるが、京子はひどく深読みというか、本質をついてきた。

「あっちのお母さんが『くれない会』を牛耳ってるんだもんね、奥さんもやりにくいでしょう。まあ、わかるような気がするわ。何か新しいことやりたいっていうの」

「主人もそこのところ、よおくわかっているのよ。河童を変えていくの、京子さんたちみたいな人だっていうことは本当にわかってるの。京子さんたちの仲間に入りたいのは彼の本心なの。ねえ、わかってやって。私が必ず彼を連れてきます。彼はね、このあいだまで東京でサラリーマンをしていた、本当に普通の人なのよ」

いつのまにか由香は京子の手を握りしめている。濃いアイラインと茶髪がトレードマークの彼女であるが、食べ物商売の女らしく爪《つめ》は清潔に短く切ってある。由香にはその爪が誠実の証《あかし》とも、友情の萌芽とも見えた。彼女が味方についてくれるならば、この手にキスしても構わないほどの気分になっている。

「私はね、何とかしてあげたいと思うんだけど、仲間がなんて言うかしらねえ……」

京子はかすかに身をくねらせ始めた。後、もう少しだ。今、彼女が承諾してくれるならば、一晩をともにしてもいいとさえ思う由香であった。

第四章　有名人

久しぶりの東京である。由香は先ほどからスカーフの結び具合を気にしている。一ケ月半にわたる河童での暮らしが、自分を田舎じみたものにしているのではないかと心配でたまらない。なにしろこれから行くところは、テレビ局という東京でも最も華やかな場所なのである。

京子とその仲間たちとでいろいろ話し合った結果、まず人々が集まる催しを始めるのがいちばんという結果になった。

「それならコンサートかしら」

という由香の提案に、イラストレーターの邦子が首を振った。

「あれはね、労多くして功少なし、っていう感じよ。私たちが呼べるぐらいのミュージシャンじゃ、たいして人は集まらない。それなのに器材を運んだり、ＰＡがどうのって、すっごく大変なの」

「それじゃ、講演会かしらね」

「でもね、この町じゃ作家なんか呼んでもねえ。何しろろくな本屋がないところなんだから、作家なんか誰も知らないよ」

由香は次第に不安になってきた。この町の人間、特に女たちはいったいどういう催しならやってくるというのだろうか。

「そりゃあ、テレビに出てる人が強いわよ」

と京子。

「この前さ、芸能レポーターの梨元サンがさ、隣町で講演したのよ。『私の見た芸能界裏表』っていう題でやったらさ、なんと千人が集まったのよ、千人！　この町でこんなことは初めてだってみんな驚いたわよ」

「それならば――」

由香は思わず手を叩《たた》いた。

「私の友だちでアナウンサーしてるのがいる！」

「えー、ホント」

みながいっせいに声を上げた。

「上智で同じゼミだったの。奥村美佳子《おくむらみかこ》っていうんだけど」

その名前を知っている確率は五〇パーセントであった。そこにいた四人のうち二人はよく知っていると言い、もう二人は名前を聞いたこともないと言った。無理もないと由香は思う。美佳子は入社してすぐ、局の看板ニュース番組のアシスタントになった。あの頃が彼女の絶頂期だったといってもいい。雑誌のグラビアに出ていたこともあるし、女性誌のインタビューや対談にも駆り出された。いわばゼミきっての有名人としての地位をしばらく維持した後、美佳子は急にブラウン管に出ることが少なくなった。どうやらテレビにおける「お褥《しとね》すべり」の時期だったらしいのだ。三十代となった今では、通信販売番組や局提供のテレビスポットの司会でたまに顔を見かけるぐらいである。

「だけど東京のテレビ局のアナウンサーだったら、十分に人は来るわよ。こっちの地方局の元アナウンサーがさ、〝ステキな喋《しゃべ》り方〟みたいなことで講演してもかなり人が集まるのよ。とにかく河童の人たちは、テレビに出ている人が大好きなの」

京子のその言葉で決心をして、電話をかけたのがおとといのことである。かなり待たされた後、本人が出てきて、忙しいので局に来てくれるなら会ってもよいということになったのである。

受付で美佳子の名を告げると、しばらく待っているように言われ、やがて本人が現れた。目がさめるようなブルーのスーツを着ている。ピンクの靄《もや》がかかっているメイクに由香は驚かされた。それほど親しいというわけでもなかったから、卒業以来会うのはこれで五回めぐらいだ。ゼミの同窓会といったプライベートな場所にも、美佳子はこのピンクメイクでやってくる。どうやら自分たちとは使うファンデーションや白粉が違うらしいとわかった。本人はどう意識しているかわからぬが、その目立つ小さな顔は、やはり芸能人に属していると由香は感心して眺めたものだ。

十年前、その感嘆と賞賛の的となったピンクの靄はややくすみ、ところどころ肌の枝にひっかかる。特に目のまわりで何度か途切れるのだ。

「ごめんなさいね、食事でもと思ったんだけど、次の番組の打ち合わせがあるの」

が、せかせかした話し方は十年前と少しも変わっていない。目はこちらを見据え、唇だけが上につり上がる笑い方もそのままだったが、美佳子の顔や体つきからは、何かが吹き去った後の乾いた感じが確かにあり、それが由香にも伝わってくる。美人と言われた女だけに、それを見るのはややつらい。

「あのね、電話でも話したんだけど、講演会をやってもらえないかと思って」

「講演会かあ……」

美佳子はさも大儀そうにため息をついた。

「私ね、日曜とかオフの日に、出来るだけ仕事をいれないようにしているの」

「わかるわァ。忙しいのは重々承知よ。何だったら、奥村さんの空《あ》いている時に日にちを合わせるわ」

「そう言ってくれるのは有り難いけど、さて、どうしたらいいもんかしらねぇ」

人ごとのように美佳子は視線を宙に漂わせる。斜めから見ると確かに形のよい鼻であるが、頬《ほお》の左右にたるみが見える。

「あの年のアナウンサーなんてみじめなもんだよ。時期をはずしてフリーにもなれなかったんだから。アルバイトっていっても、結婚式の司会ぐらいだろう。講演なんていったら大喜びだぜ」

電話をかける前に相談をした、広告代理店に勤める同級生の言葉を思い出したが、美佳子に聞かせたらおそらく憤死してしまうであろう。

「あのね、私のいま住んでいる河童ってとこは、全国でいちばん本が売れないようなところなんだけれど、そういうところだからこそ、文化のかおりを皆に伝えたいの。あなたみたいに、中央のテレビ局で活躍しているニュースキャスターに話をしてもらったら、どんなに喜ばれるかしら」

全くこの頃の自分の口のうまさといったらどうだ。いくらでもするすると言葉が出てくる。それも自己嫌悪や良心の咎《とが》め、などといったものを感じずにだ。選挙にかかわって知ったいちばん大きなことは、言葉は実に意味を持たないとわかったことだ。誠実に話そうなどと思うから人は寡黙となる。ふんだんに甘味料を使って相手の気分をよくすればそれでいいのだ。言葉はそのためにあるのだ。

案の定、美佳子は〝ニュースキャスター〟という言葉に唇がゆるむ。

「今はそんなんじゃないけど……」

「それでね、もしやってもらえるんだったら講演料っていうのはいくらかしら」

この機を逃さず由香は尋ねた。

「そうね、五十万っていうところかしら」

えーっ、由香は驚きのあまりしばらく息が出来ぬ。

五十万円といったら大金である。一時間か一時間半喋ってもらうだけで、どうしてこのような金を請求されるのであろうか。

が、これは京子から聞いた話であるが、何年か前に近くの町の市長選に、女優がやってきた。女優といっても、ワイドショーのコメンテーターにたまに出るぐらいの傍《わき》役《やく》である。だが、その女の、選挙カーに一日乗った謝礼が百八十万円だったというのだ。

「やっぱりさ、有名人っていうのは呼吸してるだけでお金もらってるものなのよ。口《く》惜《や》しいけど、それで人が集まるんだったら仕方ないことじゃないの」

そしてまたこんなことを言う。

「このあいだなんかびっくりしちゃったわよ。河童の市議選の時だったんだけどさ、『あのＮＨＫ〝おはなはん〟でおなじみの女優』っていうのを連れてきたのよ。それもちょい役で、まるっきり記憶にない女。すっかりお婆さんになってたわ。だいいち〝おはなはん〟って、いったい何年前のドラマよ。かれこれ三十年前じゃないの」

京子が出した結論は、

「キー局のちょっとしたアナウンサーだったら、五十万円は仕方ないんじゃないか」

ということであった。

由香はそう屈辱的にもならない程度に、「講演よろしく」という電話を入れた。

四月を目標に、志郎を支援する女性団体「オレンジ会」の準備は進められている。「オレンジ会」という名前はあまりにも平凡で、由香は不満なのであるが仕方ない。河童の市の花は「木瓜《ぼけ》」だというし、最初考えた「スカーレットピンクの会」は、長すぎると反対にあった。「オレンジ会」ならば、あの「くれない会」とそこはかとない連帯感をかもし出しながら、かつ若さで対抗しているようにとれる。

会の発足式は、二流どこの結婚式場で、会費は三千円と決められた。これについて、京子や邦子も「くれない会」の女たちと全く同じようなことを言う。

その一、河童の人間はビュッフェ式というのが大嫌いである。食べ方がわからぬうえに、立ったまま話をしなければならない。だいいち殺到する女たちで、テーブルの食べ物はすぐになくなってしまい、損をしたと不平を漏らす者が続出する。

その二、しかも河童の人間は席順に案外うるさい。結婚式の時など、同じ「松」や

「寿」といった名の主賓テーブルをつくることもあるほどだ。だが、こうした大人数の会の場合は、適当に丸テーブルをつくるのが好ましい。出席者たちが自分たちで考え、ちゃんとしかるべき席に着く。河童市民はこのへんの自立性はなぜかある。

その三、河童の人間は三千円以上の会費を決して払わない。ましてや選挙がからんでいるとなれば、かなりあちらがいいことをしてくれると思うのが普通である。が、オレンジ会はそういうタカリの伝統を断固として拒否する団体である。よって手づくりのものや、差し入れの食べものを駆使して、何とか三千円以内で収めなくてはならない。

その四、河童の人間は、昔からなぜか稲荷寿司《いなりずし》が大好きである。よその人によく聞かれるがカッパ巻きには興味を示さない。フランス料理まがいの披露宴であろうと、中華であろうと、稲荷寿司を出さないことには、絶対にご馳走《ちそう》と見なされないほどだ。

であるからして京子たちの結論は、オレンジ会の発足式は三千円の会費の、自由な着席式にする。そして必ず稲荷寿司を出す。

ということは、奥村美佳子のギャラの、五十万円を出す余裕などまるでないということなのだ。

『『くれない会』なんかがやる『大鷹志郎君を励ます会』っていうのは、会費が二万円っていうことだけど、あれは特別。あんなとこへ行くのは、将来仕事をもらおうっていう建設屋か水道工事屋ばっかりなんだからね」

などと京子が念を押すのは、美佳子のギャラは、由香が出して当然だと思っているからに違いない。

由香はそれで悩んでいるのである。五十万は大金であるが、子どものいない共働きの夫婦だったら、その何倍かの預金を持っていても不思議ではない。現に由香は自分名義で二百四十万円ほどの貯金がある。しかしそれを使う気はまるでなかった。

今のところ生活費は志郎から渡されているが、それはもともと春子の手元から出たものだ。以前、市長選の出馬を決意したばかりの志郎が、目をしばたたかせて言ったことがある。

「お袋は僕のために億っていう金を用意してくれたって言うんだ」

それまでも現市長の金庫番をしている大鷹商店は、四年に一度まわってくる選挙のため、普段はそれはそれはつましい生活をしているという。が、いったん選挙が始まるとなれば、金庫の扉は開けられ、金は景気よく吐き出される。現にいま事務所の手伝いの者たちの飲み食いの分だけでも、かなりの額が使われているはずだ。

これは由香の想像であるが、選挙の後半ともなると、札束が飛びかい票が売買されるまでになることであろう。

が、そこまで由香は立ち入りが許されない。ただ萩原参謀からも春子からも、

「立て替えてくれたものがあったら伝票に書いてくれ。そうしたらすぐに払うから」と言われている。が、準備段階の今は、せいぜいが事務用品や、人のところへ持っていく祝儀や菓子の代金程度である。五十万円という伝票を書いたら、さぞかし驚かれることであろう。だいいちオレンジ会のことは、まだ春子には内緒なのだ。

もうじき明誠から紹介してもらった印刷所から、パンフレットや入会申し込みのカードが出来上がってくる。イラストレーターの邦子が腕をふるって描いてくれたシンボルマークは、にっこり笑いかけるオレンジの絵である。こうしたものを自宅のテーブルの上に拡げておいたから、おそらく夫の志郎は既に気づいているに違いない。それは由香の狙《ねら》いどおりであった。近々オレンジ会の幹部たちに志郎を挨拶《あいさつ》させなくてはならないが、夫は嫌とは言わないはずだ。志郎とて馬鹿ではない。この町の三十代の勢力に対して、みすみす知らん顔は出来ないはずだ。最近とみに如才なさを身につけた志郎のことである。「くれない会」のおばさんたちの機嫌をとりつつ、オレンジ会の女たちとも折り合いをつけていくはずだ。

問題は春子である。春子は「くれない会」の女たちにあくまでもしがみつくつもりなのだ。彼女たちの気分を悪くするものはいっさい排除するつもりである。五十万円を出してくれ、などと言ったらすべてがバレてしまう。志郎とオレンジ会との接触を断ち切ろうとするだろう。

そうかといって自分の預金を使うのはまっぴらだと由香は思った。春子の金庫には、億という目もくらむような金が眠っているのだ。そのうち五十万ぐらい、自分が使って何が悪いのだろうか、どうせ選挙のまっただ中に突入すれば、アングラマネーと化すものである。

考えあぐねた末、由香はこれはやはり萩原に相談するのがいちばんだという決断を下した。何ひとつ悪いことをしているわけではない。夫を当選させるために、自分が頑張った結果なのだ。萩原だったら五十万円の出費を、うまく操作してくれるに違いない。

「ふふふ、若奥さんもやるね」

志郎と春子が連れ立って出かけた際の由香の打ち明け話に、萩原はにんまりと笑った。

「志郎さんを当選させるためには、そりゃあ後援会はいくつもあった方がいいよ。若奥さんも知ってのとおり、選挙はおそらく丸屋の社長との一騎打ちだ。だから市長の後援会や『くれない会』は喰《く》い合うことになる。若い連中で新進党から一人出すっていう噂《うわさ》があったけど、それも前のことだからね。どうせあちこちに流れる票を、若奥さんの方でかき集めてくれたら、こりゃ助かるよ」

「だけど問題は姑《はは》ですよね」

「そりゃねえ……」

萩原は今度は狡猾《こうかつ》に笑う。あんた、これ以上言わせるなよという笑いである。

「奥さんには奥さんの思惑がある。だからむずかしいよね」

「だけど萩原さんがいずれすべてをリードしていくわけでしょう。それまでは内緒にするとしても、とにかくこの五十万円、出していただけないでしょうか。名目はどうとでもなるでしょう」

「馬鹿言っちゃいけないよ」

彼は眉毛《まゆげ》を芝居がかるほど大きく動かした。

「そんなこと出来るはずないだろ。俺《おれ》たちの仕事は、金の信用がなくなったら終わりなんだ。俺はここの金、十円、一円の単位に至るまでちゃんと報告してるんだからね。つじつまが合わない金は一銭だって出せない仕組みなんだ」

嘘《うそ》ばっかりと由香は思った。選挙がそんな綺麗《きれい》ごとでいくはずがないというのは、既に十分知っている。萩原にしても、謝礼をいくら貰《もら》うかしらないが、それの何倍もの旨味《うまみ》があるから、こういう仕事に就いているのではないか。

「それなら備品っていうことで、伝票を切ってくださいよ」

「若奥さん、五十万もする備品がいったいどこの店に売ってるんだね」

「主人が確か業務用のファクシミリが欲しいって言ってたわ。それをリースにして、だけど買ったことにすればいいじゃないですか。こんなどさくさの時に、リースか買い上げか、だなんてチェックしないでしょう」

「ほう……」

萩原は意外そうに眉毛を上下させる。その奥の目が悪戯《いたずら》っぽく輝くのを由香は見逃さなかった。

「若奥さんもしっかりしてるね」

「あたり前ですよ、主人のためですもの。このお金、私の贅沢《ぜいたく》のために使うわけじゃないわ。だから私、強気に出るんです。選挙は目的しかない、手段の是非なんてない、って言ったの萩原さんじゃなかったかしら」

「いや、俺は言ってないよ」

「じゃ、いま私が考えたんだわ」

二年前、河童の市議選の際、京子たちは一人の男を担ぎ出した。全共闘崩れの彼は、例によって有機野菜や自然卵に関心を寄せ、それについて二冊の本を書いている。蜂《はち》蜜《みつ》を本格的につくりたいという理由で河童に移り住んだ彼は、なかなかの美男子で、しかもバツイチという触れ込みであった。フリーマーケット族の女たちのロマンをかき立てるに十分のものを持っていたのである。あの時は皆燃えて、なんとか彼を当選させようと日夜動き回ったという。

ところが告示寸前に、東京から妻と子が彼を連れ戻しにやってきたのである。バブルの頃、出版社をつくろうとしていた彼は、かなりの借金を持っていたことも判明した。春子がかつて語った「町中の笑いものになったんだワ」事件である。とはいうものの、若いサラリーマンの妻や、自由業の女たちが当時組織になりかけたのは事実で、それをなんとかうまくオレンジ会に組み入れられないものかと京子は言う。なんでもそうした女たちは、上智出身で、アナウンサーの奥村美佳子と同級生という経歴の由香に、かなりの関心を示しているというのだ。

その夜由香は、京子に連れられてカラオケボックスに出かけた。先日行われたフリーマーケットの打ち上げ会が、いつもその店で行われるというのだ。カラオケ好きということにかけて、この町の女たちは「くれない会」も若い女たちも変わりない。由香は密《ひそ》かに自信を持っていた竹内まりやの「駅」を歌い喝采《かっさい》を浴びた。これは由香の十八番である。いちばん広いロイヤルルームには、十四人の女がいたが、そのうち五人は「オレンジ会」に入会してくれている。後の九人も今日の由香の歌で、きっと大丈夫よと京子はささやいた。

「だけど残りの一人はむずかしいかもしれないわ。なにせ丸屋の社長の嫁の、従妹《いとこ》だからね」

　とはいうものの、確かな手ごたえを感じて、由香は意気揚々と家に帰ってきた。三月に入ってから、毎日のように味わうこの充実感というのは、思いもかけぬ大きさで由香を幸福にしている。姑《しゅうとめ》に連れられて、おばさん連中に頭を下げている時とはまるで違うのだ。自分と同じような年代の女たちの中に入り、自分の言葉で説得する。すると女たちはかなりの確率で、もそもそと動き始める。入会申込書を書こうかしらと身をよじるのだ。

　由香は釣りをしたことがないが、魚を釣る楽しさというのはこういうものかと思うことがある。水面を見据え、ここだと思う時に糸をひく。そして力を込めて持ち上げる、そうすると糸の先に、ぴちぴちとはねる魚がウロコを輝かせている。

「今日もやりました、一本釣り」

　冗談をつぶやきながらもさっきからしゃっくりが止まらないのは、女たちとしこたま飲んだビールのせいだ。鍵《かぎ》を探しあて、マンションのドアを開けようとすると、するりと内側から開いた。なんとそこには春子が立っている。

「あら、お姑《かあ》さま、どうしてここに」

「事務所じゃ話せないでしょ。誰の耳があるかわからんワ」

めっきり地味なつくりをしている春子であるが、後ろ向きになった腰のあたりにさらに肉がつき、それがぷりぷりと動く。

ソファには志郎が座っていて、イチゴを食べていた。夫が味方なのかそうでないのか、まだ顔つきからはわからない。

「由香さん、私は全く恥をかきっぱなしだワ」

春子は悲鳴のように語尾を上げた。

「コソコソ動きまわって、私が何にも知らないとでも思ってるの。さあ、今夜こそあなたの気持ちを聞かせてちょうだい。私も言いたいことがいっぱいあるワ」

姑の目がまっすぐこちらを見ている。老眼鏡の目というものは、なんと実物のものより大きくなるものだろうかと、由香はぼんやりと思った。そんな呑気《のんき》なことを考えるのは、姑が怖くない証《あかし》である。本当にそうだ。由香はすっかりと態勢を整えているのである。いつかはバレると思っていた。が、何も悪いことをしているわけではない。すべてはあなたの愛する息子のためではないかという声が、由香の中でリフレインしている。そう、これは正義といってもいい。

「私は、斎藤さんから嫌味を言われて、顔から火が出そうだったワ。嫁がオレンジ会だ、みかん会だのって騒いでいるのを、私はまるっきり知らないんですものネ」

「いつかは、お姑さまにお話しするつもりでした。だけどきっと反対されると思って軌道にのるまで黙ってたんですよ」

「軌道にのっちゃ遅いんだヮ」

春子は悲鳴のような声を上げる。

「ねえ、あの連中のことを前にも話したでしょう。とにかく市長のやることなすこと、すべてにケチをつけてきた人たちなんだヮ。あの連中に近づくってことは、今まで一生懸命にやってきてくださった人たちの顔に泥を塗るっていうことなんだヮ」

「ねえ、お姑さま、選挙で若い人たちの票を集めるのが、どうして『くれない会』の人たちの顔に泥を塗るんですか」

「全く、由香さんには困ったもんだヮ」

なんと春子は涙ぐんでいるのである。が、初老の女の涙というのはねばっこく、なかなか頰《ほお》に伝わってこない。そのくせ春子はやたら大げさにハンカチを使うのである。

「今だから言わせてもらうけど、志郎さんのお嫁さんは何を考えてるかわからないって、みんな言ってるんだヮ。集まりにもちっともこないってネ」

「そんなことはないですよ。先週だって何とかっていう奥さんの、還暦祝いのカラオケ大会へ行きましたよ。結婚式とお葬式もひとつずつ出ました」

「それ、それよ」

春子は突然勝ち誇ったように、由香を指さす。

「あなたはちっとも人の名前を憶《おぼ》えないワ。『くれない会』の大切な人たちも、〃あの人〃で統一しちゃうんだワ」

これには由香は反論出来ない。昔から人の名前を憶えるのが大層苦手だ。忘れるようなことは大したことではない、という持論で何とか乗り切ってきた。が、これは政治をやるものの妻として、かなりの失点を負わされるということに最近気づいてきたところだ。

「まあ、お母さん、もっと冷静に話し合おうよ」

妻の沈黙を傷ついたためと勘違いした志郎は、急に口をはさむ。

「そのオレンジ会のことは、もう結成したんなら仕方ない。なんとかいい方向にもっていけるように皆で努力しようよ」

なんと政治家的発言だろうと由香は苛立《いらだ》ってくる。こんな時の助け舟にはのりたくないと思った瞬間、また力がわいてきた。

「ねえ、お姑さま、お姑さまは志郎さんを当選させたくないんですか」

論争する相手に、突然質問をかますというのは、ディベートの初歩である。案の定、春子は眼鏡ごとたじろいだ。

「何言ってるのよ。あたり前のことだワ。だから死にものぐるいで頑張ってるんだワ」

「だったら私のしたこと、誉められこそすれ、叱《しか》られることはないと思いますわ。ほら、中国のえらい人が言ってたじゃないですか。白でも茶色でも、ネズミを獲《と》る猫はいい猫だって」

どこかちょっと違っているような気がするがまあいいだろう。本質をかなりつかんだいい言葉である。

「今のところ、オレンジ会は七十人います。この七十人は二倍にも三倍にも膨れるはずだわ。つまんない義理や見栄で、これを捨てていいんですか」

「こりゃ、由香の勝ちだな」

志郎が低く笑った。その笑いは確かに終了のゴングというものであった。

「『くれない会』の人たちには、お母さんからうまく言ってくれよ。萩原さんからも言われていたけれど、僕は前から、こんなふうに分散作戦をとるのがいいと思ってたんだ」

「ねえ、志郎さん、選挙なんてそんなに割り切れるものじゃないんだワ。こんな田舎の選挙ですよ、『くれない会』の人たちは本当に市長によくしてくれたんだワ。兄ばっかりじゃなくて、父の代からだったワ。家でね、お握りつくってきてくれたり、こんなにたくさんのお煮〆《にしめ》を、鍋《なべ》ごと持ってきてくれた人たちなんだワッ」

またお煮〆かと由香はうんざりする。斎藤三千代もそう言って自慢していた。鍋いっぱいの煮〆ごときで人の誠意がわかるならば、いっそのこと相撲部屋のチャンコを運ばせてみようか。春子は感激のあまり失神するかもしれない。

どうやら由香はくすりと笑ったらしい。それは春子の怒りを爆発させた。

「由香さん、あなたはこの家をかきまわす気なのッ。さんざんごねて、やっと帰ってきてくれたと思えば、うちの評判を悪くするようなことばかりだワ」

こういう時、反比例して冷静になっていく自分の性格を由香は嬉《うれ》しいと思う。

「ですから、あの時あっさり離婚させてくだされぱよかったんですよ。選挙の前だから困るっておっしゃったのはお姑さまですよ。離婚するなら三年前にしてくれって確か私言われました」

春子の唇が上下に激しく震える。言葉を必死に探そうとしているのだが、空しく摩擦音をたてるだけだ。志郎が再び助け舟を出すべく漕《こ》ぎ出してきた。悲しげな表情で目をしばたたかせ、天を仰いだのだ。

「お母さんも由香もいいかげんにしろよ。こんなことが他人に知られたら、それこそ怪文書もんだぜ。後援会が二つあったっていいじゃないか。僕はどちらともうまくやっていく自信があるよ」

「嫁 姑《よめしゅうとめ》みたいなもんかしらね」

こういう時、つまらぬ茶々を入れてみたくなるのも由香の悪い癖である。志郎が本気で睨《にら》み、由香は首をすくめた。

この時だ、電話が大きく鳴って、三人は仲よく一緒にぴくりと震えた。

「もしもし、大鷹ですけど」

「あっ、若奥さまですか。そっちに奥さま行ってるかネエ」

手伝いの女が、間のびした河童弁で言う。

「奥さまに草間の奥さまからお電話ですワ。至急あちらに電話を欲しいそうで、伝えてくれんかネ」

「わかりました」

草間というのは、市長夫妻の住む地名である。同姓の一族だから地域の名で呼び合っているが、それが手伝いの者たちにも浸透していた。

受話器を持って話し込む春子の頭上で、由香と志郎は無言のこぜり合いを続けた。

「お前なぁー、ヘンなこと言うなよな」

「私はね、何もヘンなこと言ったつもりもないわよ」

唇の形だけで会話することが、由香も志郎も大層うまくなっている。が、それは春子の悲鳴で中断された。

「まあ、それで、それで」

どうやら大変なことが起こったらしい。由香と志郎は、受話器にしがみつく春子をとり囲むような格好になった。

「あのね、さっき市長がすごい吐血をしたんですって。いま救急車で病院の方へ運ばれたんだワ」

三人の間に沈黙が流れた。空気が変わっているのがわかる。沈黙は重さを含み張りつめていて、誰かが針をぷつんと刺したら今にも破裂しそうだ。

春子が今度は言葉に出さずつぶやく番だ。唇の動きで由香にはわかる。姑はこう言っているのだ。

「いよいよだワ……」

病院に詰めかけた地元記者たちに対し、市長の秘書は緊急記者会見を開いた。

「以前から体調が悪かったが、長年の激務で胃潰瘍《かいよう》が悪化している。二週間程度静養するつもりだ。まことに残念ではあるが、来期は出馬しない。今期をもって引退することに決めた」

が、新聞に載った「胃潰瘍」などという病状を信じた者は、ほとんどいなかったに違いない。由香はオレンジ会のメンバーから、

「市長さん、もう長くないんだねえ」

という電話を何本も受け取ったほどだ。これは後から聞いた話であるが、町いちばんの葬儀店は、

「近々大きい葬式があるから」

と東京で新品の用具を誂《あつら》えたという。

もはや市長の死という事実は動かしがたいものとなりつつあった。丸屋の社長が、市長選出馬の記者会見を開いたのはそれから五日後である。

「本当に市民の立場に立った行政を。河童を緑と福祉の町に」

というコメントを読んで、由香は何やらおかしな気分にさえなってくる。単語をひとつふたつ並びかえれば、これは夫が記者会見で喋《しゃべ》ったこととほとんど同じではないか。

全く選挙などというものは、八百屋でミカンを選ぶようなものではないだろうか。甘夏と伊予柑《いよかん》とどちらにしようかと悩む人はそれほどいない。事実食べてしまえば同じようなものなのである。だとしたら、夫という甘夏に手をのばさせるために必要なものは、ちょっとしたワックスの塗り方、並べ方ひとつなのではないだろうか。

そんなことを考えるのは、由香が選挙に対してまだ醒《さ》めた思いを持っているからだ。

現在のところ一時休戦となっている春子はしみじみという。

「だけどね、いざ選挙が始まると由香さんにもわかるワ。これは夫のためにやってることじゃない。自分のためにやってることだってね」

負けた選挙ぐらいみじめなものはないワと、春子は語り出す。娘時代、父の康隆が最初に出馬した時、たかだか二百票ほどの差で現職の市長に敗れたのだ。

「事務所からどんどん人が減ってくんだワ。そりゃ見事なぐらい、するりと人が逃げてくんだワ。もちろん当選した人の祝いに行って酒を飲むためだワ。割烹着《かっぽうぎ》を着た手伝いのおばさんが横で泣いてた。せっかくふかしといた赤飯を捨てなきゃならないってね。そのうち遠くで花火が鳴り出すワ。あっちの支持者が上げた花火だワ。昔はそういうことをしたんだワ。それを聞きながら母と泣いてね。もうこんなつらい思いは二度とするもんかって誓ったんだワ」

志郎にそんな経験を絶対にさせたくないと春子は続ける。

「丸屋はうちと違って金があるワ。あそこの娘は河童建設に嫁いでるんだワ。金はあそこから出てるはずだワ」

その河童建設というのは、建設業界がたいていそうであるように、現職の市長に肩入れしていた。よって後継者である志郎を「励ます会」の、パーティー券を百枚購入してくれる約束をしていたのであるが、丸屋の社長が出馬表明して以来、何となく金を出し渋っているという。

「ですけど、一枚二万円もするパーティー券でしょう。百枚なら二百万円ですよ。こんな田舎の建築会社が、よくそんなお金を出しますね」

「まあ、あそこんとこもそんなに景気のいい話は聞かないけどネ。まあ河童建設としてはどっちにも保険をかけとかなきゃならない。うちのパーティー券も買うだろうけど、丸屋の社長のパーティー券も買うはずだワ。どっちにころんでもいいようにネ。まあ、田舎の選挙なんてそんなもんだワ」

春子にしては珍しくこれまた率直なことを言うのは、どこか追いつめられた気分があるからだろう。三月も押し詰まったある日、「北関東新聞」には今度の市長選挙は激戦になるという記事が載った。「河童新報」にも、

「今年の十月四日に任期満了を迎える河童市長選は、現職の大鷹隆一郎市長の引退表明に伴い、一転して混沌《こんとん》とした情勢となった。事実上の後継者である甥《おい》で材木会社役員の大鷹志郎氏と、ホテル経営者の丸山文明氏が立候補を表明している。共産党も独自候補の擁立の動きをみせているが、大鷹氏と丸山氏との一騎打ちになる公算が強い」

と書かれた。

この記事の後、春子がオレンジ会について、あれこれ非難がましいことを言わなくなったのも事実なのである。萩原に説得され、どうやら若い票獲得を由香に任せる気持ちになったらしい。これについて春子は実に老獪《ろうかい》な手を使った。

「この頃の若い嫁の考えていることはわかりませんワ」

「くれない会」の女たちに対し、由香を完全な悪役に仕立てようとしているようなのである。

由香は見て見ぬふりをすることにした。由香も萩原から十分に諭されている。

「お姑さんとやり合うなら、選挙が終わってからにしてくれよ。そうでなきゃこっちはやっていられないよ」

それより何よりも、オレンジ会という組織を動かすことがこれほど面白いものだと由香は思わなかった。東京から来た上智出身の女で、しかもアナウンサーの奥村美佳子と同級生という経歴を由香は前面に押し出す。するとそのことによって由香に憧《あこが》れ、入会を申し出てくれる女は、この町に何人もいるのだ。

「河童の町を変えていくのは、私たち女性だと思いませんか。もっと私たちが暮らしやすい楽しい町にしましょうよ。私たちに出来ることが本当にあるんですよ」

由香は自分がこれほど喋ることが得意だとは思わなかった。じっと聞き入る女がいる。自分を憧れの目で見る女がいる。

「大鷹志郎君を励ます会」も、「オレンジ会発足パーティー」も、すぐそこに迫っていた。

「もし、もし、由香さん」

春子から電話がかかってくるのは、これで四回目である。明日の「大鷹志郎君を励ます会」に向け、何か思いつくたびに息子の家の電話番号を押してしまうらしい。

「明日ね、やっぱり着物は着なくていいワ。私のを貸すつもりだったけど、由香さんには似合わないから」

「佐藤先生の出迎え、由香さん、本当に頼んだわョ。全く、このあいだは参議院と衆議院をとり違えるんだから、私は冷や汗をかいたワ」

などという電話が続けてかかってきたのであるが、今度は何ごとであろうか。

「あのね、もうじき志郎がそっちへ帰ると思うけど、今夜は早く寝かせてやってネ。頼むワ」

十一時を過ぎた時計を見ながら、そんなことはとうにわかっていると由香は言いたくなる。早く寝かすも何も、家に帰ってくるなり志郎は倒れ込むようにベッドへ向かうのだ。河童に帰ってきてからというもの、夫婦生活など数えるほどしかない。全く姑《しゅうとめ》というのは、嫁のことをどう思っているのであろうか。夫の寝る時間まで、妻の側がコントロール出来るとでも考えているのか。それでも由香は神妙に答えた。

「はい、わかってます。お姑《かあ》さまのおっしゃったとおり、新しい下着を揃《そろ》えましたわ」

「憶《おぼ》えてくれて嬉《うれ》しいワ。うちは昔からいつもそうしてたワ。決起大会の時と、告示の日、開票の日、父はいつもまっさらのふんどしを締めたもんだワ……」

はい、はい、こちらも新しいブリーフを用意しました、などという言葉を由香は呑《の》み込むから、姑との電話はいつも奇妙な間合いとなる。それを破ったのは春子の方である。

「あの、由香さん、明日のパーティーのことなんだけど、やっぱり私が舞台に立った方がいいっていうんだワ」

「えっ、お姑さま、挨拶《あいさつ》なさるんですか」

「私がそんなことするはずはないワ。最後に支持者の人が、夫婦に花束をくれるならわしなんだけど、うちは私も出た方がいいって皆が言うんだワ」

春子は〝も〟にアクセントをつける。

「ああ、わかりました。三人で花束をもらうってことですね」

由香の方も〝三人〟という言葉に、点をつけて発言する。

「そうだワ。だけど由香さんが気分悪くするんじゃないかと思ってネ」

「あら、どうしてですか。今度のことはお姑さまなしじゃ考えられないんですもの、あたり前ですわ。私なんかじゃなくって、お姑さまの人気で皆が動いてるんですもの、花束贈呈は当然じゃありませんか」

これだけ美味な言葉を並べると、かえって皮肉に聞こえなくなるから会話というのは不思議なものである。

「そうかネ、それならいいんだけどネ」

春子は電話を機嫌よく切った。

が、再び電話は鳴ったのである。由香は起き上がり、枕元《まくらもと》の目ざまし時計を見た。午前二時を少しまわったところである。

「誰だよォー、こんな時間……」

大きく寝返りをうち、壁の方へ向いたまま志郎は責めるように言った。

「もォ、いいかげんにしてくれよ」

「お姑さまでしょ。あなたの明日のスピーチ、心配だから電話で朗読しろってことじゃないの」

寝起きだというのになぜか瞬時に由香の頭が冴《さ》えわたった。軽い嫌味もとっさに出る。

「もしもし」

「あ、由香さん、志郎を出してちょうだい」

低い春子の声だ。

「はい、電話」

やっぱり朗読させるらしいわよと、志郎だけに聞こえる声で、つぶやきながら受話器を渡した。

「やだなあ……何時だと思ってんだよ……」

その時、志郎の肩が内側に硬直したのを由香は目撃した。

「ああ、わかった……わかった。由香にも言っておく」

深呼吸とも、ため息のようにも見える動作をした後で志郎は言った。

「たった今、伯父《おじ》さんが亡くなったそうだ。出来るだけ目立たない格好をして、市民病院の通用門に来るようにって……。看護師さんが立ってるから、その人についてくるようにって」


病室には五人の人々がいた。いや、正確に言うと、五人と死者になったばかりの一人だ。市長の妻と、春子、亮二の夫婦、そして春子の妹の美代子、そして美代子の夫の町田滋《まちだしげる》である。彼も大急ぎで駆けつけたのであろう、カーディガン姿だ。が、白衣を着ていなくても、医者というのは病室の中で独得の目立ち方をする。尊大といってもよい慣れた雰囲気が嫌でも漂う。ましてや彼は、この市民病院の院長であった。

最後に病室に入った由香は、出来るだけ音がしないようにドアを閉めた。

「誰にも見られなかったでしょうね」

春子が咎《とが》めるようにこちらを見る。

「大丈夫だ。夜勤の看護師には、よく言いきかせてあるから」

と町田。

志郎と由香は、顔にかけられた白い布を取り合掌した。噂《うわさ》になるからという理由で、由香はこの伯父をほとんど見舞っていない。久しぶりに見る彼の顔はすっかり肉が取れ、頬骨《ほおぼね》がかっと突き出ていた。志郎が再び布をかけると、部屋の空気が動き始めた。志郎と由香が到着する前に、死を悼む時間はとうに終わっていたといわんばかりだ。

「全く、どうしてこんなことに……」

最初、春子のその言葉は、早過ぎる死をなじるものだと由香は思った。だから次の言葉の意味がとっさにわからなかった。

「今日はよりによって、志郎さんを『励ます会』じゃないの」

「お母さん！」

志郎がきつい声を上げた。だが枕の傍に立っている市長の妻は、肩をぴくりとも動かさない。この何ケ月の看病疲れで、彼女もいっぺんに十ほど老け込んだようだ。

「だってそうでしょう、伯父さんはあなたが市長になるのをとっても楽しみにしていたんだワ。それなのに今日に限って……」

「母さん、よさないか」

「だけどこんな時に限って……。夜が明けたら、葬式だ、連絡だって皆が騒ぎ出すワ。そうしたらあなたのパーティーに来る人は、半分になってしまう」

「それは仕方ないことじゃないか。現に伯父さんは亡くなったんだ」

「それが口惜《くや》しいのよ」

春子はちんと鼻をかんだ。泣いていさえすれば、肉親ならば、どんな言葉も許されるという確信をどうやらつかんだようだ。

「伯父さんがガンっていうことを隠すために、つらい通院治療をしたのはいったい誰のためだと思ってるの。あなたのことを後継者だと思って、少しでもいい条件で選挙やらせるためじゃないの。そんな思いで息をひきとった伯父さんが、志郎さんの選挙の邪魔をするはずがないの。ねえ、滋さん」

真向かいに立つ町田に声をかける。

「一生のお願いだヮ。今日一日だけでいいんだヮ。兄さんが亡くなったことを隠せないものかしら」

「そんなことは無理だよ」

町田はあわてて右手を振った。ゴルフ焼けした手首が、蛍光灯の下で妙に黄色く見える。

「そんなことが知れたら大変なことになるよ」

「どうして。今は午前三時だヮ。あと十五時間だけ待ってくれればいいんだヮ。滋さんはこの病院の院長だヮ。そんなことが出来ないわけはない」

春子の夫の亮二は何か言いかけ、妹の美代子はうつむいた。志郎は、といえば、呆《あっ》気《け》にとられたふりをして沈黙していると由香は思った。夫はいつもそうだ。こう黙っているうちに、ことがてきぱきと運ばれるのを望むのだ。

「今、死ぬのは伯父さんの本望じゃないワ。人間、死ぬ時は選べないもんだけど、今だけは死なせたくないワ……」

春子は涙を拭《ぬぐ》い、やがて「意を決した」というふうに顔を上げた。すべてが白い部屋の中で、まるで夢のひとコマを見ているようだと由香は思った。

「お願いだから、あと半日黙っててちょうだい。私が今日中にきっとオトシマエをつけるから」

役者が見得《みえ》を切るように、春子は眼鏡のレンズをちかっと光らせた。


パーティーは想像していたよりも、若い者が多かった。彼らは何かにせつかれたように料理の皿を重ねていく。萩原が言うには、パーティー券を買った町の有力者たちは、社員にチケットを分け与えることがほとんどだという。

「ああいうふうにがっつくのは、建築会社の若い者たちだけど、枯れ木も山のにぎわいたあ、よく言ったもんだよな。ああいう連中がいないと、パーティーも淋《さび》しいもんになるぜ」

などと萩原が言っても、料理もたいしたものがあるわけではない。河童市名物の稲荷寿司《いなりずし》、サンドイッチ、ピラフといったものがやたら目立つ。おまけに河童の連中が大嫌いなビュッフェ式で、よく客が怒らないものだと由香は思った。なんと二万円のパーティー券なのである。

「六百人は来ているだろうか……」

そう思いながらも、由香はさりげなくあたりを見渡す。今夜のパーティーで、七、八百万の収入を見込んでいるのだ。もし市長の突然の死を知らされていたら、この人数は半分に減ったに違いない。

それならば姑《しゅうとめ》のしたことを認めるか、と尋ねられたらやはり由香は否と答えるであろう。

「お願いだから、あと半日黙っててちょうだい」

と姑が叫んだ時のおぞましさを、由香はまだ忘れていない。あれほどまでして選挙というものは勝ちたいものなのだろうか。兄弟の死をも乗り越えなくてはいけないものなのだろうか。だが、そう思いながらも、由香はこのパーティー会場に立って、客の値踏みをしているのだ。受付を終えて、こちらにやってくるものはまだ後をたたない。もしかすると七百いくかもしれないと、萩原はやや興奮したおももちで語った。市長の死を彼が知らないはずはないのに、いつもと全く変わりない様子だ。おそらく彼が明け方の病室にいても、春子と同じようなことを要求していただろう、と由香は確信を持つ。

「いつもながら、ユーモアたっぷりのお話でした。駒田《こまだ》先生、県議会でのご活躍、さらに期待しております」

　如才なく語っているのは、アナウンサーの若い女だ。さっき紹介されたが、河童の有力者の娘で、東京の女子大を出た後、親のコネで地元の放送局におととし入り込んだという。

「それではそろそろ祝電を披露させていただきましょうか。あら……」

　彼女は舞台の方に向き直った。紺色のスーツを着た春子が中央に歩み寄ったのは、予定外の行動だったからである。

「ちょっとよろしいですか」

　春子は有無をいわせぬ調子で、若い女からマイクを奪い取った。

「皆さま……」

　ここでひと呼吸置く。ただならぬ気配を感じ、前の方からさざ波のように沈黙が伝わっていった。

「皆さま、たった今連絡がございました。市民病院で、市長が息をひきとったとのことでございます」

　沈黙はどよめきに変わり、会場を覆いつくした。予想されていたこととはいえ、現職市長の死は、衝撃をもって迎えられた。いきなり走り出したのは、新聞記者たちであろう。

「市長は最後の最後まで、甥《おい》のことを案じていたそうでございます。志郎は大丈夫か、今日はたくさんの方が来てくださっているかというのが、最期の言葉だったそうでございます」

ここで突然春子は膝《ひざ》を折った。くねくねと舞台の床に座る。会場は再び沈黙が支配した。由香は土下座《どげざ》した人間を初めて見たと思った。人というのは人形のようにたやすく崩れ落ちることが出来るのだ。

「この晴れの日に、逝ってしまうとは何という因縁でございましょう。さぞかし、さぞかし無念だったことでございましょう。どうか皆さま、兄、市長にかわりまして、大鷹志郎をよろしくお願い申し上げますっ」

拍手が起こった。それは強く大きく会場に拡がっていく。なんと人々は感動しているのだ。ハンカチを目にあてている女さえいる。由香は立ちつくしたまま、手を動かすことも出来ない。生まれてこのかた、これほどおぞましく恐ろしいものを見たことがなかった。

第五章　裏切り

奥村美佳子が車から降りたった時、ロビーにいた女たちからいっせいにため息がもれた。

「やっぱり綺麗《きれい》ねえ……」

「テレビで見るより痩《や》せてるわァ」

今日の美佳子は新春にふさわしい、ブルーのスーツといういでたちだ。例のピンク化粧は、テレビ局で見ると痛々しい印象をもたらしたが、こうして田舎の空気の中で眺めると、やはり際立って垢抜《あかぬ》けている。本物のケリーバッグを片手に、うっすらと微笑《ほほえ》んだ様子は、人に見られることを長年続けたものだけが出来るなめらかさである。

「どうも遠いところ、本当にありがとう」

由香は狎《な》れ狎れしくない程度に、かつての同級生に呼びかけた。

「今日は来てくださるっていうんで、みんな大喜びしているのよ」

ぴったり傍に寄り添って、美佳子を控室に案内する。そんな由香を「オレンジ会」の女たちが、憧憬《しょうけい》と羨望《せんぼう》を込めて見つめている。が、中には図々《ずうずう》しい女がいて、いきなり二人の前に立ちふさがった。

「あの奥さん、奥村さんに色紙にサインしてもらえないかしら」

「えーと、聞いてみないとわからないけど……」

由香は困惑して美佳子を振り返った。彼女に嫌がられるようなことはしたくないが、そうかといって支持者の女の気分を悪くするようなことはしてはならない。だが頭の中に「五十万円、五十万円」という文字がふっと浮かぶ。あれだけの大金を払ったのだ。サインぐらいしてくれても罰は当たらないのではないだろうか。

ところで由香の内心を読みとったわけでもないだろうに、美佳子はやんわりとそれを拒否した。

「あのね、わたくし、色紙のサインは勘弁していただいているの。芸能人じゃありませんものね」

「ああ、そうですか」

色紙を手にした女は腑《ふ》におちないようである。芸能人と局アナウンサーは違うと言われても、どこがどう違うのだとその目は語っている。

「本にでしたら、サインは喜んでさせていただくわ」

「そうですか、何ていう本ですか」

「『キャリア・ウーマン恋の仕方』、これは角川書店からね。それからリブロポート社から『奥村美佳子のブラウン管日記』っていうのも出てます」

「あの、それ、本屋で売ってますか」

美佳子がむっと表情を変えたので、由香はあわてて控室へ連れていく。

「ごめんなさいね、田舎の人は図々しくて……」

「まあ、いいわよ、気にしないで」

美佳子も少々大人気なかったと反省したのであろうか、ハンドバッグからコンパクトを取り出した。由香が見たこともないメーカーのものである。彼女のピンクの肌の秘密はこれだろうかと、由香はさりげなく視線をおくった。

そこへ手はずどおり、邦子が麦茶と菓子を持って現れた。オレンジ会の幹事である彼女に、接待役という大役を振りあてておいたのである。

「こちら、オレンジ会をやってくださっている邦子さん。主人や私のことをすごく励ましてくれてるの。もう大親友で、私にとってはなくてはならない人なのよ」

こうした言葉は、美佳子という有名人の前で口にすると、その効力が百倍になるというものだ。案の定、邦子はいつになく頰《ほお》を赤らめた。

「やだー、私なんか何にもしてませんよ。ただ由香さんのことが好きで好きで、少しでも役に立ちたいと思っているだけ」

「そんなことないわ。今日のパーティーだって、邦子さんがいろいろやってくれなければ始まらなかったわ」

こうした会話は、姑《しゅうとめ》とあの「くれない会」の斎藤三千代が交わしたものとそっくり同じであるが、由香は仕方ないと思うようになった。同性のこうした無償の愛こそ、選挙にはいちばん不可欠なものなのだ。

こうした女同士のじゃれつきを、心なしか美佳子は冷ややかに見つめているようだ。邦子がドアを閉めるなり、大変ねえとため息混じりに言う。

「あんな田舎のおばさんたちにも気を遣って、選挙って本当に大変なんだ」

「そんなことないわよ。この発会式までこぎつけるのにいろいろあったの。皆で一生懸命やってるうちに、心がひとつになったって感じ……」

「私にまでそんなこと言うことないのよ。ただね、学生時代の大鷹さんからは、ちょっと想像も出来ないなあと思って驚いたわ」

「そうかしら」

「そうよ、あなたってバカ話にも参加しないし、なんかこういつも無愛想《ぶあいそ》でさ。ちょっと近寄りがたい雰囲気だったわ。お父さまが亡くなった時も、私たちには何も言わなかったし……あら、そう言えば」

美佳子は急に居ずまいを正し、由香に話しかける。

「さっき迎えの人に車の中で聞いたんだけど、おたくのご主人の伯父《おじ》さん、現職の市長、亡くなったばっかりなんですって。四日前にお葬式だったんでしょう。こんな時にパーティーなんかやって大丈夫なの」

「これはとっくに決まっていたことだからいいのよ。それにこういう時だから、発会式はやらなきゃ」

由香は先日のパーティーでの、春子の様子を思い出した。

「たった今、市長が息をひきとりました。何とぞ後継者の志郎をよろしく」

と土下座をした姿をだ。春子があれだけ恥ずべきみっともないことをしたのだから、由香もたいていのことは許されるはずであった。今日も志郎が挨拶《あいさつ》をすることになっているが、それについても嫌味ひとつ言わない。どうやら市長の死亡時刻を誤魔化《ごまか》したことで、由香に弱味を握られたと思っているようだ。これは由香にとって好都合である。おかげで美佳子のギャラについても片がついたし、今日の福引の景品も協力してもらえたのだ。

由香はどうやら淋《さび》し気に笑ったらしい。美佳子が、こわごわといった感じで問いかける。

「大鷹さん、あなた、本当にえらいわ。でも本当に大丈夫なの……」

美佳子の一時間の講演はなかなか面白かった。あれほど権高い女のどこに、これほどのサービス精神が溢《あふ》れているのかと由香は舌を巻いた。もしかすると由香に同情してくれたのかもしれぬ。かつての親しい同級生だったと由香を持ち上げることも忘れない。

「私は局は違っていましたけれど、あの河野《こうの》景子さんとも、時々仕事でご一緒させていただいたんですよ」

これには四百人の女たちがどっとわいた。

「河野さんも素晴らしい方を見つけましたし、由香さんはとうに大鷹志郎さんという素敵な男性と、学生時代の恋を貫きました。それにひきかえ、私は甲斐性《かいしょう》がなくて、このていたらくですわ」

女たちは再び笑った。

「でもね、テレビのアナウンサーという仕事はやり甲斐もある面白いものです。私はこの仕事を通じて、人間的にも成長することが出来ました」

かなり講演には慣れているらしい。後はごく自然にテーマに移っていく。インタビューで会った有名人たちの素顔に触れ、魅力ある女性とはどういうことかと美佳子は語り続ける。

「土井たか子さんが社会党委員長になられた時です。私は女性としての心構えはいかがですか、という質問をいたしました。すると豪快にお笑いになったんですね。政治の場に男も女もありません。私はそのことを証明していくんです。だから私に〝女として〟なんてことを聞かないで、っておっしゃるんですね。そう言いながらも土井さんは、とてもおしゃれな洋服をお召しになって、指にはリングをなさってました。私は魅力ある女の人とはこういうことだって実感しました。つまり女であることを楽しみながらも、それを仕事に持ち込まないプライドを持っていることなんです」

女たちはじっと聞き入っている。河野景子や土井たか子といった、夢のような人々の名が次々と出てくるのだ。が、次に自分の名が言われ、由香は椅子《いす》から飛び上がりそうになった。

「私ね、由香さんにもとっても感動してるんです。政治家の妻というのも、それだけでひとつの職業です。彼女ははからずもそこに就職してしまったんですけれど、全力投球で頑張っている。ご主人のために必死です。私はこういう愛のために生きる女性というのも、本当に素晴らしい、心から拍手したいと思うんです」

由香は胸がいっぱいになる。ギャラを五十万円と言われた時は、美佳子のことを恨めしく思ったものであるが、彼女は彼女なりに貰《もら》った分だけのことをしてくれたのである。いや、それどころか旧友のためにギャラ以上のことをしてくれた。選挙に使われるのはイヤ、と文句を言いながら、ちゃんと票に結びつくフレーズを壇上から発してくれたのである。

「美佳子さん、ありがとう、本当に嬉《うれ》しいわ」

由香は降りてきた美佳子の手をしっかりと握った。

「本当にありがとう、ありがとう」

いちばん早い新幹線で帰るという美佳子を玄関まで送り、戻ってくると志郎のスピーチが始まっていた。伯父の喪に服しているため、黒いスーツを着ている。が、かえってそれがめっきり肥満気味となった彼の体を引き締めている。

「先日は、亡き伯父の葬儀に関しまして、皆様から多大なお心遣いとご参列をいただきまして、本当にありがとうございました」

まず頭を下げる。

「それにつきましても、亡くなってみると伯父の偉大さがつくづくわかりました。この河童市政に長年尽くしてきた伯父でございますが、志半ばで倒れたということはどれほど無念だったことでありましょう」

このところ志郎はめっきりとスピーチがうまくなった。抑揚がつき、声に表情が出てきた。それよりも何よりも、聞いている者たちの心を絶対に離さないという意気込みが感じられる。そして途中で声のトーンをがらりと明るく変えるという技まで、志郎はいつのまにか身につけていた。

「それにしても、奥村美佳子さんは本当にお綺麗《きれい》ですよねえ。お若くて艶《つや》やかで、とてもうちの家内と同級生とは思えません」

ここできっちりと笑いをとる。

「今日の奥村さんもそうですけれども、最近の女性のたくましさ、知性、そして鋭い感性に私は敬服せざるを得ません。特にこの河童の女性の素晴らしさというものを、私は子どもの頃から感じてまいりました。河童は私の故郷であります。幼い頃の私を包んでくれた風景と同じように、私を可愛《かわい》がってくれた駄菓子屋のおばちゃん、自転車屋のおねえちゃんは、何ものにも代えがたいものです。私が今回、市長選出馬を決意いたしましたのも、ひとえにこうした河童の女性たちに恩返しをしたいためであります。そもそも女性への福祉対策というものは……」

いつのまにか明誠が由香の傍に立っていた。大鷹本家の手前、彼は決して表に出ることはないが、「オレンジ会」のオブザーバーのような立場だといってもよい。今日も受付で知り合いの誰かれに話しかけたり、カメラマンを買って出ている。

「志郎さん、少しの間にうまくなったよなあ……」

まんざらお世辞でもない証拠に、しきりに頷《うなず》いてみせる。

「言っちゃ悪いが、死んだ市長はあんまり話すのがうまくなかった。演説がうまかったのは親父《おやじ》だよ。婆ちゃんたちが最後は、泣いたり身をよじったりしたからすごいもんだよなあ」

独得のイントネーションを込めた〝親父〟という発音に、明誠の庶子としての心情が表れているような気がした。

志郎のスピーチの後は、「オレンジ会」のメンバーによるジャズダンスだ。京子の説明によると、十年近く前河童の町でやたらジャズダンスが流行《はや》ったことがある。シェイプアップによいというので多くの女たちが飛びついた。これは後にスポーツクラブが出来、エアロビクスに少々ながれたというものの、人気は未《いま》だに不動なものがある。もはや中年となった女たちは今もレオタードに身をつつみ、ジャズのリズムに身をまかせるのだ。時々は市民ホールを借りて発表会を開くというからたいしたものである。

今日もアトラクションとして出演を要請したところ、みんな喜んで参加してくれたのだ。舞台に並んだ女たちは、さすがにレオタードではなかったものの、白いギリシャ風の衣裳《いしょう》をまとい、白いストッキングをはいている。中にはダンスの効果が全くないと思われる女もいるが、「パリのアメリカ人」のメロディに合わせ、足がぴったりと揃《そろ》った。

「高橋さん、頑張って」

「春美さーん、素敵よ」

早くもビールに酔ったテーブルから歓声が上がる。女たちの陽気な声は、福引となる頃には嬌声《きょうせい》となった。河童市の〝芸術家〟から買ったり、皆で持ち寄ったものだからたいした景品はないのであるが、それでも女たちは自分の番号が呼ばれると、嬉しげに跳び上がった。

由香は次第に胸が大きなもので満たされていく。今日の女たちの喜びは、自分が計画したものなのだ。今日ここに集まっている女たちは、自分が呼び寄せたのだ。まるで奇跡のように、自分にはそんな力が備わっていたのだ。

「それでは最後に我らの希望の星、大鷹志郎夫人、由香さんに締めくくりのお言葉をいただきましょう」

司会の声でステージに上った。まだざわめきは多少残っているものの、人々の視線は由香に集まる。

「皆さん、本日は……」

声が震えているのがわかった。それは緊張のためではなく感動のためなのだ。

「主人と私のために、こんなにたくさんの方が来てくださるなんて……」

選挙参謀の萩原に何度言われても「主人」という言葉が嫌だった。何度か「夫」「大鷹」という言葉にすり替えたこともある。それなのに今はするりとなめらかに出る。

「河童は主人の生まれ故郷ですが、私は新参者です。最初は慣れなくて、とまどってばかりいたのに、皆さんのおかげでここまでこれました。本当に本当にありがとうございました」

なんと涙というものが押し寄せてきているのである。が、これは会場の女たちの心を揺り動かしたようなのだ。

「由香さーん、頑張って」

励ましの声が幾つも上がった。

「私はこんな皆さんのご厚意にどうやって報いることが出来るかわかりません。ただ、ただ、今はよろしく、ありがとうと言うことしか出来ないんです……」

なんと前の方のテーブルでは、ハンカチを取り出す女がいる。その白さが由香の心をさらにせつなくさせる。自分はこれほど多くの人間に愛されたことがあるだろうか。春子がいつか言った言葉を思い出す。

「選挙は夫のためじゃない。自分のためにするものよ。それがいつかわかるわ」

その春子の土下座をあれほど嫌悪していたのに、今なら自分も同じことが出来るかもしれないと由香は思う。なぜならここに来た女たちはすべて自分のものなのである。志郎のためでなく、由香のために集まっているのだ。

「由香さーん、私たちがついてるわ」

誰かがハンカチを片手に叫んでいる。

市長の死から二週間たった。市長選の告示はどうやら来週行われることに決まったらしい。選挙管理委員会といっても、知り合いばかりで構成されているので、たいていのことは筒抜けになっているのだ。

「さあ、いよいよだな」

萩原参謀は例の長い眉毛《まゆげ》をぴくぴくと動かした。選挙が目前になるにつれ、彼が次第に若返ってきたというのは誰もが指摘することだ。睡眠時間は少なくなったというのに肌は急に艶《つや》を増し、声がさらに大きくなった。やや猫背気味だったのが、しゃんとそり返るほどだ。

由香がそのことを口にすると、

「そりゃ、俺《おれ》たちの本番だからねぇ」

萩原はからからと笑った。

「でもね、つくづく思うんですけど、選挙期間ってあまりにも短くないですか。たった一週間ですよ、一週間。それっぽっちで、こちらの考え方や人間性がわかるんでしょうか」

「奥さんもこの選挙をすればわかるよ。あのね、選挙の一週間っていうのは、人生が三つ詰まっているよ。信じられないことが次々と起こる。あっという間に終わるけれど、ものすごく長い一週間なんだ」

萩原のこの謎《なぞ》のような言葉が、すぐにわかる時がやってきた。

その日、由香はよく見知った顔に再会した。

「千夏《ちなつ》じゃないのォ」

上智で同級生だった女だ。ゼミは違うが、共通の友人がいたので何度か一緒に飲んだことがある。河口湖へ泊まりがけでテニスをしに行ったのは、大学の三年生の時だったろうか。その後彼女はアメリカの大学に編入したので会うことがなかった。

千夏は名刺を差し出した。そこには大新聞の支局の名前と、記者という肩書が記されている。学生時代の千夏はとりたてて美人というわけではなかったが、流行の服をうまく着こなし男の子に大層人気があった。夜の遊び場にも精通し、電通と博報堂の男と同時につき合っているのが自慢という女子大生であった。確か関係者以外お断りの試写会の切符を、いつもどっさり持っていたと記憶している。そんな彼女が新聞記者になっていたのは意外だった。

「私ね、あの後コーネル行ってマスター取ったりしてたのよ。おかげで年をくっちゃって日本へ帰ってきたら二十六よ。年齢制限にひっかからないのが、うちの会社だったわけよ」

などと言いながらも千夏は得意気に薄く笑った。そういえば彼女の父親はNHK記者で、千夏はワシントン生まれだったことを思い出した。このあいだ講演のために訪れた奥村美佳子といい、かつての同級生たちは次々とまぶしい存在になっている。こんな田舎町にいると本当にそれがよくわかる。

「ところで、奥村美佳子が講演に来たんだって」

まるでこちらの心をのぞき込んだように、千夏はその名前を口にした。

「ええ、そうよ。おかげでみんな大喜びだったの。テレビに出ている人を直《じか》に見られたって」

「テレビに出てるっていってもねえ、あの人の場合は、フリーになる機会も逃しちゃって、今は通販の番組に出るぐらいだもんねえ」

由香は少々嫌な気分になる。個人主義を身につけた帰国子女というのは、普通噂《うわさ》話《ばなし》を好かないものであるが、千夏は学生時代からやたら情報通なのをひけらかすところがあった。広告代理店勤務の恋人から聞いた芸能人の裏話を、よく得々と喋《しゃべ》ったものだ。新聞記者という職業は、どうやらそちら方面を増長させているようなのだ。

「先月、こっちの支局に転勤になったの。でも私、びっくりしたわよ。河童の市長選をフォローしてくれって言われて調べたら、その有力候補の妻があなたたなんてね」

「私だってびっくりしたわ。同級生が新聞記者になって取材に来るなんて」

「だけどさ、私たちの同期で、新聞社に入ったのは案外多いのよ。ほら、松浦ゼミの鈴木茂、彼は朝日よ。私、このあいだ取材先でばったり会ってさあ……」

とりとめのない話をしている最中、萩原が戻ってきた。千夏はさっと立ち上がり名刺を渡す。彼が参謀だということを既に調べておいたようだ。

「こちらの市長選を取材させていただきます。もう既に支局長の高木がお邪魔していると思いますがどうかよろしく」

「へえー、女の新聞記者さんか」

驚いたことに萩原は相好《そうごう》を崩した。今までも地元の記者に応対しているところを何度かみたが、彼のこのようににんまりとした表情は初めてである。後に千夏が教えてくれたことであるが、地方の政治に関係した男たち、市会議員や県会議員、あるいは秘書たちは例外なく女性記者に目がないそうだ。

「それも、本社から配属された女ね。インテリの若いのと仲よくするのは、ステータスだと思っているみたい。カラオケや食事の誘い、そりゃあ、しつこいんだから。海外出張に行こうもんなら、お土産がすごいわよ。みんな判で押したみたいに、カルチエの財布っていうのが困りもんだけど」

千夏は萩原の眉毛がゆるんだのをすばやく見てとって、さらに一歩近づく。やや分別くさく尋ねた。

「どうですか、情勢は」

「どうかねえ、って言われたって。こんなに読めない選挙は初めてだよ」

「読めない、なんておっしゃるけど、勝算はアリでしょう。何たって大鷹さんは、市長の後継者っていうお墨つきなんですから」

由香はしばらく呆然《ぼうぜん》としてその光景を見つめていた。適度に狎《な》れ狎れしくしながら、相手の心に踏み込んでいくさまは間違いなく新聞記者のものだ。これが学生時代、ディスコとボーイフレンドとのつき合いに明けくれていた千夏であろうか。そういえば紺色のジャケットとチノパンツといういでたちも、かつての千夏からは想像しづらい。

「変われば変わるものね」

事務所の奥に誘い入れて茶を勧めながら、由香はかつての同級生を冷やかした。

「あたり前じゃないの。二十歳の女子大生のままでいられるはずないわよ。私だって日本の男社会で苦労してるんだから」

「結婚はしてないの」

「名刺見たでしょう。昔の姓のまま。私は由香みたいに、学生時代の大恋愛貫く根性ないわよ」

「大恋愛なんてとんでもないわよ。いきがかり上こうなったまでよ」

とはいうものの、同級生と昔話を始めると、由香は多少甘やかな気持ちになる。ウエイトレスの制服の自分と、まだ細っこい体つきをしていた志郎。確か志郎は千夏とも二、三回顔を合わせているはずだ。近いうちに、どうせ千夏と会うだろうが、その前に三人で食事をするのもいいかもしれない……が、由香の思い出は、千夏の声で途切れた。

「ねえ、ヘンな動きがあるんだよね」

「ヘンな動きって……」

「今さ、おたくの副事務局長にカマかけたらさ、彼も薄々気づいてるみたいじゃないの。市役所の方から一人出るらしいね」

「そんなはずないわよ。助役が立候補するっていう話があったんだけど、亡くなった市長の説得で断念したのよ。市役所関係は大鷹支持でまとまっているはずよ」

「それがどうも違うらしいわよ。私の方でつかんだ情報だとね、どうも総務部長がキナくさいって」

「そんな……。だって選挙はもうじきなのよ。今から準備して間に合うはずはないじゃないの」

「何言ってるのよ。告示直前に立候補表明なんてよく聞く話よ。特にね、地方選なんかは何が起こるかわからないんだから」

ああ、この目だと由香は思う。好奇心と憐憫《れんびん》がかすかに入り混じった視線を、今まで何度浴びせられたことだろう。これはかつての友人からも発せられるのだ。選挙に出るということは、プライバシーまで調べられ、自分の知らない敵まで教えられるということだろうか。

由香はそれまでひたっていたなつかしい気分を、不意に遠くへはずされたような思いになる。

「そんなこと、私にはわからないわ。私にはね、わりと重要なことは入ってこないの」

自分のため息混じりの口調が、いかにも卑屈だと思った。

告示の日、萩原が立候補を届け出に行き、管理委員会から七ツ道具を貰《もら》ってきた。候補者と染めてあるタスキ、自動車ステッカーなどだが数が足りない。それでも七ツ道具と呼ばれるそれを、春子はまず神棚に供えた。長いこと頭《こうべ》を垂れる。

「これはね、ずうっとうちの習慣なんだワ。うちの父が市長に立候補した日から、こうして神さんにお願いするんだワ」

隣で志郎も神妙に頭を垂れている。伯父《おじ》の死以来、志郎はずっと喪服を着ている。いや、着せられているといった方がいいかもしれない。市長の急死を何とかこちら側の同情票に変えようというのが、萩原と春子の計画である。街頭での演説も、

「亡き市長の遺志を継いで——」

というフレーズを連発する。四月に入ってからも、志郎は黒いスーツにきっちりと黒のネクタイを締めているのだ。

が、由香はもうそれを揶揄《やゆ》するような気持ちが起こらない。冷ややかに見る、などというのは余裕があった時のことだ。今の由香にはオレンジ会を運営するという責任があるのだ。あの発足会以来、こまめにミニ集会を開き会員を募ってきた。河童の人間というのは、二またも三またも平気でかけるというが、それでも三百人の名簿は春子も無視出来ないものになっている。

しかし、このオレンジ会を維持するために、由香はどれだけの苦労を重ねただろう。既存の後援会組織とは、水と油の連中である。一緒の事務所というわけにもいかず、京子の店をオレンジ会連絡所にしてもらった。選挙期間中は貸し切りにしてもらう約束になっている。

一肌も二肌も脱ぐといってくれている京子だが、もちろんタダというわけにはいかず、営業に見合うだけの家賃を払うことになっている。その間ボランティアの女たちに出す飲み物や食事はどうなっているのか。NTTに頼んで電話回線はいくつ引くのか、といった問い合わせの電話が真夜中にもかかってくる。おかげでこの十日ほどで由香は二キロ痩《や》せた。それまで肥満気味を気にしていた志郎さえ、頬《ほお》がそげてくる始末だ。

「そりゃまだ選挙のシロウトってことだね。選挙が近づいたら、メシがうまくなるぐらいじゃなきゃ」

などと笑っていた萩原も、最近は眼の下に隈《くま》が出来た。これには理由がある。市長選は志郎と丸屋の社長、それに共産党からの候補者という三ツ巴《どもえ》になるはずだったのだが、告示の二日前に、突然総務部長が立候補を表明したのだ。これは市役所方面は志郎支持一本と信じていた大鷹陣営にとって、大きな衝撃であった。

橋爪《はしづめ》というその総務部長は、五十三歳というちょうどいい男盛りに加え、役所内での人望も厚いという。何よりも強いのは、市に出入りの建築関係をしっかりつかんでいることだ。彼は「実務に精通している」をスローガンにしている。

今回の出陣式を偵察に行った者の話では、

「経験ゼロの年寄りか若い人、このどちらかにしか選択がないのかと私は立ち上がりました」

が第一声だったという。もちろん経験ゼロの年寄りというのは丸屋の社長、若い人というのは志郎のことである。

「市民の皆さまに好評をいただいている〝触れ合いミニ公園〟、あれは私が企画部長の時につくったものです」

という言葉も春子を歯ぎしりさせた。

「あれは竹下さんが総理大臣だった時に、ふるさと創生資金の一億が急に来ちゃって、その使い道に困ってつくったもんだワ。あの人の手柄じゃないワ。お礼を言うなら竹下さんだワ」

とはいうものの思わぬダークホースの出現である。萩原が言うには、突然の立候補といいながら、プレハブの事務所や人手も既に用意されていた。おそらく裏で建築業者が糸をひいているだろうということである。

由香は促されて、志郎の後に神棚の下に立った。手を大きくパンパンと打つ。もうこれ以上何も起こりませんように。どうか平穏無事のまま、投票日が来ますように。その時不意に萩原の言葉が浮かび上がる。

「選挙の一週間は、人生三つ詰まっているよ」

これから本当の戦いが始まるのだと由香は思う。そして本当に恐ろしいことも、驚くこともこれから起きるのだと考えると、かすかに身震いが起こった。

告示の次の日、萩原がチャーターしたマイクロバスが動き始めた。中には老人たちが詰まっている。市民病院や近くの老人ホーム「さつき苑《えん》」の入居者たちだ。彼らをピストン輸送で運ぶ先は市役所である。ロビーの横の会議室が、臨時の「不在者投票所」となっているのだ。

老人たちは選挙当日、体調が悪かったり治療のために投票所にいけない。よって早めに選挙を済ませたいという趣旨であるが、こんなことを信じている者は、おそらくひとりもいないに違いない。不在者投票所の前のソファには、老人たちにつき添って中年の男たちが何人かいる。みんな大鷹事務所の者たちだ。

「霊安所にいる者以外は、どんなことをしても不在者投票所に連れていけ」

という萩原の指示がくだったからである。車椅子《くるまいす》の者も多い。何人かは背負われて市役所の玄関をくぐる。市の担当者も手慣れたもので、

「ばあちゃん、ご苦労さまだね」

と知り合いに声をかけるほどだ。もちろん老人たちにはいくらか小遣いが渡されることになっていて、それ以外にも久しぶりの外出を楽しむ者が多いという。

「そうかァ、『さつき苑』は二百人、年寄りがいますもんね。その半分だけでもすごい数ですよね」

由香は思わずため息を漏らした。この頃は人のカタマリを、何人というよりも何票という単位で見てしまうことが多い。

告示前から志郎は、駅を中心に街頭演説をしているが、あれは広大な水槽で金魚すくいをしているようなものだ。金魚はうまく網をかいくぐって、右へ左へと泳いでいく。そこへいくと病院や老人ホームは、まさにオタマジャクシの巣のようなものではないか。いやオタマジャクシというのは、適切な表現ではない。古ガエルの巣といっ

た方がいいだろう。よく目をこらすと沼の下にじっと動かないカエルの巣が存在していたのだ。それを両手ですくうのは確かに効率がいい。

「駅で会う働き盛りのサラリーマンも一票なら、もうじき死んじゃうようなお爺《じい》さんも一票だと思うと、なんだかヘンな気がしますね」

「しっ、そんなこと人に聞かれると大変だよ、全く若奥さんは無邪気っていうか何ていうか……」

萩原は呆《あき》れたように顔をしかめたがその目は笑っている。由香のことをシロウト、シロウトと小言をいうが、どこか内心面白がっているところがあるのだ。

「この町の爺さん婆《ばあ》さんたちは強いからね、そんなことを聞かれたら大変だよ」

萩原が言うには、自分たちにさんざん甘え、さんざん恩着せがましいこと言って不在者投票所に来る。そのくせ平気で、丸屋の社長の名前を書いたりするのが河童の年寄りだという。

「今日なんか、うちの若いのが婆さんをおぶってて、背中にやられちゃったんだよ」

「何をやられたんですか」

「おもらしだよ。何だか背中があったかくなったんだとさ」

そして萩原は急に声をひそめる。

「こんなに苦労しても、そいつが本当にこっちの名前を書いたかわからない。投票箱を前に最後の最後になって裏切ることもある。それが選挙なんだよ」

午後から京子の店、すなわちオレンジ会の連絡所へ行くと、昼食の準備の最中であった。京子がカレーの鍋《なべ》をぐつぐつ言わせている。サラダのキュウリを刻んでいる女たちも何やら楽し気だ。選挙は学生時代の合宿と同じところがある。奇妙なトラスト状態の中、皆で食事をつくることが祭りのひとつになっているのだ。

「由香さん、ちょっと」

カウンターの隅に手招きされた。選挙が始まってからというもの、京子はトレーナーにジーンズという軽装だ。しかし化粧は普段のままなのでどうしてもちぐはぐな印象になってしまう。そして京子には、くもった眉や深刻そうな声も似合わない。

「ねえ、西川町責任者の近藤早苗《こんどうさなえ》さんの話、聞いた」

「いいえ、何も聞いてないわ」

「そうかあ、連絡がいってなかったか」

京子は誰かのミスを捜しているように舌うちしたが、それは話の続きをすぐに言いたくないために時間稼ぎをしているのだと由香は思った。

「あのね、あの人、今朝になってオレンジ会を脱会したいって言ってるのよ」

「えっ、そんな急に。ねえ、何かあったのかしら。誰かと気まずいことになったとか」

「そんなことないわよ。あの人は私たちみたいに実戦部隊に入らないで、専ら電話担当だったのよ。だからそんなに人と会うこともないわ。それにね、あの人ばっかりじゃないの、あと二、三人地区の責任者になってもらっている人が、ヘンな動きをしてるのよね」

「他の候補者にくら替えするのかしら」

「十分あり得るわね、やっぱりこの時期になるといろんな義理やしがらみが出てくるものね」

由香はテーブルの上に置かれたパソコンを動かし始めた。この中にオレンジ会の名簿や連絡網を入力しているのだ。今日脱会を申し出た近藤早苗は、西部地区の団地に住んでいる。数年前から有機野菜を育てる会やフリーマーケットを主宰している、いわば団地のオピニオンリーダーで、彼女に抜けられることは大きな痛手だ。早苗の下には、これまた団地各棟の顔役である主婦たちが控えているのだ。

「あら、どうなってんの」

由香はつぶやく。パソコンで早苗のネットワークを確かめようとしたのであるが、パスワードが無効になっていた。誰かが記憶装置に侵入している。この名簿は、秘密というわけではないが、使う場合は由香の許可が必要だ。

「ねえ、これ誰が使ったのかしら」

「明誠さんです」

カレーライスをよそっていた女が、こともなげに言う。

「プリント・アウトって言うんですか。その名簿をみんな複写してましたけど」

「ねえ、邦子さん、あなたの知っていること、教えてちょうだいよ」

携帯電話で急いで呼び戻した邦子は、白いシャツに茶色のコットンパンツという格好だ。町にポスターを貼《は》りに出かけたそのままのいでたちである。

「知っていることって言われてもねえ……」

不貞腐《ふてくさ》れたような唇の形が、邦子の困惑を表している。どうやら邦子はかなりのところまで知っているのだと由香は見当をつけた。

「私が知っていることっていったら、昨日の橋爪さんの出陣式に、かなりのオレンジ会の会員が行ってたっていうことかしら」

「そんなことぐらいだったら、私も驚かないわ。私が心配しているのは、昨日、今日になって脱会者が何人も出ているっていうことなのよ」

「由香さん、そんなに怖い顔しないでよ。まるで学校の先生に叱《しか》られているみたいだわ」

まっすぐにこちらに向けた目に、抗議の色がにじんでいる。由香はいくつかの言葉を苦い唾とともに呑み込む。そうなのだ。邦子は由香の使用人ではない。いずれ何かの形で礼をするつもりであったが、今のところ何の報酬も払っていない。つまり〝好意〟というはなはだ漠然としたものしか、由香と運動員の女たちの間にはないのだ。だから詰問する権利などないのだと邦子の目は語っているようである。

「ねえ、邦子さん。お願い。私どうしたらいいのか本当に困っているのよ」

由香は口調を変えてみた。詰問の替わりの懇願というものは、こちらの気持ちを随分とみじめにするが、この場合仕方ない。

「ううん、えーと、私もよくわからないけれどねえ」

邦子は目を宙に漂わせた後、意を決したようにその男の名を口にした。

「明誠さんが、どうも動き出したのよ」

ああ、やはり明誠だったのかと、由香はひやりと冷たいものを胸に抱かされたような気分になる。オレンジ会発足以来、ずっとオブザーバーのような役割をしていた明誠が、会の名簿を持ち出しているらしいことは、皆の証言でわかった。しかし、いったい何のために。

「あのね、明誠さんと橋爪候補っていうのは、河童一高の写真部で、先輩、後輩の仲なのよ」

邦子は突然なめらかに喋《しゃべ》り始める。

「だから橋爪さんは、よく明誠さんのめんどうを見てたはずよ。もう随分になるけど、橋爪さんが市の広報課長をしてた時に、明誠さんに『グラフ河童』っていうグラビア雑誌の仕事あげたのよ。それですごく助かったってよく聞いたことがある」

「わかったわ。とにかく明誠さんに連絡をとってみる」

　これで三度目の電話をかけた。彼の会社にはひとり若い事務員がいるはずであるが、さっきと同じように留守番電話がまわっているだけだ。

「まだ帰ってないわ」

　町がたそがれていくように、由香の不安はつのっていく。このところ毎日のように顔を出していた明誠が、この二日間全く現れていないことも、今となっては大きな疑惑となって胸を刺していくようだ。たまりかねて由香は、つい言葉に出してしまった。

「まさか……明誠さんが裏切るなんて、そんなことないわよね」

「どうかしらね」

　邦子は静かな声で答える。その彼女のいつにない冷たさが、由香の疑いを決定的にした。

「そんなことあるはずないわよ。いくら橋爪さんと仲がよくたって、あちら側につくはずはないでしょう、だって明誠さんは大鷹家の人なのよ」

「本当にそうかしら」

邦子は目を由香からそらすようにして、ゆっくりと語り始める。

「他人の私がこんなことを言うのは失礼だけど、明誠さん、大鷹家の人にそりゃあひどいことされたのよ。私はずっと前から明誠さんを知っているから、由香さんよりわかってるつもり。あの人が五十近くになっても結婚しないのはね……」

「いいわ、もうそれ以上言わないで」

脇《わき》の下が汗で濡《ぬ》れているのがわかる。まだそんな季節でもないのに、いちどきに毛穴から汗が噴き出した。

どうやら自分はとんでもないことをしたのではないだろうか。明るく捌《さば》けている明誠を、自分と似かよったものがあると判断し引き返せないところまで近づいていった。大鷹一族の中ではただ一人、常識を持った苦労人と、随分買い被《かぶ》っていたのではないだろうか。

ところが明誠は、ひと知れぬ場所で、こっそりと復讐《ふくしゅう》の爪《つめ》を研いでいたのだ。いや、明誠自身も気づかないままに、その爪が伸びていったというのが正しいのではないだろうか。愛人の子として生まれた彼が、一族の中でどのような扱いを受けていたか由香は知らない。が、決して温かい思いをしてこなかっただろうことは、今の春子の様子から見てもわかる。

「私が、こんなこと言うのは、またまた失礼なんだけど」

邦子が今度は由香の顔色をうかがうように、やや上目遣いになる。

「このオレンジ会にしても、大鷹さんちから見れば黙認みたいなもんでしょう。まあ、私たちは志郎さんや由香さんたちが好きだからそれでいいのよ。でもさ、明誠さんにしてみればいたたまれない気持ちじゃないかしら」

確かにそうだ。このオレンジ会は志郎の後援会である。志郎を来るべき市長選に勝たせるべくつくられた団体だ。春子はこの結成を感涙にむせんで、拝んでもいいぐらいである。

ところが春子は、既存の後援会に気を遣うあまり、この「オレンジ会」を徹底的に無視しようとしている。前市長のリコールをやりかけた団体が母体になっているのが、彼女にとっては気にくわないようだ。おかげで未《いま》だに差し入れひとつ持ってきたことがない。言ってみれば春子を中心とする大鷹家の人々にとって、オレンジ会というのは庶子のようなものなのだ。

庶子、そうだ、オレンジ会というのは明誠の出自そのものなのだ。明誠が志郎のために払った努力を、大鷹家の人々はそっけなく扱っている。彼がこのぎりぎりの時に、反旗を翻そうとしているのも、当然といえば当然といえるかもしれぬ。

「私、ちょっと出かけるわ」

由香は立ち上がった。

「明誠さんを捜すつもりなら、むずかしいかもしれないわよ」

「違うわよ」

由香はきりりと言い放った。

「もう明誠さんを説得する時間はないのよ。私、大急ぎでお姑《かあ》さんのところへ行く。彼女が頭を下げて頼む、もうそれしかないのよ。ダイレクトにものごとを運ぶしかないの」

「そんなことは絶対に出来んワ」

春子は眼鏡の奥の目を、先ほどから何度もしばたたかせる。選挙が始まるずっと以前から、彼女はそれを地味な茶色のものに変えた。すると彼女の目はずっと柔和に、やや老けたものになったのであるが、今それは怯《おび》えたように睫毛《まつげ》が上下している。

「私がネ、どうして頭下げなきゃいけないかわからんワ」

しかし声だけはずっと強気を保とうと努力している。明誠が不穏な動きを始め、オレンジ会のメンバーを、ごっそりと対抗馬の方に移そうとしている。だから春子が下手《したて》に出ることにより、何とかそれを食い止めてほしいという由香の願いは、はっきりと拒絶にあった。

「私はネ、大鷹の家の長女だワ。その私が、あの人にそんなことを頼めないワ。面子《メンツ》っていうもんがあるんだワ」

「もうこの際、面子なんてどうだっていいじゃありませんか」

「そうはいかんワ。由香さんだから話すけど、私らはあの親子に、どんなに苦しめられたかわからんワ……」

春子の物語が始まる。

「私がそのことを知ったのは、高校に入るか入らない時だったワ。そんな時まであの親子のことを隠しとおそうとしたうちの母のことを考えると、今でも涙が出るのよ。由香さん、わかる？　そろそろ年頃になる私と、父親の市長っていう立場を考えて、母はそれまでずっと我慢したんだワ。だけどなまじのことで出来ることじゃないワ。あれはね、河童祭りの時だったワ。見物に行くのに家中の浴衣《ゆかた》をこさえるのが、あの頃のうちのならわしだったんだワ。私はね、その中にちっちゃい男の子の浴衣を見つけたんだワ。父親のまわりの誰かが、うっかりと混ぜたんだろうねえ……。私はもう知ってたし、ちょうどそういう年頃だったから、こんなもん許せーん、っていってビリビリ破いたんだワ。母はそれを止めるふりして泣いてたワ。その男の子が明誠っていうわけなのヨ……」

が、今は春子の昔話を聞いているほど悠長な時ではない。

「その浴衣の件は十分わかりましたから、五日後の選挙のことを心配してくださいよ、お姑さま」

「今思うと、あの男はこういう機会を狙《ねら》っていたのかもしれないワ……」

春子の口調ががらりと変わる。ほとんど由香の方を見ていない。どうやら昔の思い出から、一足飛びに現在の憎悪へと繋《つな》がっていったらしい。これは不味《まず》いことになった。

「あの男はやり方が汚いワ。そもそも由香さんがあの男に後援会のことといろいろめんどうを見てもらってるって聞いた時から、私は嫌な予感がしてたんだワ。あの男、ひと筋縄じゃいかん男だワ。この頃、ちょっと大鷹の家に出入りするようになったのをいいことに、こういう機会狙ってたんだワ。うちの父が仏心を起こして、あの女の籍を入れたのがいけなかったんだワ」

目が怒りのために光さえ放つ。由香はその光を遮るために、強烈な言葉を投げつけた。

「五百人ですよ」

「えっ？」

「オレンジ会のメンバーです」

かなりサバを読んだ。

「お姑さまはお嫌いでしょうけど、この町の若い奥さんたちのネットワークっていうのはすごいんですよ。何かことがあれば、電話とファクシミリを駆使して、半日で結束してるんです。いま、このパワーが、志郎さんを支持してくれるかどうかっていう瀬戸際なんです」

いつのまにか由香は、春子の手をとっている。おそらく初めて触れる姑《しゅうとめ》の手である。それは考えていたよりはるかに小さく、張りのないやわらかさだ。由香の思惑次第でどうにでもなりそうな老人の手であった。

「ねえ、お姑さま、私たち、志郎さんの夢のために必死でやってるんじゃありませんか。そのためには何だってしてあげましょうよ」

「だけど愛人の子に頭下げるなんて、やっぱり嫌だワ……」

その手と同じように声もぐっと小さく弱々しくなった。しめた、今だと由香は思う。この目の前にいる女を、自分の意のままに扱うために、どんな嘘《うそ》でもつくことが出来る。それは志郎のため、というよりも自分の勝利感のためかもしれない。

「お姑さま、あのパーティーの時に、志郎をよろしくって土下座なさったでしょう。私、とても感動したんです、あの時」

嫌悪と恐怖でその姿を見つめていた自分を、由香は遠くへ追いやる。こういう場合、口に出したことは真実になるのだ。

「私、選挙っていうのはこういうものだ、勝つっていうのはこういうことをするものだって、お姑さまに教えていただいた気がしますの……。ねえ、お姑さまのお気持ちもよくわかります。だけど仕返しは選挙が終わってからにしましょうよ。志郎さんのために土下座をしたんですもの、一人に頭を下げることぐらい、どうってことはないでしょう。五百票のため、と思ってひと芝居うってくださいよ」

姑の手をもう一度強く握る。それは間違いなく共犯者の握手というものであった。

第六章　怪文書

連日の疲れから由香は少し寝坊をした。選挙が告示されてからというもの、志郎は実家の方に泊まり込んでいる。お手伝いがいるので、きちんと栄養のあるものを食べさせることが出来るというのが、春子の言い分であった。事務所での残り物をタッパーに入れ、それを志郎の夕飯にしようとしているところを一度見られたことがある。あの時、春子にこう叱られたものだ。

「選挙の時、男は外でだけ戦えばいいけど、女はうちでも戦わなきゃダメなんだワ。精のつくもんを食べさせて、最後まで健康で頑張れるようにする。志郎が倒れるようなことがあったら、由香さんの責任じゃすまないんだワ」

あの時姑は、かなり本気で由香のことを睨《にら》んでいたものだ。しかしもう、あんな些《さ》細《さい》なことを気にしなくてもよい。由香は寝起きのコーヒーをすすりながら、昨夜の自分の手柄を思い出してみる。明誠が帰ってくる時間を見はからって、春子と二人、彼のうちへ向かったのだ。明誠のマンションの前に不法駐車してある紺のセルシオは、確かに橋爪の事務所のものだと春子が証言し、二人はしばらく外で待つことにした。

そして車が立ち去った後、明誠の部屋のブザーを押したのだ。それから始まった二時間の出来事は、まさに芝居だったと由香は思う。主役はもちろん春子だ。

「僕には僕の義理がある」

と最後は居直った明誠を前に、春子はハラハラと涙を流したのである。

「そりゃあ、私ら家族に恨みはあると思うワ。私は明誠さんには頼みごとを出来るような立場じゃないと思うワ。だけど志郎は違う。志郎は明誠さんと血の繋《つな》がった甥《おい》じゃないの」

この「甥」という切り札は、予想以上の効果を上げ、明誠の喉《のど》ぼとけが上下するのを、春子は見逃さなかった。

「ほら、憶《おぼ》えてるかネ、志郎が小学校五年の正月だワ。明誠さん、志郎を連れて凧《たこ》揚げに行ってくれたわよネ。だけど遅くなっても帰ってこんで、私はそりゃ心配したワ。それで真っ暗になって帰ってきたあんたを怒鳴ったわネ。そしたら志郎は言ったワ。お兄ちゃんが悪いんじゃない、高校の庭で揚げたいって僕が言ったって……」

ここで春子はハンカチを取り出した。

「志郎は兄さんのように明誠さんのことをずっと慕ってたんだワ……その明誠さんが、

もし自分を裏切ったとわかったら志郎はどんなに悲しく思うかねえ……」

一時間後、明誠は約束してくれた。橋爪派に移ろうとしている何人かの女を、もう一度説得すると。自分が志郎派に戻ったことがわかれば、リーダー格の女たちもきっと従《つ》いてくるはずだとも口にした。

「ありがとう、明誠さん、ありがとう……」

春子の傍で由香も土下座をした。土下座というのは普通、靴を履き、立っている位置からというのが前提になっている。ソファから腰をずらして、カーペットの上という中途半端さは、由香の矜持《きょうじ》を決して汚したりはしない。それどころか、由香の胸は誇らしさでいっぱいになったものだ。

この場の主演女優は春子だったかもしれぬが、演出家は確かに自分であった。由香の演技指導のもと、春子は忠実にその役をやり終え、明誠という客演男優まで揺り動かしたのである。

コーヒーをもう一杯飲もうと立ち上がった。これから本部に顔を出し、その後はオレンジ会の連絡所に詰めるつもりだ。さっきの邦子の話によると、橋爪派になびきかけた連中も、そう悪びれることなく連絡の電話をかけてきたという。すんでのところで、由香は大きな流れを食い止めたのである。今日はほんの少しぐらいゆっくりと朝食をとっても、バチは当たらないというものだ。

コーヒーメーカーが、ゴボゴボと大きな音をたて始めた瞬間、マンションのドアも大きく音をたてて開いた。

「ああ、びっくりするじゃないのッ」

大き過ぎたので咎《とが》めるような声になった。うちに居ないはずの夫が、突然帰ってくるというのは驚くものだ。泥棒がしのび込んでくるより、はるかに衝撃は大きい。

「どうしたのよ、こんな時間に」

相変わらず喪服に身をつつんだ志郎は、彩度からしても黒とあまり釣り合わない、赤茶けた顔になっている。陽に灼《や》けた顔色から、多くのことを読みとろうとしても無駄だ。だから由香はもう一度大きな声で尋ねた。

「いきなり帰ってくるなんて驚くわ。どうしたのよ」

志郎はしばらくの間、由香の顔を見つめていた。そして何か諦《あきら》めたように、がっくりとダイニングの椅子《いす》に腰をおろした。

「困ったことになったよ……」

ああ、あのことだと由香は微笑《ほほえ》んだ。昨日由香が知った明誠の裏切りを、今日彼は聞かされたに違いない。

「そのことだったら大丈夫。昨日ね、お姑《かあ》さまとちゃんと話がついてるの」

「本当に、お袋とかい」

「ええ、そうよ」

　余裕を取り戻した由香は、夫のためにゆっくりとコーヒーを注いでやった。

「お姑さまも最初は嫌な顔をしてたけど、最後はわかった、ちゃんと協力するって言ってくれて……」

「おかしいなあ……」

　志郎は首をひねる。その角度で、彼の中に疑問がむくむくとふくれているのがわかる。

「猛《たけ》り狂ってるのがお袋なんだけどな」

「だからそれはちゃんと解決したの。二人で明誠さんのところへ行ったのよ。今日にでもあなたにきちんと話すつもりだったんだけど、お姑さまが志郎には今余計なことを耳に入れないようにって。でもやっぱり、お姑さまが話したんじゃないの、ひどいわ」

「その明誠さんって何だよ」

「え？　明誠さんのことじゃないの」

「この問題は君に関することだよ」

　夫の顔に再び暗いものが動き始め、由香はとたんに息苦しくなる。悪い出来事というのは、告げられる前からその大きさで人を圧倒するのだ。何かとてつもなく悪いことが起ころうとしているらしい。

「萩原さんが言ってたよ……」

志郎はその悪いことを、一秒でも先のばししたいかのようにため息を漏らした。

「そろそろ、怪文書が出始める頃だって。僕も少しは覚悟してたけど」

ここでちょっと口をつぐんだ。

「まさか、君のことが出るなんてな」

「ちょっと、待ってよォ」

由香は大声を上げる。

「いったい私が何をしたっていうのよ。私は何も悪いことをしていないし、知られて困ることはないわ」

「それでも怪文書は出る。だから怪文書っていうんだ」

「見せてよ、見せてったら」

由香は夫に飛びかかった。志郎は背広の内ポケットに重要なものをいつも入れている。多分この中だろうと思ったらやはりそうだった。四角にきちんと畳んだ紙片が、夫の怒りと困惑をあらわしているようだった。

「市民の皆さまへ
はねっかえり夫人行状記」

ワープロで打った文章の「大鷹由香さん」という文字がまっすぐに飛び込んできた。

「市長候補夫人大鷹由香さんの評判がすこぶる悪い。夫の出馬に大むくれ、なかなか河童市に帰ってこなかった。こちらに居を移してからは、あちこち飛びまわり『オレンジ会』なるものを編成したまではよかったが、中身といえば例によってタウン誌編集者だの、イラストレーターだの、わけのわからぬ輩《やから》の寄せ集め。

大鷹氏を支持する人々からも、危惧《きぐ》する声が大きい。そもそもこの由香さんは、上智大学出身というハイカラな奥さま、大学の時にはアメリカ人と同棲《どうせい》していたという飛んでる奥さまは、河童の田舎暮らしがつくづくお気に召さぬ様子。志郎氏と別居していることは周知の事実である。当選のあかつきには晴れて離婚が決まっているというお二人。志郎氏の当選は、この夫婦の場合、晴れてバンザイと言えぬようだ」

なんなのよー、これ、由香は叫ぼうとしたがうまく声が出ない。ただ不気味な大きなものが自分を浸し、もう少しで吐きそうだという感覚だけが、明確に次第に立ち上ってきた。

「これはいったいどういうこと。由香さん、ちゃんと説明してもらわんと困るワ」

春子の目が吊《つ》り上がっている。少し口紅のはがれた唇を、さっきからしきりになめているのが彼女の混乱と怒りを示している。

大鷹家の奥まった座敷である。いつものように事務所からではなく、裏の門を開け、そのまま廊下のつきあたりの座敷へ来るようにと由香は指示された。人目を避けるためだという。由香にまつわる怪文書は、未明から今日の早朝にかけて、かなり広い範囲にわたり、この町の人々の新聞入れに投げ込まれていたのである。

千夏のせいだと由香は唇を嚙《か》む。自分が学生時代、ステファンと同棲していたことなど、他の誰が知っているだろう。あの口の軽い女が、昔のことをペラペラと喋《しゃべ》ったに違いない。それがどんな波紋を呼ぶか知らないからだ。今、由香は選挙の渦中にいる。どんなささいなことも、敵陣営の戦利品になるのだ……。

「ねえ、由香さん、聞いてるの」

由香の沈黙を太々《ふてぶて》しさととったのであろうか、春子が不意に手を伸ばし、由香の膝《ひざ》を揺さぶる。その時、姑が爪《つめ》を立てているのがスカートを通していてもわかった。あるかないかの小さな痛みが走って、いま春子は自分を殺したいほど憎んでいると、由香は思った。

まだ自分の頭の中はぼんやりとしているが、千夏に対する怒りははっきりと識別することが出来る。自分が感じる怒りと、他人から向けられた怒りというのは、いちばん明確に見える光なのかもしれない。

「由香さん、ねえ、答えてよ。この手紙に書いてあることは本当なの」

「何がですか」

ようやく声が出た。自分でもぞっとするほど低い。

「私が有権者に嫌われてる、ってことですか、河童が嫌いだってことですか。それが本当かどうか、私にはわかりません」

多くの事実や感情を寄せつけまいと思うあまり、由香の口からは生硬な言葉が次々と出てくる。

「そんなことじゃないワ。この、アメリカ人と同棲してたのは本当かって、私は聞いてるんだワ」

「つき合っていたのは本当のことです」

由香は答え、同時にいちどきに押し寄せてくる記憶にむせそうになる。後ろから見ると、まるで白髪のようにも見える、くすんだ金髪のステファン。強いオーストラリア訛《なま》りをからかうと、むきになって怒ったものだ。ひょろりと背が高く、日本では合うジーンズがなかなか無いとこぼしていた。物価高の東京生活を嘆き、いつも腹を空《す》かしていたステファン。その彼に何回かの食事と、いくらかの愛情を与えたことが、それほど悪いことだろうか。

「上智の頃、留学生と確かにおつき合いしてました。アメリカ人と同棲、なんて書かれると汚らわしいですけれど、すべて否定はしません」

「まあ、由香さんたら……」

春子の唇はすっかり乾燥している。もはやなめる気力もないらしい。

「あんたっていう人は、そういう過去を隠して志郎と結婚したのね」

「そんな……過去なんて誰にでもあるもんじゃないでしょうか。私の場合、たまたま外国人だったっていうことだけで、こんな大ごとになるんでしょうか」

「あんたって人は、まあ……」

今度は肩で息を始めた。

「私は昨夜《ゆうべ》のことは、絶対に忘れんワ。私は大鷹の家の長女だワ。その私が、あのずる賢い愛人の息子に、頭を下げさせられたんだワ。それも由香さんのせいだワ。だけど選挙のためだと思って、私は歯を食いしばって我慢したワ。それなのに由香さんが、こうして志郎の足をひっぱってるんだワ……」

「もうやめてくれよ、お母さん」

女二人にある程度言わせるまで、決して声をかけないのが、いつもの志郎のやり方であるが、それはもしかすると彼なりの策略というものかもしれない。

「オレと知り合う前、由香に外国人のボーイフレンドがいたのは聞いてたよ。若いうちはよくあることだよ。オレが承知してるんだからいいじゃないか」

「いいえ、そんな話は聞いたことないワ」

春子は悲鳴のような声を上げる。どうやら息子の冷静な言葉が、彼女をひどく刺激したらしい。

「この町で外国人なんて、交流協会のボランティアが、年に一回アメリカ人連れてくるぐらいだワ。外国人なんて、そんなに表を歩いているもんじゃないワ。それなのに外国人と寝たなんて、汚らわしいワ……」

「まあ、まあ、奥さん、冷静になってくださいよ」

さっきまでむっつりと腕組みをしていた萩原が顔を上げる。

「選挙に怪文書はつきもんだからね。候補者の女房が浮気してるだの、離婚寸前だのという噂《うわさ》を流されるのは、よくあることだ」

「だけど、萩原さん、外国人と同棲なんて聞いたことがないでしょう」

「まあ、若奥さんは上智出てるハイカラだっていうのを、みんな知ってるからねえ……」

萩原の歯切れの悪さが、由香にある決意を促した。

「私がいるとご迷惑でしょうから、私、この後東京に帰ります。私がいなくなれば、おかしな噂も失くなるでしょう」

「馬鹿なこと言うもんじゃない」

志郎に春子、そして萩原の三人が同時に叫んだ。が、三人ともそれぞれ少しずつニュアンスが違う。

「今まで、頑張ってきたんじゃないか。こんなことに負けるんじゃないよ、バカ」

と志郎。

「今、由香さんがどこか行けば、噂は本当ってことになるんだワ。そんなことなんでわからないのッ」

と春子がひとしきり金切り声を上げた後、

「シロウトの奥さんは、これだから困るよ。全く子どもみたいなことを言い出して……」

と萩原が珍しく由香を睨《にら》んだ。そして有無をいわせぬ太い声で由香に命じた。不思議なことに、命令はこの場でのたったひとつの救いとなった。

「いいかい、志郎さん、今日から由香さんを車に乗せてもらうよ。怪文書が出た後だからこそ、若奥さんには前に出てもらわなきゃ困るよ。皆の視線をはね返して、好奇心を一票に変えるっていう気持ちでやってくれよ、わかったね」

いつのまにか由香は膝を揃《そろ》え、はい、と頷《うなず》いていた。

春子と萩原が出ていき、志郎としばらく二人きりになる時間があった。志郎は目を宙に浮かせたまま茶をすすっている。どす黒く陽に灼《や》けた顔と違い、その手は白いままだ。いつも手袋をし、知らない人々に手を振る夫の姿が浮かび上がってくる。

いま自分は謝罪しなければいけないのだろうか。由香は口を開いた。

「でも、私、謝らないわよ」

「うん」

「だって私、悪いこと何もしていないもん」

言ったとたん、思いがけなく涙がハラハラと流れた。姑《しゅうとめ》の前では決して見せるまいと思っていた涙だ。

「馬鹿だなあ、泣くなってば。由香らしくないよ」

体に似合わず、先細りの志郎の指が伸びて由香の頰《ほお》に流れる涙を拭《ぬぐ》った。ああ、自分はまだ夫のことを愛しているのだと由香は思う。

「あと四日だ。頑張ろうな」

「うん」

「じゃ、車へ行こう。由香は選挙カーに乗るの初めてだろ。いろいろ面白いぞ」

ソファから立ち上がる時、志郎はいたわるように由香の腰に触れた。夫がちらりとでも触れたのは本当に久しぶりのことであった。

「人は横からやってくる」

という言葉を、萩原は由香に与えた。

「いいかい、奥さん、選挙カーに乗ったら前ばっかり見てちゃ駄目だ。人はね、家の中にいてウグイス嬢の声を聞く。そして外に飛び出してくる。だから車の後ろや横から来るはずだ。これを見逃しちゃいけない。一票を逃すことになるよ」

それまでほとんど嫌悪していた〝必勝〟と書かれたハチマキと白手袋という格好で、由香は六人乗りのワゴンの窓際に乗った。今までこの役は春子のものであったが、今日から最後まで由香がやるようにと萩原は命じたのである。

「若奥さん、よろしくお願いしますね」

助手席に座っている中年女は、大鷹家代々のウグイス嬢だという。元市長の選挙の時から手伝っている。

「前橋《まえばし》さんの声は低いけどよく通って、とても評判がいいんだよ。丸屋の社長の方は、元アナウンサーとかいうプロを頼んでるが、あっちはキンキンし過ぎてるよ」

「この町にはね、あんな綺麗《きれい》過ぎる標準語は似合わないのかもしれませんね」

よく見ると前橋というウグイス嬢は、中年というよりも初老に近いかもしれない。

「若奥さんに乗ってもらったら、鬼に金棒だわ。皆が喜ぶワ」

などと言いながら、探るように由香を見るのは、おそらく怪文書を目にしているからに違いない。しかしもう気にすまいと由香は決心する。もうじたばたしてもどうなるものでもないのだ。今の自分は逃げることも出来ないのだから、進んで戦場に切って出るしかないのだ。

ウグイス嬢に志郎と由香、二人の市会議員、運転する選挙事務所の男を乗せて車は出発した。

「大沼地区を抜けて、団地へ行って、それから『さつき苑』の前でしばらく喋《しゃべ》り、二時四十分に事務所へ帰車」

運転手が萩原に言われたとおり復唱し、ウグイス嬢はマイクのスイッチを入れる。

「皆さま、お騒がせしております。河童市市長候補、大鷹志郎、大鷹志郎が、ただいま立候補のご挨拶《あいさつ》にまいりました」

なるほど女の声はなめらかでよく通る。語尾に河童訛《なま》りがあり、適度にシロウトくささを残しているのも作戦のひとつであろう。

五分ほど走った頃、新築の農家から一人の老婆が出てくるのが前方に見えた。しきりに車に向かって手を振る。選挙カーは急ブレーキで止まった。その時の志郎の行動は、由香の目を瞠《みは》らせるのに十分のものであった。あっという間に車のドアを開け、外にころげるように出る。そしておぼつかない足取りで寄ってくる老婆の元に走っていった。その際、手袋を脱ぐのも忘れない。

「奥さん、奥さん」

脇腹《わきばら》を、真ん中に座っていた市会議員につつかれた。

「あんたも出るんだよ」

志郎は老婆の手をつつみ込むように握手をしている最中であった。

「伯父《おじ》さん、急なことだったな……。でも志郎さん、あんた、頑張ってナァ」

「ありがとう、ありがとう。湯木のおばあちゃんも元気で嬉《うれ》しいワ。神経痛、どう、具合いいカイ」

なんと志郎は、近づいてきた老婆の名はおろか、持病のことまで知っているのである。それだけでも驚きなのに、彼の言葉はいつのまにか河童弁になっているのである。

「おばあちゃんには、うちのじいちゃんも伯父さんもすっかり世話になってるワ。今度はオレの時も頼むワ」

「うん、うん……。わしはこんな年寄りだけどな、志郎さんの名を書くことぐらいは出来るワ……」

まるで昔の日本映画の一シーンを演じているような二人に、由香はおずおずと近づいていった。オレンジ会の時とは様子がかなり違う。

「あの、大鷹の家内です。どうかよろしくお願いいたします」

「ばあちゃん、オレの女房だワ。いろいろ初めてのことばっかりだけど、教えてやってな、頼むワ」

「ああ、あんたも亭主のために頑張ってな」

由香はその老婆と握手をかわした。

車はやがて大沼という集落へ入っていく。志郎が手早く説明するには、ここは昔から大鷹家の大切な地盤であるが、最近は丸屋陣営もかなり食い込んできているという。

萩原の言うとおり、右から左から、女たちが寄ってくる。トラクターからわざわざ降りて、握手を求めにくる男もいる。その頃には由香もすっかり慣れて、車から降りるのも握手もスムーズに出来るようになった。

「志郎さん、頑張ってね。応援してるワ」

「伯父さんのとむらい合戦だからね、あんたが勝たなきゃ駄目だよ」

農作業をしている者が持つ、大きながっしりした手は、握手も力強い。

「すごい人気ね」

車の席に座りながら、由香は小さくつぶやいた。怪文書が出まわったにもかかわらず、ここの地区の人々は由香にもやさしい。奥さんも頑張ってと、必ず声をかけられた。

「それはわからないよ。十分後に丸屋の選挙カーが来てもさ、あの連中はやっぱり外に飛び出してきて握手してるよ」

夫の自嘲《じちょう》的な言い方に、由香ははらはらする。同乗している市会議員に聞かれるではないか。しかし、彼らは素知らぬ顔をしてフロントガラスを見つめている。ここに来るまでに、有象無象の人々にかなりの金をむしられたという萩原のつぶやきを由香は思い出した。

「あ、ちょっと止めて下さい」

由香は大声を上げた。事務所の手前、農協の建物の陰に、紺色のゴルフが止まっているのが見える。千夏の乗っている車だ。間違いない。あの千夏がここに来て、由香を待っている。由香は握手するためでなく、決着をつけるために急いで車から降りた。

由香は大股《おおまた》でずんずん千夏に近づいていく。怒りのあまり、まるで体が空《くう》に浮いているようだ、と自分でもわかる。もし後ろに選挙カーが止まっていなかったら、千夏を殴りたいぐらいだ。今までの人生、人を殴ったこともないし、殴りたいと思ったこともない。これが初めてだ。けれども千夏はそれだけのことをしているのである。

「いったい、どういうことなのッ」

由香は千夏の前に立った。人間というのは本当に相手のことを憎んでいる場合、そう近づけないものだ。一メートル手前で由香の足は止まった。

「あの怪文書、あなたが喋ったんでしょ。そうでなきゃ、どうしてあんなひどいことを書かれるのよ」

紅をつけていない千夏の唇が左右に動く。言いわけを口にしようとする直前の顔は、咀嚼《そしゃく》の時と全く同じだ。

「まさか、こんなことになると思わなかったのよ……」

「こんなことになるとは思わなかったって……。あなたっていう人は……」

由香もうまく言葉が出てこない。二人の女はしばらく無言で睨《にら》み合った。

「あのね、市議の人と飲みに行って、私ちょっと酔っぱらったかもしれない。それであんたは大鷹さんの奥さんと同級生かって聞かれて、私、何か言ったかもしれないわ」

男たちにおだてられて、グラスをあおる千夏の姿が目に見えるようだ。

ねえ、大鷹さんの奥さんってどんな人だったの。かなり我儘《わがまま》だっていう噂《うわさ》だけど。

そんなことないのよ。案外、男に尽くすタイプなの。本当にびっくりするぐらい。

学生時代は貧乏な留学生にずっと貢いでたのよ……。

この町の市会議員と、千夏との会話が、耳元で聞こえてくるようだ。

「私、あなたのおかげで、大変な目にあっているのよ。ねえ、この責任、いったいどうとってくれるのッ。ねえ、いったいどうしてくれるのよ」

「ちょっと待ってよ、待ってったら」

千夏は自分に言いきかせるように何度も頷《うなず》く。狡猾《こうかつ》にも、恐れおののいているようにも見える姿であった。

「ちゃんと私、このオトシマエはつける。あなたの気の済むようにするわ。ねえ、だから話し合いましょうよ。ねえ、だから冷静になって」

そして傍に止めてあった自分の車を指さした。

「ねえ、ちょっと二人で話し合いましょうよ。私、いちばんいい方法を考えるから」

由香は誘われるまま、助手席に乗り込んだ。フロントガラスの前には、新聞社名を記した腕章が無造作に置かれている。それは、とてつもなく大きな力を秘めたもののように見える。ここで千夏を殴ったとしても、何の利益にもならない。それよりもこの大きな力を持つものに〝オトシマエ〟をつけてもらった方がずっと得策だと、どこかでささやく声がしたのだ。

十分後、二人は近くのファミリーレストランにいた。夕方少し前のレストランは人の姿もまばらで、入り口に近い席に座った。いちばん人目につかない席はどこだろうと、二人で目で探し合い、同時にここに座った。何だか千夏と呼吸が合ったようで由香は腹立たしい限りだ。

「本当に私、責任を感じてるの。さっき、あの怪文書見せられて、私、真っ青になったのよ。だから取るものも取りあえず、すっ飛んできたのよ」

このレストランに来たとたん、千夏はかなり狎《な》れ狎れしくなったような気さえする。プレスのきいた薄桃色のシャツに、グレイのジャケットというしゃれた格好をしているのも憎らしい。取るものも取りあえず来た、という人間でも、服の配色を考えるのだろうか。由香は力を込めて発音する。

「もし、うちの夫が落選したら、それはあなたの責任よ」

声に出したら、それは本当にそのとおりだと思った。

「私も大鷹の家にいられなくなるわ。夫を落選させた嫁っていうことになるんですものね」

「そんなあ、大げさなあ……」

千夏は薄く笑う。まるで〝今のは冗談よ〟と由香に言わせようとしているようだ。

「大げさじゃないわ。それほど政治っていうのは大変なものなのよ。あなただって新聞記者をしていたら、そのくらいのこと、わかるでしょう」

「だから、悪かったっていってるじゃないの」

今度は千夏が不貞腐《ふてくさ》れた。不貞腐れる、などというのは話し合いの終わりの段階ですることだと、由香は怒鳴りたくなるのをぐっとこらえた。こらえられるということは自分もかなり落ち着いてきた証拠であろう。そろそろ交換条件を出してもいい頃である。

「オトシマエつけてもらうわよ」

いつか観た、極道映画の姐《あね》さんのような太い声が出た。

「本当に何でもしてくれるんでしょうね」

「ええ、私の出来ることなら何でもするわ」

「じゃあ、おたくの新聞に、夫の記事を書いて頂戴《ちょうだい》よ。選挙に有利なように、持ち上げてほしいの」

「それは駄目よォ」

千夏はぶるんと首を横に振った。

「私の勝手でヨイショ記事なんか書けないわ。選挙の前の記事って、すごくみんな敏感になるのよ。それで告訴されることもあるんですものね。私がもし何か書いても、デスクのところではねられるに決まってるわ」

「じゃあ、いったい何が出来るって言うのよッ」

やっぱり目の前の女を殴ろうかと由香は思った。

「いま、あなた、なんでもするって言ったじゃないの。新聞記者のあなたに出来ることなんて、記事を書くことぐらいでしょう」

「そりゃ、そうなんだけど」

千夏はいったんうつむき、そしてすぐに顔を上げた。

「あの、政治家を紹介出来るかもしれない」

「政治家？」

「それもね、かなりビッグな、誰でも知ってる政治家から推薦文を貰《もら》ってあげるわ。ね、それならどう」

「今さらそんなもの貰ってどうするのよ」

「投票日までまだ四日あるわ。大鷹志郎君に期待します、っていうコメント貰って、それをチラシに刷って配る時間は十分にあるじゃないの」

由香は強力ライバルである橋爪のチラシを思い出した。この県出身の、労働大臣と厚生大臣を務めた男が、橋爪に期待する、といった文章を載せているのだ。いったいどういうツテでそれを手に入れることが出来たのだろうかと、大鷹事務所では話題になったものだ。やがてそのコメントに対し、三百万円が支払われたという情報が入ってきた。

「三百万円！」

由香は驚き呆《あき》れ、その文章を目で追った。十五行ある。

「たった十五行書いて、三百万円貰えるんですかッ」

「代議士も大変なご時世だからねえ……。こういう地方の選挙でも、しっかりと目配りして、こまめに集金してるんだよ」

あの時の萩原の言葉を思い出す。

「推薦状なんて、うちには、そんなお金ないわ……」

由香はがっくりと肩を落とした。

「事務所の方にはあるかもしれないけど、今は駄目。私はみんなに叩《たた》かれている状態なんだもの。お金を出してくれなんて言えないわよ」

その時、由香の頭にひらめくものがあった。自分名義の預金通帳、自宅の英語教室で得た金を貯めたものだ。その二百四十万円という金は、絶対に手をつけるものかと思っていた。オレンジ会が発足し、奥村美佳子の講演料を払う際も、これを使うものかと意固地になった。もしかすると一人で生きていくことがあるかもしれないと、心のどこかで考えていたからだ。しかし今の由香はすべてを捧げるつもりでいる。もしもそれが本当に可能ならば、有力な国会議員が書く（とされる）十五行のために、あの金を投げ出してもいい。

「私、少しならお金あるわ。でもね、相場より負けてもらいたいの。急いでるけど格安でやってほしいのよ」

クリーニング屋に交渉するような口調になった。

「わかったわ、あのね、室田修平《むろたしゅうへい》はどうかしら」

「えーっ、室田修平ですって」

新党の看板スターとも、ニューリーダーの一人とも言われる彼は、ご多分にもれずテレビ番組の常連である。五十代になったばかりの彼は、弁が立ち、相手に喋《しゃべ》らせない強引さといい、活力が満ち満ちて、こぼれそうな様子といい、まさに〝政治家盛り〟といってもよい。「朝まで生テレビ」はもちろん、「サンデー・プロジェクト」や

「ニュース23」にもよく顔を出す。田舎の人間でも、名前と顔が一致する数少ない政治家である。

「あなた、室田修平を知ってるの」

「あのね、若手政治家とか官僚、ジャーナリストを集めた勉強会があるのよ。私を可愛《かわい》がってくれた論説委員がメンバーで、時々私を連れていってくれたの。女の新聞記者は珍しいから、結構ちやほやされたわ。室田修平って、ああ見えても女好きなの。もうちょっと新聞記者をしたら、うちから立候補しないか、なんて私に言ったことがある」

千夏はいつのまにか、自分のペースを取り戻している。言葉がなめらかによどみなく出てくるのだ。そして〝ちょっと失礼〟と言って席を立った。そして戻ってくるなり、誇らし気に胸を張った。

「今ね、室田の秘書と話したわ。多分、だいじょうぶじゃないかって。今日は会合に出る前、インタビューがあって、それが終わるとちょっとだけ時間があるんですって、ねえ、今から私と一緒に東京へ行こう。今なら最終の新幹線で日帰り出来るわ」

「千夏、ありがとう」

由香はごっくんと唾《つば》を呑《の》み込む。室田修平の推薦文は、思いがけないプレゼントとして、選挙戦後半にさしかかっている大鷹陣営をどれほど喜びにわかせることであろうか。春子の顔が目に浮かぶようだ。あれほど罵倒《ばとう》した嫁が、また新しい手柄をとってきたのだ。渋々ながらも愛想《あいそ》のひとつも言うに違いない。

「千夏、本当にありがとう。感謝するわ」

三十分前まで、本気で殴ろうと思った相手に由香は頭を下げた。

永田町の衆議院の議員会館は、マンションに似ている。それも公団の建設した、やたら大きいばかりで殺風景なマンションだ。違っていることといえば、警備の者がところどころに立っているのと、受付の前に背広姿の男がたむろしていることだ。千夏は手慣れた様子で受付の前に進み、用紙を貰ってきた。それは面会申込書で、訪ねる議員の名前や用件を書き込むようになっている。千夏は陳情ではなく、私用という項に素早く○印をつけた。

「さっ、行きましょう」

二人は歩き始める。途中、議員らしき男が二人、立ち話をしていた。その一人は、テレビでよく見知っている顔である。

「あっ、船田元じゃないの、本物だわッ」

「そりゃ、そうよ。ここは議員会館なんだもの。本物の政治家がいるわよ」

エレベーターから降りると、今度はアパートのように小さな部屋が並んでいる。室田修平の名が書かれたドアを千夏はノックした。

「はい、どうぞ」

若い女が中からドアを開けてくれた。中は1DKといった広さであろうか。廊下のこちら側は秘書たちが事務を執る部屋、あちら側が応接間になっているらしい。

「今ね、先生、『アエラ』のインタビューを受けている最中なんですよ」

女性秘書は事務室の隅の椅子《いす》を二人に勧めた。由香はあたりを見渡す。棚といわず、机の上と言わず、本や資料がぎっしり積まれている。どこかの国の元首なのだろうか、ターバンを巻いた男と、室田がしっかりと握手しているパネルが飾ってあった。その前で男の秘書が一人、電話で何やら話している。

「ですから、その件はですね、前川先生とお話がついているんですよ……。法案審議までには、ですから何とか……」

緊張がいやが応でも高まってくる。やはりここは永田町なのだ。人が何といおうと、政治の中枢という場所には、それらしい雰囲気が漂っている。由香はふと、市長選を戦っている夫のことを思った。ここで働く人々にしてみれば、市長の座を得ようと必死になっている男など、それこそ虫ケラのような存在ではないだろうか。由香はふとある思いが頭をよぎり、その思いのために息が荒くなる。

志郎をいつか、こういう場に座らせてやりたい。河童市などという田舎町から、この永田町へと送ってやりたい。それは途方もない夢だろうか。そんなことを考えるのはいけないことであろうか。

やがてドアが開き、男が二人、奥の部屋から出てきた。カメラを持っている男と、背広姿の男だ。

「どうもありがとうございました。お忙しいところ、お時間をとっていただいて……」

「いやあ、よろしくね、ご苦労さま」

意外にものんびりと明るい声が、彼らの後を追ってくる。

「あんまりいじめないでよね。おたくはさ、ふんふん聞いた後で、バッサリ斬《き》るからヤダよ」

そしてドアから顔を出した男は、まさしく室田修平である。テレビで見るのと全く同じであることに由香は感動した。あの時テレビで、田原総一朗にくってかかった男が、いまそこに目の前にいるのである。

「やあ、いらっしゃい」

おまけにあろうことか、その男は自分に向かって笑いかけている。あの室田修平、あの室田修平がだ。由香の体の中で、ざわざわとさざ波が立つ。それは間違いなく身震いというものであった。

千夏はどうやら嘘《うそ》をついていなかったらしい。かの高名なる政治家室田は、なんと彼女の肩をぽんと叩いたのである。

「久しぶりだねえ、千夏ちゃんが地方支局へ行ってから、会う機会がなくて淋《さび》しかったよ」

かつて千夏は言ったことがある。地方レベルの政治家、県議や市議というのは女性の新聞記者が大好きだ。一緒に飲んだりカラオケに行くのを、ステータスのように考えている。が、こうして見ると代議士も同じではないか。室田ほどの政治家が、何やら千夏の機嫌を取っているふうなのである。由香はマスコミの威力というのをしみじみと感じた。

「ご紹介します。こちらが大鷹由香さんです。私と大学が一緒だったんです」

「室田です。どうぞ、どうぞ」

彼は由香にも愛想がよい。それがトレードマークの、大きな二重の目をなごませた。よくカツラではないかと噂《うわさ》される髪は、テレビで見るよりも後退しているが、つやつやした額が愛敬《あいきょう》をかもし出している。彼はソファに招いてくれたうえに名刺をくれた。簡潔な名刺である。衆議院議員という肩書の横に「再生紙使用」とあった。

「室田さん、解散はどうですかねぇ」

千夏は、ここでも愛らしい図々《ずうずう》しさを見せる。

「わざわざ田舎から出てきたんですから、最新の東京の情報を教えてくださいよ」

「僕がわかるわけないでしょう。社会党に聞いてよ、さきがけに聞いてよ、政権持ってる人にさあ」

「そんなこと言ってえ、このあいだ『朝ナマ』に出てた時は、あんなに強気だったじゃないですかあ」

千夏は若い女性の新聞記者だけに許される無礼さで、ふふと鼻の先で笑ってみせる。二人の軽口はいつまで続くのだろうかと、由香は取り残されたような気分になった。ハンドバッグには何回かに分けて、キャッシュディスペンサーからおろしてきた、二百万円の封筒がある。早くこれを手渡し、そして引き替えに室田のサインが欲しい。それを貰《もら》ったら大急ぎで、いちばん早い新幹線で帰るつもりだ。事情を話したところ、いつも使っている印刷所が、徹夜をしてでもビラを仕上げると請け負ってくれた。何とか一時間でも早く、室田からの推薦状を届けたいと思う。

「あ、そう、そうだわ。まずこれを見てください」

由香の思いが通じたわけでもないだろうが、千夏がいきなり口調を変えた。肩が折れやしないかと思われるほど巨大なショルダーバッグの中から、茶封筒を取り出した。その中にはフロッピーが入っている。新幹線の中で、千夏がノート型パソコンで打ってくれた推薦状である。千夏が言うには、選挙用有名政治家メッセージには、次の四つの要素を必ず織り込まなければいけないそうだ。

Aこのたび××君が○○選挙に立候補することになりました。

B××君と私とは△△な関係でした。

C××君の行政手腕を考えると、必ずや皆さんのお役に立つことと思います。

D××君の当選に向けて、私も全力をあげて応援する所存でございます。

新幹線の中で由香は尋ねたものだ。

「AとCとDはどうにかなるにしても、Bはどうするつもりなの、うちの夫は、室田修平になんか一度も会ったことがないのよ」

「別にそんなの、勝手につくり出せばいいじゃないの」

彼女の指が動き、パソコンの画面に文字が浮かび始めた。

「地方の時代と言われて久しくなりますが、このような時こそ、本当に地方行政の真価が問われる時ではないでしょうか。このたび大鷹志郎君が河童市市長選に立候補することを知り、健闘を願わずにはいられません。

大鷹君はかねてより地方政治に対する深い洞察と高い志を持ち、私のところへもたびたび意見を求めにおいでになりました。すっかり意気投合し、夜を徹して語り合ったこともあります。大鷹君のこのたぐいまれな情熱は、必ずや皆さんのお役に立つことと思います。大鷹君の当選に向けて、私も力いっぱい応援していきたいと思っております」

「うまいもんだよねえ」

由香が思わずため息をついた、あの文章のフロッピーを、千夏は事務所のプリンターにつなげてもらった。その文章がここにある。

「室田さん、どうですかね、これで。急いで書いたから、おかしなところがあるかもしれませんので、直していただけたら嬉《うれ》しいんですけど……」

室田はそのプリントを手にとった。十六行の文章だ。そのために由香は二百万円払うのだ。たった十六行で二百万円！　どれほどすごいコピーライターでも、こんな高い文章を書かないのではないだろうか。

ああ、二百万円が消えていくと由香が身構えた瞬間、室田は意外なことを口にした。

「実はね、困ったことになっちゃってさあ……」

彼は薄く笑いかけようとしたのであるが、そうすると頬《ほお》全体が卑しくたるんだ。

「この推薦状書くのさ、ちょっとまずいんだよねえ」

「えっ、だってさっき千葉さんに聞いたら、先生はたぶん大丈夫だろうって。会ってくれるっていうから、こうしてサインしてもらうばっかりにして来たんですよ」

千夏の言う千葉さんというのは、隣室にいる女性秘書らしい。

「大急ぎで新幹線に乗ってここまで来たんですよ。それなのに推薦状書けないなんて、私の立場がありませんよ」

「いや、千葉君も僕も、何も問題もないと思ったんだけど、一応党本部の方にちょっと電話してみたんだ。そうしたら、どうもおたくの対立候補と党とはいろいろ関係あるらしいんだなあ……」

「対立候補というと、橋爪さんのことですか」

「うーん、そうだねぇ。あのね、ぶっちゃけて話すけど、この橋爪さんっていう人、党から推薦出すはずだったんだけど、あんまり急で手はずが整わなかったんだ。だけどいずれ当選したら……」

ここで室田はちょっと言葉を切った。

「まあ、もし、当選ということになったら、党《うち》と何らかの関わりを持つはずで……。だから、その」

「そんなの困りますッ」

今まで黙って二人のやり取りを聞いていた由香の喉《のど》のおくから、悲鳴のような声が出た。

「私、室田先生からの推薦状がいただけるって、うちの主人にも話しました。みんな、そりゃ喜んで、いただいたらすぐ印刷所に原稿をまわすって、首を長くして待っているんです。それを今さら、いただけなかったなんて、私、言えませんよ」

「そうですよ。室田さん、どうしてこんなことになったんですか。昼間、千葉さんに電話した時は、たぶん大丈夫だろうってことだったんですよ。それじゃ、千葉さんが間違ったことになるんですか」

「だから、そのね」

室田の唇には、苦い薄い微笑がとどまったままだ。こんな女の二人ぐらい、どうにでもなると思っているに違いない。年下の者をなだめるような、だから優し気な表情のままなのだ。

「あのね、千葉君をそんなに責めないでよ。小さな件は、彼女独自の判断に任せているんだから」

「ちょっと待ってください」

由香は室田をキッと見た。なぜかわからないが、体中から勇気と知恵が一気に湧《わ》いてきたような気がする。追い詰められた者が持つ熱気に、いま由香は包まれている。そうでなかったら、初対面の大物政治家に向かってものが言えるはずはない。

「いま、先生、小さなことっておっしゃいましたよね」

「……」

「私たちにとっては重大なことですけど、先生にとっては本当に小さなことのはずですわ。いいえ、怒って言ってるんじゃありません。河童市なんて北関東の中でも、それこそちっちゃい町で、知ってる人なんてほとんどいません。この町に住む一人の男のために、短い文章を書くことぐらい、先生にとっては痛くもかゆくもないでしょう。だったらやってくださいよ」

　この最後の〝よ〟に、自分でも驚くほど威圧的な響きが出た。哀願の〝よ〟ではない。あなたは当然やるべきなのです、という余韻が残った。千夏でさえ、ほほうという表情で由香を見ている。

「まいっちゃったなあ」

　室田の顔から、先ほどまでの、憐《あわ》れみとめんどうくささとが入り混じった笑いが消え、今度は完璧《かんぺき》な照れ笑いとなった。

「僕はさ、女性に弱いんだよ。そうぽんぽん言われるとさ、本当に困っちゃうよ」

　そういえば、室田がテレビで女性ニュースキャスターにやり込められている光景を何度か見たことがある。あの態度は純情そうに見せるための演技だと言う人がいるが、案外本当なのかもしれない。

「あのさ、君たちさ、まだ時間あるでしょ。もうちょっと時間頂戴《ちょうだい》よ。何とかやってみるからさ」

　その後の室田の行動は、まるで劇画に見る政治家というやつであった。あわただしく時計を見たかと思うと、大声で秘書を呼びつけた。そして何ごとか命令したかと思うと、すごいスピードで部屋から出ていったのである。

女性秘書が入れ替わりに出てきて、呆然《ぼうぜん》と見つめる二人に告げた。

「先生が、ゆっくりお話し出来なくて、すみませんと申してました。先生はこの後、会合があるんですけど、それが終わる八時半頃にはお時間がつくれるっていうことなんです。場所も聞いておりますので、そちらの方へいらしていただけませんか」

由香と千夏は顔を見合わせた。うやむやにするかと思いきや、こちらの意向を全く聞かずに、何やら希望の光が射《さ》し込む現場をつくるというのだ。これが政治家のやり方というものだろうか。

「私、困るわ。どうしても今日入稿しなきゃいけないものがあるのよ」

「私は……もうしばらく待ってみるつもり」

由香は覚悟を決めた。どうやら室田は推薦状を書いてもいいと言っているらしい。この機を逃したら、また気持ちが翻ってしまうだろう。最終の新幹線に間に合わなかったら、埼玉の母の家へ泊まり、明日の朝いちばんで帰れば何とか間に合うはずだ。

「とにかく手ぶらで帰るわけにはいかないのよ、私」

「じゃ、悪いけど、私は先に帰らせてもらうわ」

千夏はそわそわと立ち上がった。もうこれで用事は済んだといわんばかりの態度であるが、急に心細くなった由香はあわててその後を追う。約束の時間まで銀座で買い物をすることにした由香と、東京駅まで向かう千夏は、同じ地下鉄に乗った。

「ねえ、念のために言っとくけどさ」

そろそろ混み始めた車内で千夏はそっとささやいた。

「あのセンセイ、気をつけてね。そりゃあ女好きなんだから」

「まさかあ」

由香は笑った。

「私は一応人妻なのよ。それにさ、三十過ぎの田舎のおばさん、あの人が相手にするわけないでしょう」

「まあ、そりゃそうかもしれないけどさ」

よく聞くと屈辱的な言い方だが、これといって他意はないらしい。千夏は何か思い出したように、片頬をゆがめた。

「今はさ、ああいうセンセイたち、大変なのよ。とにかくスキャンダルがこわいでしょう。ホステスなんかおっかないし、シロウトの女の人はもっとおっかない。昔は口が固い芸者さんたちが仁義を守ってくれたらしいけど、今じゃ、料亭行くだけで、何だかんだ言われるご時世だもんね」

「だったら、おとなしくしていることだよね」

「それがそうはいかないらしいの。室田さん、ずっと前に飲んだとき言ったことがある。政治家ってずうっとハイテンションな状態が続くから、性欲もなんだかやたら高まる職業なんだって」

「性欲」という言葉は、電車の中で聞くとあまりにも唐突で生々しい。由香はまわりの人に聞かれやしないかと、あわてて左右を見渡した。だが、仕事帰りのサラリーマンたちは、他人のささやきに耳を貸す元気もないようで、ぐったりとシートによりかかってスポーツ新聞を眺めている。

「もう女好きになるのは職業病だって言ってたわ。それなのにマスコミは、女のことや金のことでいつも目を光らせている。本当にやってられないよ、なんて言ってさ、よくカラオケで鶴田浩二の歌なんか歌ってるわ」

「ふうーん」

電車は「国会議事堂前」「霞ケ関《かすみがせき》」という文字を窓に見せながらゆっくりと進んでいく。ここは、そういう職業病を持った男たちが大勢生息している町なのだ。

由香は深いため息をついた。

「今度の選挙でも、いろんな人がやたら立候補するけど、政治家っていうのは、やっぱり一度はなりたいんだろうねえ。みんなこの町の住人になりたいんだろうね」

「そりゃそうよ。やっぱり権力を手にするっていうのは、人間のいちばん大きな欲望のひとつなんじゃないの」

「私さ、困ったことにさあ……」

由香はつぶやいている。

「そういう気持ち、何だかわかるような気がしてきたの。前みたいにハナから馬鹿にしたり、軽蔑《けいべつ》するところ、なくなってきた」

「あたり前だよ。そうでなきゃ、政治やろうとしている男の女房じゃないよ」

千夏は慰めとも揶揄《やゆ》ともとれる低い声で言った。


由香は夜の野球場を、上から眺めていた。この窓からだと、煌々《こうこう》と高く掲げられた照明灯の背しか見えない。だが、ぼんやりと暗い夜景の中で、その楕円《だえん》形だけは、黄色く輝いている。ヒットでも打ったのだろうか、時折歓声が上がる。

由香は腕時計を眺めた。もう九時を過ぎている。試合も長びいているが、室田も遅かった。八時半という約束の時間から、もう三十分以上過ぎているのだ。

このバーは、会員制のクラブの中にあって客が少ない。カウンターの中にバーテンダーが一人、そしてウエイターが一人いるだけだ。エレベーターで上がってくる途中、中の掲示でわかったのであるが、この建物の中には、スポーツクラブやレセプションルーム、ホテルもあるらしい。だが時間が遅いせいか、建物全体がひっそりしている。バーの隣のレストランから客が流れてくるが、たいてい一杯か二杯水割りを注文してすぐに帰っていく。

ペリエだけで一時間近くいるなど、由香ぐらいのものであろう。だが、

「室田先生との待ち合わせで――」

と告げたために、由香は大層丁重に扱われている。窓際のいちばん奥の席は、大きな花と柱とでどこからも死角になっているところだ。

由香は夕方かけた電話を思い出している。選挙カーに乗っている志郎に事情を説明していたら、途中で春子に代わった。

「まあ、そんなにうまくいく話はないワ」

電話だと、意地の悪い響きははっきりと抽出され、それは固形物となってこちらの胸を刺す。

「もう私らは死にものぐるいだワ。もう一分一秒でも惜しいワ。由香さんもそんな、どうころぶかわからんような、はっきりしない話のために、東京へ行くことはなかったんだワ」

携帯電話のために、雑音が何度か起こり、それはなおさら由香の心を苛立《いらだ》たせた。

いまこうして東京にいると、あの怪文書の事件は、遠い昔のことのように思われる。だが、それは今日起こったものなのだ。だから春子の自分への憎しみや怒りは消えていない。今は百や千の言葉を費やしても、それを解くことは出来ないだろう。春子の

心を癒《いや》すものはたったひとつ、〝大鷹志郎〟と書かれた投票用紙だけなのだ。そしてそのために自分はここにいる。春子の言う、「どうこうぶかわからん」話でも、こうして待っているしかないのだ。

その時、店の空気が変わった。遠くから、何人かの人々の彼を迎えるざわめきが伝わってくる。

「先生、いらっしゃいませ」

「先生、ごぶさたしております」

自然に由香は立ち上がり、ここにやってくる男を出迎えた。室田はやや猫背になり、左手で空《くう》を切りながら近づいてくる。いわゆる「オヤジの横断」というやつであるが、さまになっていないことはない。ぶ厚い掌《てのひら》に、いつも大勢の人々の前を横切る男の自信が溢《あふ》れていた。

「いやあ、お待たせしちゃったかな、ごめん、ごめん」

彼の声はよく通る。決して大きいというのではないが、渋くざらつきのない声だ。彼はおしぼりではなく、自分のポケットからハンカチを取り出し、それで額の汗をぬぐった。グレイと黒のチェックのそれは、綺麗《きれい》にアイロンがかけられている。ひととおり汗を拭《ふ》き終わると、彼の顔はワックスをあてた上質の家具のようにてりを持った。いくらかアルコールも入っているのだろう、五十代とは思えぬほど、頬《ほお》も鼻の頭も艶《つや》がある。

「そんなにお急ぎにならなくてもよろしかったのに……。私ならいつまでもお待ちするつもりだったんですよ」

「いやあ、そうはいきませんよ。だいぶ遅刻して申しわけない」

彼はかすかにレジメンタルのネクタイをゆるめながら、傍のウエイターに、

「何でもいいから、スコッチ、シングルで」と注文した。

しばし沈黙が流れる。それに耐えきれなくて、口を開いたのは由香の方だ。

「このクラブ、素敵ですね。青山にこんなところがあるなんて知らなかった……」

「ここさ、バブルの頃に計画したんだけど、用地を確保するのに大変だったよ。それで僕が、いろいろ手を尽くしたもんだから、今でもみんなよくしてくれるんじゃないかな。ここの階上《うえ》にあるプール、すごくいいよ、いつも空《す》いてるし……。よかったらお使いなさいよ。僕の名前出せば大丈夫なようにしておくから」

室田の口調には、奇妙な女言葉が混じる。それが由香には珍しい。考えてみると室田のような有名な政治家と、こうして酒を飲むなどということは、もう二度とあり得ないことに違いなかった。

緊張がほどけるにつれ、由香の中で好奇心が次第に頭をもたげていく。

「あの、今日は宴会かなにかあったんですか」

「うん、ちょっとね」

「やっぱり先生ぐらいの宴会になると、芸者さんのいっぱいいる料亭に行くわけですね」

「やだな、大鷹さん、それ、何年前の話よ」

室田はさらにネクタイをゆるめる。

「そんなこと今やったら、マスコミに嗅《か》ぎつけられて大変なのよ。そうでなくても僕は、何だかんだとすぐ書かれちゃう方でしょ」

「そうですね」

「あのね、ここだけの話だけどさ、この頃、みなで集まるっていうと、マンションの一室へ行くね」

「へえー、マンションですか」

「うん、白金とか広尾のマンションの一室でね。中でちゃんとパーティーが開けるようになってるわけ。『料理の鉄人』に挑戦するようなシェフが、その日は来てくれるわけ。そこだと、各省の次官クラスものびのび飲み食い出来て、すごく好評だね」

「へえー、世の中って、いろんなものが出来てるんですね」

再び、沈黙が流れる。今度口を開いたのは室田の方だ。

「あのね、さっきの推薦状のことだけど、うーん、かなりむずかしいね」

「さっき、パーティーへ向かう車の中で、いろいろ話したんだけど、どうもおたくの対立候補、党《うち》に食い込んでるみたいだねぇ」

「えっ、そんな」

「知りませんでした……」

橋爪というのは、確かにやり手の総務部長として知られていた。それにしても一介の市役所職員が、いつのまにかちゃんと中央の政界とコネクションを持っていたのだ。政治というのは、なんと奥深く不気味なものだろうか。

「だけどさ、僕が独断でつっ走るっていう手もあるんだよ」

その時、信じられないことが起こった。室田が、テーブルの上の、ストローの袋をもてあそんでいた由香の手を、不意に握ったのである。由香の体に痺《しび》れる一本の線が走る。驚きのあまり、由香はしばらく息が出来ない。

「だけどさ、僕が党《うち》から怒られちゃうでしょ。だからさ、大鷹さんもそのくらいの見返りを僕に頂戴《ちょうだい》よ」

この男、自分のことを口説いているのだ！　由香は呆然《ぼうぜん》として室田の顔を見つめた。くりくりとした二重の眼は、こういう時も卑しさがあまり表れない。おそらく彼にとって、女を口説く、などということは日常的なことなのだろう。

由香の頭の中に、十年前の光景がよみがえる。ニューオータニのクラブで、由香はアルバイトをしていた。二十歳を過ぎても色気がないと言われ続けた由香であるが、長いスリットの入ったスカートは、それなりに挑発的だったようだ。いま振り返ってみても、いちばん男から誘われた頃である。彼らはさりげなく声をかけ、断られても意気消沈したりしない。つまり本気でないから、決して傷つくこともないのである。

おそらく室田も、ああした男のひとりなのだろう。ついでの駄賃として、自分を口説いているに違いない。だからこちらも、相手に恥をかかせないように、上手に断ればよいのである。

由香はようやく落ち着きを取り戻した。

「嫌ですわ、田舎のおばさんだからって、からかわないでくださいよ」

「そんなことないよ。君はとってもチャーミングだよ」

〝チャーミング〟という言葉に、室田の年代が表れている。

「千夏ちゃんが君を連れて部屋に入ってきた時に、あ、好みだな、いいな、って思ったんだ」

室田はさらに力を込めて由香の手を握る。女のようにぽっちゃりとした手である。なんとエクボまである。由香は当然のことながら夫の手を思い出した。手の美しい人、というのが若い時からの由香の男の条件に入っていたが、志郎はその点合格であった。適度に骨張っていて、すんなりと指が長い。最近はとんとご無沙汰《ぶさた》であるが、その指の愛撫《あいぶ》を何百回、今まで自分はこの身に受けたことであろうか。

それなのに今夜もしかすると、由香は目の前にある、このぽっちゃりとした手に触れられることになるかもしれない。不倫である。浮気である。いや、それよりももっと強い言葉、志郎に対する裏切りである。

由香は自分の中に、大きな嫌悪が訪れるのを待った。ところがどうしたことであろうか、それがなかなかやってこないのである。それどころか、驚きが去った後、由香を支配しているものは、困惑と、そして大きな好奇心なのである。おまけに始末の悪いことに、その好奇心はいつにない若さの野放図さを持って、キラキラ輝き出した。それはもしかすると、晴れがましさというものに姿を変えるかもしれないと、由香は自分の心の変化にぞっとする。

いつもテレビで見ている男、日本の政治を動かしているひとりに、自分はいま口説かれているのである。決してからかいでない証《あかし》に、男は具体的なことさえ提案してくるではないか。

「ここの階下《した》、ホテルになっていて、いつも僕が借りている部屋があるんだよ。人もいない。黙ってエレベーターで降りればそれで済むことなんだよ……」

この男はどんなふうに女を抱くのだろうか……。権力を握っている男というのは、いったいどのように女を扱うのであろうか……。いけない、そんなことを考えてはいけない。それはもう、一歩を踏み出したことになるのだ。

由香は相手の気分を悪くしない程度に、やわらかく男の手を払った。

「あのですね、先生ぐらいになると、いくらでも女性はいらっしゃるんじゃないですか。芸者さんとか、ホステスさんとか、綺麗《きれい》な人がいっぱいまわりにいるでしょう。何も私みたいなのを相手にしなくてもいいんじゃないですか」

「ふふふ……」

意外なことに室田は笑い出した。「朝まで生テレビ」で浮かべる時と同じ笑いだ。狡猾《こうかつ》さと媚《こび》とが入り混じった笑い。

「大鷹さんて面白いね」

「そうでしょうか」

「普通、そういうこと、言わないよ。僕ね、水商売の女って、昔からあんまり好きじゃないんだ。君みたいに手ごたえがあって面白い女性が好きなんだ」

これは一見、理にかなっているようであるが、彼は肝心なことを忘れている、と由香は思った。それを口にする。

「先生、私がそういうことをしなきゃ、推薦状は書いてもらえないわけですよね」

「そんなこと言わないでよ。僕がすっごく嫌な、いじわるジジイみたいじゃないか」

「そんなこと言ってませんけどね。考えてみると、私は立場の弱い人妻でしょう。そういう女に向けて無理な要求をするっていうのは、あこぎですよね」

なにやらおかしななりゆきになった。いつもまわりの人からたしなめられる由香の理屈っぽさは、こういう時に及んでもつい顔を出してしまう。

「あのさ、僕だってものすごいリスク背負うから、君だって一緒にリスクを負ってほしいって言ってるだけよ」

「そうでしょうか」

「そうだよ。君の言い方だとさ、僕がすごく悪い男に聞こえるよ」

「私は悪いと思いますけどね」

色っぽい場面が一転して、由香の詰問の場になってしまった。しかし、さすがに室田は、白けることなく、ひるむこともなく、由香の顔をのぞき込む。

「僕が悪い男になったとしたら、それは大鷹さんのせいだよ……。君がさ、あんまり魅力的だからいけないんだよ」

いつかドラマで聞いたせりふだと由香は思う。あれはいったい何のドラマだったろうか、確か中山美穂が主演していたやつだ。そしてこのせりふを吐いた男優は……。

由香の思考はいつのまにかそちらに移動している。だから何の罪悪感もなく立ち上がり、室田に従《つ》いてバーを出た。

エレベーターに乗る。まだ男優の名が思い出せない。室田は腕を伸ばし、3という数字を押した。そして笑いかける。

「ま、お互いに、ひと晩だけの秘密ということにしてさ……」

明るいところでみると、額が脂気をもって光っているのがよくわかる。ワイシャツの襟のあたりから、かすかに汗のにおいがした。そして臭気のように、立ち上ってくるものがある。由香が待ち望んでいた嫌悪がやっと来たのだ。

「失礼します」

由香は、先に降りた室田の背に向けて叫んだ。

「私、やっぱり帰ります」

エレベーターは由香ひとり乗せ、そのまま下に向かって降りていった。

第七章　決　意

由香が河童の駅に着いたのは、八時を少しまわっていた。通勤の人々をめあてに、同時に三つの声が聞こえてくる。

「お勤めの皆さま、毎日ご苦労さまでございます。河童市市長候補、丸山文明がご挨《あい》拶《さつ》にまいりました」

「こちら、市長候補、橋爪孝男《たかお》、橋爪孝男でございます。投票日もいよいよ二日後に迫ってまいりました」

「皆さま、お早ようございます。こちらは大鷹志郎、大鷹志郎の選挙カーでございます」

夫の名前がする方に由香は近づく。はち巻きもせず、手袋もはめず、通勤客のような装いの自分はいかにも間が抜けて見える。が、仕方ない。これが手ぶらで帰った者の姿なのだ。

もうすっかり見慣れた志郎の選挙カーが、南口の階段を下りたところに止まっている。春子が頑強に主張しているため、志郎は相変わらず喪服のままだ。が、その黒い服には似つかわしくない明るさと力強さを込め、志郎は道行く人たちに語りかける。

「お早ようございます。毎日ご苦労さまでございます。大鷹志郎でございます。お早ようございます」

こうした短い時間、とにかく候補者は自分の名前を叫び続けなくてはならない。おそらくこの一週間で、志郎は何万回も自分の名前を口にしたはずだ。

「大鷹志郎」

結婚した頃、この字画の多い苗字《みようじ》があまり好きになれなかった。書類にサインするたびに舌打ちしたこともある。が、今は違う。

「大鷹由香」

結婚して十年、苗字も名前もいつのまにかしっくりとなじんでいる。そして由香も同じ姓を持つ男の妻でいることが、そう不思議だとも思わなくなっている。

その自分が昨夜、他の男に抱かれようとした。嫌悪感がやってきたのは最後の最後で、自分はそれまで好奇心とためらいの間を大きく揺れていたではないか。

犯してしまった罪よりも、中途半端のまま終わった罪の方がずっと後ろめたさが多いような気がする。きっとそうだ。なぜなら時間がたつにつれ、それを惜しむ気持ちが生まれてくるからだ。そしてそんな自分に呆《あき》れ果て、ここしばらくは自己嫌悪に苦しむことになるだろうと由香は思った。

志郎の邪魔にならないように、後ろからまわって選挙カーに乗り込んだ。スーパーの紙袋の中に、ウーロン茶やカルピスウォーターが投げ込まれている。浅田飴《あさだあめ》を取り出し、舌の上にのせた。とても疲れている。昨日からたった一日しかたっていないなどとは、とても信じられない。怪文書が出て、そのピンチを自ら救うために東京へ向かった。そして議員会館へ向かい、その後会員制クラブのバーへ行き……ああ、なんてたくさんのことがいちどきに起こったのだろう。

投票日までの一週間は、人生が三つ詰まっていると言ったのは萩原だが、人間が生きていくうちには、十年分の出来事がいっぺんに起きる一日もあるのだ。

「まあ、由香さん早かったネ」

突然ドアが開いて春子が乗り込んできた。ぼんやりと飴をなめていた由香は、遊説が終わったのに気づかなかったのだ。あわててごくんと飲み込んだため、ニッキ味の飴は喉《のど》を乱暴に刺激した。

「東京まで無駄足運んで、大変だったネ。私たちも心のどこかじゃ、待ってたんだわネ、やっぱりがっくりしたワ」

室田との交渉が決裂したことは、昨夜遅い電話で告げてある。選挙も終盤戦に入り、春子はかなり苛立《いらだ》っているようだ。今までは皮肉や嫌味を口にする時は、それなりに変化球をつけてきたのであるが、いきなりストレートな言葉を投げつけてくる。

「ご苦労さんだったな」

後ろに続く志郎がおだやかに声をかけた。

「室田先生の推薦状を貰《もら》えたら確かに助かることは助かったが、もう仕方ない。素手でいくしかないよな」

夫の目をきちんと見返すことが出来る自分を、なんてふてぶてしいのかと思った。昨夜、他の男に従《つ》いてホテルの部屋に入ろうとしていた自分なのだ。

「やっぱり、そんなうまい話はころがっているはずはないワ」

春子はさらに言う。

「由香さんが昨日、突然東京へ行くって言い出した時、私がいたら絶対に止めたワ。そんな無駄なことするなってネ。だけどこの人は、誰の言うことも聞かん人だから仕方ないワ」

ああ、姑に昨夜起こったことを話せたら、どれほど気持ちがよいことであろうか。小説じみた言い方をすれば、自分の貞操がかかった推薦状である。真相を知ったら、春子は何と言うであろうか。

「あんた、志郎のためだったら、ホテルへ行くぐらい仕方がないワ」

と言うのか。まさかいくらなんでも、そんなことはあり得まい。心のどこかで舌うちしながらも、それは拒否するのがあたり前だと言うに違いない。全くプロセスを伝えることが出来ずに、敗北を告げることぐらい、口惜《くや》しいことがあるだろうか。

「由香さん、事務所はもう、猫の手も借りたいぐらいだワ。早く帰って、いろいろやってほしいワ。萩原さんの言うとおり、この車にも乗るんでしょう」

「お姑《かあ》さま」

由香は春子を見た。室田のところから逃げてきた余韻が、まだ体のあちこちに残っている。

「今日から二日間は、私の好きなようにさせてください。オレンジ会も、最後の追い込みなんです。だから私がどうしても詰めていたいんです」

「大鷹志郎、大鷹志郎が最後のお願いにまいりました」

ウグイス嬢がマイクを握りながらも、全身を耳にしているのがわかる。

「わかったワ。オレンジ会は、あんたがつくったもんだから、好きなようにするといいワ。あんな怪文書が出たんだから、由香さんはこっちの事務所にはいづらいわネー」

「母さん、馬鹿なこと言うなよ」

志郎が怒鳴った。すっかり陽に灼《や》けた彼が言うと、以前にはない凄味《すごみ》がある。

「由香は一生懸命にやってくれてるんだ。そのために東京行ってくれたんじゃないか。

もう僕の前で、怪文書がどうのこうの、なんていう話はやめてくれよ」

　そう小さく怒鳴ったかと思うと、志郎は突然笑顔になる。窓の外で、商店街のおかみさんが二人、手を振っているのを見つけたからだ。

「あ、私はこのへんで落としてください」

　由香はあわててドアに手をかけた。臨時にオレンジ会の事務所にしてもらっている京子の店は、この商店街のはずれにあるのだ。ワゴン独特の引き戸を閉め、地面に足をおろした時、由香は右手に重味を感じた。小型のボストンほどのハンドバッグに入っているもの、それが由香にある決心をさせる。

「全く卑劣なことをするわよねえ」

　京子が淹《い》れたてのコーヒーを由香の前に差し出した。それは彼女の精いっぱいの慰めと励ましだとすぐにわかった。けれども慰めてもらわなくてはならない立場だということが由香は身に沁《し》みる。

「怪文書なんて、いかにもこの町の連中が考えそうなことだわ。それもね、いちばん弱い立場の嫁さんを狙《ねら》うなんて、もう最低なんだから」

　京子が言うには、怪文書はオレンジ会の会員にはさほど影響を与えていないそうだ。

「『くれない会』のおばさんたちならともかく、私たちはね、女にこういう手を使う男を許さないタイプだからね」

全共闘世代独得の生硬な倫理観に、フェミニズムの味つけがされた京子を、多少煙《けむ》ったく感じたことは何度もある。しかし今度の場合、それはいい方向に傾いているようだ。

「昔、外国人と恋愛していたからって、いったい何が悪いのって電話してきた会員もいるわ。頑張ってね」

「ありがとう……」

人間、こんな慰め方などされたくないと由香は思う。勘違いもはなはだしい。が、何がどう違っているか説明したところで、京子はわかってくれないにきまっている。

まだ朝の九時前なので、来ているのは京子だけだ。あと十五分もすれば、邦子をはじめボランティアの女たちがやってきて、電話をかけ始める。

「こちら大鷹志郎の事務所ですが、あさっての投票、どうぞよろしくお願いいたします」

あの声が聞こえないうちに、京子に相談したいことがあった。最初は邦子にも協力してもらおうかと思ったのだが、彼女はまだ若過ぎる。甘いものは嚙《か》み分けられても、酸っぱいものはまだ無理だろう。

「ねえ、京子さん」

由香は既にプリントしてある会員名簿を手に持った。ホッチキスでとめられたそれは、かなりの厚みを持つ。あたり前だ、今日現在で三百十二人という数を誇る会員名簿だ。

「この人たち、本当にあさって、主人に票を入れてくれるのかしら。一万票とったら当確だって言うわ。だったらこの三百人はものすごく貴重なのよ。ねえ、この人たちはちゃんと〝おおたか〟って書いてくれるのかしら」

「そうねえ……」

相変わらずくっきりとアイラインが入った目を、京子はしばたたかせる。あまり喋《しゃべ》りたくないのだけれどという合図であった。

「オレンジ会っていうのは、私たちがやってたフリーマーケットの仲間だとか、有機野菜のサークルが母体になってるわ。この人たちっていうのは、基本的には志郎さんのシンパなんだけど、全部が全部じゃないのが、田舎の選挙のむずかしいところよねえ……」

「みんな二股をかけているっていうわけなのね」

「最初はね、丸屋の社長と志郎さんとの一騎打ちだって言われてたわね。オレンジ会っていうのは、多少共産に流れても、もともとは志郎さんに入れる層よ。だけど橋爪さんが出たもんだから複雑になっちゃったのよ」

市の総務部長をしていた橋爪と、オレンジ会の女たちとが接触を持っていたとしても不思議はない。

「昨日から今日にかけてね、橋爪さん、ものすごく締めつけてるっていうわよ」

「締めつける、ってどういうことなの」

「票を計算させてね、もっともっとって要求するのよ。あの新興住宅地だってね、ひと皮むけば義理としがらみっていうやつがからんでいるのよ。オレンジ会の会員でも、橋爪さんに入れる人がたくさんいると思うわ。それが田舎の選挙っていうやつよ」

「じゃ、私たちがこんなに一生懸命やって、仲間だと思っていても、みんなこっちに投票してくれるかどうかわからないわけね」

「いやね、由香さん。何を子どもみたいなことを言っているのよ」

京子はパソコンのキーボードを軽く指で叩《たた》いた。

「そうね、三百人の会員のうち、絶対大鷹さんに入れるっていうのは百五十、っていうとこかな。残りはちょっとふらふらしてる」

「ねえ、京子さん」

由香は言った。

「そのふらふらしてる人たちに、お金を渡すっていうのはどうかしら」

「やめなさいよ、そんな古くさいやり方」

「古くさくても何でも、私、喉《のど》から手が出るほど票が欲しいの。投票日に大鷹の名を書いてもらえるんだったら、私どんなことでもするつもりよ」

それは昨夜の思い出と繋《つな》がっている。推薦状を書いてもらうために、由香は有名政治家に抱かれるかどうか迷った。しかしそれは出来なかった。未遂に終わった罪が、いま大きな決意に変化しようとしている。

「本当に私、何だってするつもりなの。ねえ、これを見て」

椅子《いす》の上に置いたハンドバッグを指した。

「この中に二百万円入ってるわ」

「まあ」

「そりゃ、大鷹の選挙資金からしたら、取るに足らないお金かもしれないわ。でもね、これ私のお金なの。私が英語教室をして貯めたお金。だからね、決して汚いお金じゃないわ。これを少しずつ配って、私の気持ちをわかってもらうって悪いことかしら」

「むずかしい問題ね」

「むずかしくっても私はやるわ。一人一人にお金を渡してよろしくって言うつもり。もうそれしか残されていないのよ。ねえ、京子さん、こういう場合、一人に幾らぐらい渡せばいいの」

「うーん、そう言われてもねえ」

京子も真剣に考え込む。

「それこそ萩原さんに聞いてみればいいじゃないの」

「とんでもないわ。何だかんだ言って反対されるの、目に見えてるじゃない。私、これは私の力だけでやりたいのよ」

「わかったわ。参考までに言うと、ちょっと前までは五千円って言われたわね。選挙があると、どこの家も物干し竿《ざお》にかかってる下着が新しくなったって言われたわね。つまり家中の下着を新しく出来るぐらいの金額かしら」

「だから五千円なんだ」

「でもそれはひと昔前。今はやっぱり一万円っていうとこかしら」

二人の女はここで見つめ合った。

「京子さん、私、やるわ。一万円ずつ配って一票ずつ取る。それしか私、夫に謝る方法がないの」

由香は自分の目頭がいっきに熱くなるのを感じた。それは疲れのためなのか、恐れのためか、今はよくわからない。

由香と京子は、オレンジ会の会員の中から、まず百人ほどを選び出した。京子が言うには、会員の中でも新興住宅地に住む女たちはプライドが高い。フリーマーケットや有機野菜の会などのメンバーが多く、彼女たちに金を渡すなどとんでもないということである。

「あのへんに住んでる女で、投書マニアっていうのがいるのよ。採用されるのが生き甲斐《がい》みたいな女。ずうっと前、朝日新聞の『ひととき』に載ったのが大の自慢なんだけど、確か子どもの教育がどうの、人の思いやりがどうの、なんていう内容だったと思うわ。あんな女たちが住んでいるあたりに、金をばらまいたりしちゃ駄目。わかるでしょう」

次に京子が指で示したのは、小杉地区という小学校のまわりだ。公園の近くの新興住宅地が、東京へ通うサラリーマンが多いのに比べ、こちらは農家の次男、三男が親に家を建ててもらい、地元の企業に勤めるケースが大部分だという。

「奥さんたちもね、このへんの高校や短大を出た人ね。新しもの好きなんだけど、やっぱり根っこは保守っていうところかしら」

「保守だと、お金を受け取ってくれるの」

「そう聞かれると困るけど、保守っていうのはさ、結局人間っていうものはそう変わるもんじゃないって考える人のことでしょう。義理やしがらみが多少わかる人たちよ。少なくとも東京通勤組みたいに、頭がガチガチっていうことは無いと思うわ」

「ふうーん」

とにかくボランティアの人たちが来る前に、こっそりと準備をしよう、ということになった。

「それじゃ、白い封筒を買いに行かなきゃね」

「由香さん、とんでもないこと言い出さないでよ」

この選挙の真っただ中、文房具屋へ白い封筒を何百枚も買いに行ったら、たちまち町の噂《うわさ》になるというのだ。

「だったら、国道沿いのコンビニに行けばいいのかしら。でもあそこはそんなにたくさん商品を置いてないわよ」

「二百枚の封筒を、今すぐ揃《そろ》えるっていうのは、こうしてみると大変よねえ」

二人は顔を見合わせた。

「大鷹の名入りの封筒は、それこそ山のようにあるけど……」

「由香さんって、悪い冗談言うんだから。そんな封筒使うなんて、貰《もら》った方も困るわよ」

この時、初めてといっていいほど、緊張と不安が由香の胸をよぎる。

「京子さん、これってやっぱり悪いことなんだ」

「悪いことも何も、したいって言ったのは由香さんじゃないの。そんなに心配ならやめておく？」

「いいえ、やるわ。私、そんな意味で言ったんじゃないの」

由香は大きく首を横に振った。このままでは自分はただの負け犬になってしまう。志郎が当選するためなら、どんなことでもするつもりだ。他の男に身をまかせるというのは、あまりにもドラマティックな展開のために、気持ちより先に体がすくんでしまった。が、他のことなら絶対に大丈夫だ。たとえ牢獄に繋がれるようなことがあっても、自分は耐えていけるだろう。

「それに、こんなことって、たいしたことじゃないんでしょう。選挙だったら、みんなやってることよね。ね、そうでしょう」

「まあ、そりゃそうかもしれないけど、やる時はみんな、もっとさりげなく上手にやるんじゃないかしら」

「そうかもしれない……」

封筒ひとつにこれほど大騒ぎする自分たちは、やはりこの悪行の初心者というものであろう。

「これは土地の古い人から聞いた話だけど……」

京子はコホンと咳払《せきばら》いをして喋《しゃべ》り出した。

「昔、このあたりって、お金を配る時に蒟蒻《こんにゃく》の中に入れたっていうの」

蒟蒻は、この河童市の名産品である。

「今晩のおかずに使ってくれって差し出すんですって。貰う方も承知していて、こりゃあ、うまそうな蒟蒻ですなあって、当然のように受け取ったっていうわ。考えてみると、洗練された話よね」

蒟蒻と洗練という言葉がどうしても結びつかず、由香は首をひねる。その時ひらめいたものがあった。

「あの、封筒のことだけど、銀行の自動支払機のところに置いてある、あれってどうかしら」

「あ、なるほどね」

「あれだったら綺麗《きれい》なお花模様とかで、いけるわ。貰った人も、中に何が入っているかわかるし、ねえ、これから二人で銀行へ行こ。お金を払い戻すふりをして、二、三軒まわれば、すぐに二百枚ぐらいの封筒はたまるわ」

「由香さんたら……」

京子は一瞬視線を落とした。

「時々、へんなところに知恵がまわるんだから」

一時間後、二人は小杉地区の中ほどに車を止めた。封筒を集めるために銀行をまわりながら、二人で話し合ったことがある。丸屋の社長などは、選挙戦の初めの頃からかなり派手に金を撒《ま》いているという。橋爪陣営も、今日あたりから、そろそろことを起こすのではないかという噂が町にはあるそうだ。といっても法律に反したことをやることには違いなく、万一のことを考えて由香はひとりで行動することにした。

京子は車の中に残る。

「私の田舎の伯父《おじ》が昔、選挙違反でつかまったことがあるのよ」

初めて聞く話であった。

「私も伯父の血をひいて、選挙を手伝うのは大好きなのよ。だけどね、そこまで深入りする気はないの」

「もちろんよ。これはすべて私ひとりがしていることなんだから、京子さんには何も関係ないわ」

とはいうものの、京子は情報を与えることは忘れない。

「いい、この神原真知子《かんばらまちこ》さんは、オレンジ会総会の時、受付を手伝ってくれた人よ。そのお礼を忘れないでね。旦那《だんな》さんは中央木工所に勤めてるけど、丸屋とも橋爪さんともそんなに関係ないと思うわ」

家のわりにはたっぷりと庭をとっているところをみると、親の敷地に建ててもらったに違いない。京子の説明によると、ローンで家を建てた東京通勤組よりも、彼らははるかに余裕ある暮らしだそうだ。だがそうはいっても、主婦の小遣いとして一万円は魅力的にきまっている。上手に渡せば、きっと受け取るはずだと断言した。

民芸風にしつらえたドアのチャイムを押した。はあいという声とバタバタと廊下を走る音が近づいてくる。東京と違い、セールスマンがめったに来ないこの町では、女たちは不用心にドアを開ける。彼女もそうであった。

「あら、大鷹さん」

彼女は反射的に微笑《ほほえ》もうとしたが、すぐにぎごちないものになった。訝《いぶか》し気にこちらを見る。訪問者の意図をつかもうと努力している様子がありありとわかった。

神原真知子に見憶《みおぼ》えがある。三十を少し超えたぐらいであろうか。鼻の頭と両側の頬《ほお》に、可哀相《かわいそう》なほどソバカスが散らばっていた。

「神原さん」

由香は心を込めて語りかける。あたり前だ、これから金を渡す人間を、誰がないがしろにするであろうか。

「このあいだの総会の時は、本当にありがとうございました。今日は近くまできたもんだから、お礼に伺ったの」

「いいえ、そんな。私なんか、何もお役に立てなくて」

足こそ動いていないが、真知子の体はおそらく後ずさりしているはずだ。突然浴びせられる濃厚な好意にとまどっているのがわかる。

「それでね、いよいよあさっては投票日なんだけれど、何とか主人をお願いしますね」

「ええ、そりゃ、もちろん」

「あの、これ、たいしたものじゃないけど」

そうつぶやきながらハンドバッグの中をまさぐった。が、うまく封筒を探しあてることが出来ない。まとめて入れるのではなく、一軒ごとにひとつ封筒を用意しようとするのが裏目に出た。こわばった由香の指は、化粧ポーチや名刺入れの角にこつこつと空しく触れるだけだ。

が、ようやく紙の隅をつかんだ。由香はすばやくつまみ上げる。河童信用金庫は、河童の子どものマークだ。

「これ、お願いだから受け取って。お願いします」

「困るわ、こんなもの、受け取れないわ」

「大丈夫、神原さんの胸だけにしまっといて」

そのとたん、相手の指の力がふっとゆるみ、由香は手を離した。封筒はちゃんと真知子の指の中に移動している。

「お願いします。本当によろしくお願いしますね」

頭をぺこりと下げて外に出た。ドアを閉めたとたん、汗がどっと噴いてくるのを感じた。自分と同じように、相手が初心《うぶ》で何と幸運だったのだろうか。もしこれが百戦錬磨の女で、さらなる要求を出されたり、皮肉られたりしたら、自分は一人めでめげてしまったような気がする。

急いで車のドアを開けた由香に、運転席の京子は顎《あご》で向かいの家をさす。

「隣は完璧《かんぺき》な橋爪派だからパスするとしても、あの家は行った方がいいわよ。奥さんはオレンジ会のメンバーじゃないけど、おとなしくて感じのいい人よ。フリーマーケットには顔を出すの。吉田峰子《よしだみねこ》さんっていう奥さん」

こんなふうにして、由香は四十人近い女たちを訪ね、金を渡した。

「あ、そうですか。どうも、どうも」

と気軽に応じてくれた女もいるし、

「こんなことされると困るわ」

憮然《ぶぜん》とした表情になる女もいる。共通しているのは誰もが金を受け取ったことだ。

当初案じていたように、封筒をつっ返した女など一人もいない。嬉々《きき》として受け取る女もいないかわりに、怒って叩《たた》き返した女もいない。誰もが困惑しきったように、つまらなさ気に封筒を最後には掌《てのひら》にとるのだ。その瞬間の表情を見ないように、由香は目を伏せるコツをおぼえた。

陽が翳《かげ》り始め、影が淡くなった小学校のバックネット裏に京子は車を止めた。

「ねえ、京子さん。選挙を知ると人間が信じられなくなる、人間のいちばん嫌な面を見るっていうけど、私はそうは思えないの」

「それってどういうこと」

「まだ本格的にお金をねだる人に会ったことがないのかもしれないけど、みんな、そんなにみっともないとも思えないわ。もし私が主婦だったら、一万円っていうお金、きっと受け取ったと思う。ただね、選挙っていうのは、人が普段隠してる部分のヴェールを剝《は》ぐところがあると思うわ。でもね、それをしているのは私たちなんですものね。それに耐えられる度量を持たなきゃ、選挙に出る資格なんてないかもしれないわ」

「ごめんなさい。由香さんの言うことって、時々わからなくなるのよ」

「ううん、謝るのは私の方。主人にもよく注意されるの。君はひとりよがりのことを言い過ぎるって」

由香は昨夜《ゆうべ》の室田のことを思い出しているのだ。が、いくら親しい京子といえども、やはり昨夜のことは言えるはずがなかった。怪文書の恐怖は、まだ由香のあちこちに染みをつくっている。

「だけどまだ四十人しか配っていないわ。これから夕方まで頑張るとしても、八十人がいいところじゃないかしら。ねえ、京子さん、このお金をまとめて渡せるところないのかしら」

「由香さんたら、だんだん大胆になってくるのね」

京子は笑ったものの、さらに車を公衆電話まで進め、友人何人かに電話で尋ねてくれた。

「今夜ね、うさぎ鮨《ずし》で『若妻会』がふたつあるんだけど、そこに行ったらどうかしら」

「若妻会」という言葉は由香でも知っている。

関東地方は昔から無尽《むじん》が盛んであるが、河童は他の県に比べるとかなり落ちる。あまり社交的でない県民性に加え、昭和の初め、無尽講から始まった地方銀行が、取り付け騒ぎを起こし倒産したのだ。とはいうものの、河童で無尽が全く存在していないわけではない。年寄りを中心に細々と続いていたのだが、このところ、無尽の形態をとった女性たちの集まりが流行《はや》り出した。無尽と同じようにグループのメンバーが毎月一定額の金を持ち寄り、まとまったものをつくる。そしてその時、金が必要なものが集められたものを極めて低利子で借りる。何よりの楽しみは、その都度気の合ったものが楽しく飲み食いをするということで、この習慣は、中年女性たちの気風に合ったらしい。なぜか河童では「若妻会」という名称で、無尽が盛んになり始めた。

「由香さん、そこに乗り込んでく勇気ある？　相当手強《てごわ》い人たちばっかりよ」

由香の小ぶりのボストンバッグぐらいのハンドバッグは、まだかなりの重みを保っている。金の重みは、弁当箱や菓子折の重みとまるで違う。掌ににぶい痺《しび》れを伝える重みだ。

これを明日のうちにすべて使い切ってしまいたい。祈りよりももっと強いもの、これはみそぎだ。バッグを空にしたら、きっと由香の真心は通じる。そして志郎は当選するのだ。

「私、きっと行くわ」

由香は深く頷《うなず》いた。


「うさぎ鮨」という店の前で、京子は車を止めた。そして自分はもう帰ることにする、ここから先は、由香ひとりでうまく取り仕切るようにと言った。

「佐々木さんっていう人に、さっき電話でよろしくって話しといたわ。彼女がみなに紹介してくれるはずだから」

若妻会という無尽の集まりであるが、出席しているのは四十代の主婦ばかりだ。彼女たちはオレンジ会のメンバーでもなく、有機野菜の会にも入っていない。だが以前から京子たちの活動に好意的で、古い建築を残す運動の際は、署名を手伝ってくれたこともある。適度に新しいもの好きで、地域に顔がきく女たちだ。まとめてあれを渡したいというのならば、このあたりを押していくのがいちばんいいのではないかというのが、京子の助言である。

うさぎが二匹跳ねている暖簾《のれん》の下に立つと、ドアが自然に開いた。由香は少々うろたえる。そうはみえなかったが自動ドアであったことと、そのとたん、

「いらっしゃい」

という異様に大きな声に迎えられたからだ。板前が二人、カウンターの向こうに立っている。彼らの威勢のよさの割には客は少なく、背広姿の男が三人、隅の方に座っているだけだ。よくドアが開くたびに、じろりと眺める客がいるが、彼らはそんなことはしなかった。

レジの奥から出てきたエプロン姿の女に由香は告げた。

「えーと、若妻会の集まりがあるはずなんですけれど」

「はーい、お二階です」

女の大きな尻《しり》をすぐ目の前に見ながら、由香は階段を上がっていった。今回はパンフレット類も持参したため、紙袋はずしりと重たく、由香は途中で持ち替えなければならないほどだ。

ビールを並べたガラス扉の冷蔵庫の前に立つ。襖《ふすま》の向こう側からは、女たちの笑いさざめく声が聞こえてくる。中年女というのは、概して声が大きいものであるが、その女たちもそうであった。それもてんでばらばらに喋《しゃべ》っているらしく、笑い声はずれて起こる。

「失礼します」

女が襖を開ける。

「お連れさんがお見えです」

女たちの喋る声は、由香の登場でぴたりとやんだわけではない。不協和音はフォルテからピアニシモになり、それは伴奏のように低く続いた。

「大鷹志郎の妻でございます。皆さま、お楽しみのところ、失礼いたします」

由香は選挙以来すっかりうまくなった三つ指の挨拶《あいさつ》をする。

「大鷹さん、まあ、まあ、こっちへいらっしゃい」

背の高い女が、床の間近くから手招きした。どうやら彼女が佐々木という女らしい。「くれない会」のメンバーほどではないが、セーターにかすかにラメが入っている。

「皆さん、大鷹由香さんです。今日は特別ゲストっていうわけ」

佐々木と隣の女が詰めてくれたので、由香はその間にすっぽりと入った。女たちは十七、八人というところであろうか。狭い座敷をふたつぶち抜いてテーブルを並べてある。ビールや日本酒と並んで、ジュースの瓶が多いのが、いかにも主婦の集まりらしい。しかし誰もが赤く酔った顔をしているので、誰が酒を飲んで、誰が飲まないのか区別のつけようがなかった。

「まあ、一杯行きましょうよ」

どこからか手が伸びて、グラスを持たされる。ビールが注がれた。ぐいとひと息に吞《の》む。

い。


「あら、結構いけるじゃない」

「日本酒もあるワ」

由香がビールを飲んだことをきっかけに、女たちは矢継ぎ早に質問を始めた。どうやら女たちは、酔っているふりをしながら、日頃の好奇心をぶつけてくるつもりらしい。

「ねえ、オレンジ会ってうまくいってる？」

「こんなこと言っちゃナンだけど、お姑《しゅうとめ》さんと大変らしいじゃないノ」

「奥さん、東京から引っ越す時に、泣いて反対したんだってネ」

由香は適当に答えながら、女たちににっこり微笑《ほほえ》んだりする。例の怪文書も、みな知っているに違いない。しかしこの程度の無礼さがいったい何だろう。好奇心を好意に変えることの出来る方法がきっとあるはずだ。由香はこの頃、人から好意を勝ち取ることは、とてもたやすいことだとわかるようになった。必要以上に腰を低くしさえすればよいのだ。

由香がこのあたりの名門、大鷹家の嫁であるという事実は、本人が考えている以上に大きなものである。おまけに由香は有名大学卒のインテリということになっている。人々は、ちょっぴりの尊敬と、その倍ぐらいの反発を持っているはずだ。そういう連中に向かい、由香は低く頭を下げる。何もわかりません、ご指導くださいと乞《こ》うてみる。するとどうだろう、人々の反感はたちまち好意に変わるのだ。

これはあまりにも傲慢《ごうまん》な意見なので、由香は人に言ったことはない。だがはっきりとわかる。そこらのおばさんでなく、多少権力や金を持っているとされる女が行う善行は、十倍以上の威力を発揮するのだ。が、悪行も十倍の怒りを込めて吹聴《ふいちょう》される。

やんごとなき方々を見るがよい。手を振ってくださったと言って人は感涙にむせび、気さくだと言って頭《こうべ》を垂れる。自分がほの見せるやさしさが、これほど人を喜ばせるならば、どうして意地悪な人間になったりするだろうか。

スケールは全く違うが、由香の立場もあの方々と似たところがある。

「本当に私が世間知らずで鈍で、主人が苦労しております。どうかよろしくお願いいたします」

膝《ひざ》をついてビールを勧めれば、女たちは相好《そうごう》を崩して喜ぶのだ。

「まあ、まあ、これはどうも。大鷹さんの若奥さんにお酌してもらうなんて光栄だワ」

「若奥さんが、気取ってる、お高い、なんて言う人がいるけど、あれは嘘《うそ》なんだワネ」

ストッキングがどうやら伝線した気配であるが、膝でつっと進みながら、由香は女たちにビールと愛想《あいそ》を振りまく。中にはからんでくる女がいる。

「いい、若奥さん、この町はちっともよくならないのよ。駅前の再開発だって進まないしさ、ゴミの焼却場も建たない。こういうのって、おたくのご主人みたいな若い人が頑張ってくれなきゃ困るワア。わかるぅ」

「わかりますとも、主人はそのために立候補したんですもの」

後ろから肩を叩《たた》かれた。

「ねえ、若奥さん、私たちいつも二次会はカラオケなのョ。一緒に行くわよネ。私、若奥さんの歌を聞きたいワ」

「ええ、そのつもりだったんですけど、でも、ね」

やんわりと断りながら、頭は全く別のことを計算している。そろそろお開きの頃らしい。京子は二十人の出席者といったが、勘定したところ十八人だ。問題はどこでどう渡すかということになる。戸別訪問の時にそうしたように、ひとりひとり封筒を手渡すつもりだ。

もうみんな、その気でいるんでしょうから、宴席でパッと配るわ、とさっき言ったところ、

「これだからシロウトは」

京子は天を仰いだ。誰も見ていない戸別訪問と違い、団体は慎重を期さなければならない、と京子は低い声で言った。彼女たちにもプライドというものがある。表向きは別のものを渡すようにしなくてはならないのだ。

「それこそ、大鷹志郎の封筒の出番よ。中にパンフレットを入れてね、どうぞ読んで

くださいって配るの。中に現金も入ってるだろうって、みんなわかってるけど、はい、はいって受け取るわよ」

由香はひとり早めに廊下に出て、先ほどの冷蔵庫の前に立った。

「今日は亭主に、外で食べてくるように言ってあるんだワ」

「そういう人はいいワ。うちは息子が帰ってきて、夜食を食べさせろって言うからたまらないワ」

女たちが帰り支度を始めた。その間も喋ることをやめない。

「あの、これ」

最初に立った女に、封筒を差し出す。

「これ、主人の政見が載っていますパンフレットです。ぜひ読んでください」

髪を明るい茶に染めた女と、由香の目とが一瞬からまる。女の唇が、ほんの少しゆがみ、照れたような笑いになる。

「ありがとう」

女は確かにつぶやいた。

「これ、じゃ貰《もら》っていって、うちでじっくりと読むワ」

「どうかよろしくお願いします」

こうして十七枚の封筒を配り終わり、最後に佐々木が立った。

「佐々木さん、今日はいろいろありがとうございました。おかげで助かりました」

「若奥さんが来てくれたおかげで、会が盛り上がってよかったワ」

「そう言っていただくと助かります」

「いえね、私、橋爪さんの奥さんとも仲いいんだワ。だけどね、今回は京子さんの顔を立てさせてもらったワ」

「本当にありがとうございます。あの、これ、主人のパンフレットが入っておりますので、どうかお読みください」

カマボコ形の指輪をはめた、ぽっちゃりと太い指が、それをすうっと取った。そして彼女は言った。

「もう一通頂戴《ちょうだい》よ、家に帰って主人にも読ませたいから」

マンションのドアに鍵《かぎ》を入れようとして、光が漏れていることに気づいた。居間のドアを開ける。志郎がいた。テーブルの上には、ウイスキーの瓶とグラスがあり、ピーナツの殻が散らばっている。

「あら、どうしたの」

選挙が終わるまで、実家に泊まることになっているのだ。

「いや、ちょっと、取りに来たいものもあったから……」

志郎はいつもより音量を大きくしているテレビの画面に目を移した。お笑いタレントが、ソファにもたれかかって何やら喋っている最中だ。志郎の顔は、疲れを通り越して、もはやむくんでいるように見える。そのくせ眼だけは鋭さを増した。時々こちらをちらっと見る時など、夫ながらその視線の強さに由香はたじろぐことさえあるのだ。

「何か食べる？　といっても、うちの冷蔵庫は空っぽだけど」

「いいからさ、君も飲めよ」

「じゃ、いただくわ」

二人だけで向かい合うなどということは、何ヶ月ぶりだろうか。怪文書が出たのも、有名代議士に誘惑されたのも昨日のことであるが、ああしたことは現実に起こったことであろうか。こうして二人でウイスキーのグラスを傾けていると、東京の家にいるようだ。志郎は製菓会社のサラリーマンで、家に帰ってきたところだ。

「オレさ、もう今日は、部長の顔見ただけでむかむかしちゃったよ」

今にもそんなことを言いだすのではないかと、由香は夫の唇を見つめた。しかしそんなことが起こるはずはない。陽に灼《や》けた夫の唇は少し浅黒くなり、固く引き締まっている。そして出てくる言葉は、まるで違う。

「うちも事務所も殺気立っているよ。それなのにオレは、ちょっと冷めた気持ちになって、選挙って何だろうって考えちゃうんだよな」

「そんなこと考える必要ないわよ。萩原さんが言ってた。選挙の渦に巻き込まれて、それを存分に楽しみなさいって」

「そうは言っても、考えるものは考えるよ」

ウイスキーを生《き》のままグラスに注ぐ。ちょっと待ってと、由香は瓶をおさえた。

「もうこのくらいにしといて。お酒を存分に飲みたかったら、当選してからね」

「君までお袋みたいなこと言うなよ」

志郎は淋《さび》し気に笑った。

「今日は萩原さんなんかとみんなで、票読みっていうやつをしたよ。それによるとオレと橋爪さんがせってる。あと五百票で何とかなりそうだって萩原さんが言ってさ、お袋がそのくらいはどうにでもしますって答えてさ……」

もしかすると、春子も自分と同じことをしようとしているのだろうかと由香は身構えた。

「丸屋の娘が、昨日から車であちこち走りまわっているっていう情報があるんだ。もちろん金だよ。金を配ってんだ。おそらくうちでも同じことをしてると思うよ」

由香は平静を保とうと苦心した。

「選挙って不思議だよな。昔ほどじゃないっていっても、こんなに金がかかる。金持ちじゃなきゃ出られない仕組みなんだ。出したものを回収しようって政治家が考えたって不思議じゃないさ」

「だから、それをあなたが市長になって変えればいいのよ」

「そんなことが出来るはずはないさ。金ばっかりじゃない。人にいろんなことを頼んで義理が出来る。当選するっていうことは、そういう人たちに義理を果たすっていうことになるんだ。金の回収と義理を果たしてるうちに、任期は終わるっていう仕組みさ」

「ねえ、お願いだから、そういう弱気なことを言わないでよ。あなたに従《つ》いてきた私はどうなるの」

「大丈夫さ。それでも誰かが市長をやらなきゃいけない。少なくともオレがいちばんマシだっていう自負がある。だけどオレは、この頃ちょっと怖いよ」

「怖い？」

「選挙に落ちたらどうしようって。もう元のサラリーマンには戻れない。四年かけてもう一度挑戦する根性が自分にあるんだろうかって、いろいろ考えるよ」

「考えなくてもいいんだったら」

由香は志郎の手を握った。手袋をしているからそれだけは白い、昔のままの夫の手だ。

「私がついてるわ。あさってあなたは笑いながら万歳をしている。私にはその光景が見えるわ」

立ち上がり、志郎の頭をぎゅっと抱き締めた。彼も素直に由香の胸に顔を埋《うず》める。

「今夜は帰らないでね」

由香は言った。

第八章　開　票

　花火の音で由香は目が覚めた。肩にはどっしりとした客用の絹布団がかかっている。ここは大鷹本家の座敷である。選挙当日は、家中揃《そろ》って投票に行くのがならわしだそうで、前日から由香も泊まるように言われていたのだ。

　隣の布団に眠る志郎を見つめた。あお向けに彼は寝ていて、しっかりと唇を閉じていた。頭もしっかりと枕の正面に固定されている。あまりにも行儀がよいので、死人のように見えるほどだ。

　昨日から今日にかけて、不吉な言葉はいっさい口にしてはいけないと、由香は姑《しゅうとめ》からきつく言いわたされていた。しかしこうして、頭の中で考える分には、規制されることもないだろうと、由香は空想をさらに拡げる。

　もし今、ここで志郎が死んだとしたら、自分にはどんな人生が待っているのだろうか。思えばこの何ケ月というもの、志郎のおかげで自分の生活は思わぬ方向へ行ってしまった。夫と本気で別れようと思ったことさえある。夫の人生と自分の人生がぴったり重なることなど、まっぴらだったはずだ。由香は仕事と友人を持ち、夫と別の時間を生きていくつもりだった。ところがどうだろう、志郎が立候補を表明してからというもの、夫の人生と由香のそれはぴったりとくっついてしまった。剥《は》がそうとしてもどうしても取れない。自分の過失がそのまま、夫への非難となる日常は確かにつらかった。

いま志郎が、ここで死人になっていれば、由香は再び自由になることが出来るのだ。が、それが本当に嬉《うれ》しいだろうかと、由香は自分に問うてみる。

いや、そんなことはない。いま、はっきりとわかる。志郎と自由とを秤《てんびん》にかけて、どちらを取るかと問われれば、やはり志郎の方を選ぶだろう。

夫の幸福は自分の幸福だと言いきる女たちのことを、由香はずっと軽蔑《けいべつ》していたものだ。

けれどもこうして夫の寝顔を眺めながら、考えることはただひとつのことである。どうか今日、夫が当選しますように。その時の夫の笑顔を想像するだけで、由香は胸が震える。しんから自分も、幸福だと信じることが出来る瞬間に違いない。

以前、春子が言った言葉がまた不意によみがえる。

「今にあなたもわかるワ。夫の選挙じゃないんだワ。自分の選挙なんだワ」

今までしてきた努力を、由香は夫への愛情のためだと思っていた。しかしそれだけではないとわかる。自分の希望や夢は、いつのまにか夫の希望や夢となってきているのだ。このあまりにも強い一体感は、由香を困惑させる。自分はそんな女ではないはずだったのに、これはどうしたことだろうか……。

その時、眠っていた志郎の目が大きく開かれた。

「眠ってたんじゃないの」

「ああ、久しぶりにぐっすり眠ったよ。もうここまできたら、何も出来やしないからな」

「私はしたいわ。投票所の前に立って、よろしく、よろしくって皆に頭を下げたい。指をくわえて見てるなんて口惜《くや》しいわ」

「君までそんなこと言うなよ。全く、お袋そっくりなことを言うようになったから驚いちゃうよ」

志郎の言葉に、由香の胸は激しく波うった。

「私、そんなにお姑《かあ》さまに似てきたかしら」

「ああ、時々ドキッてすることがあるよ。だけどね、僕は責任を感じているんだ。ここまで君を変えさせた僕は、いったい何だろうってね。もし……」

志郎は言い淀《よど》んだ。

「今日、僕の希望がかなわなかったとしたら、君はまた元の君に戻ることが出来るんだろうかってね」

夫は死体そっくりの姿勢のままで問う。こういう時に取り繕うことなど出来なかった。

「たぶん駄目でしょうね。だって私、すごい体験をしてしまったんですもの。私、おかげで、ものすごく古風でつまんない女になったような気がする。でも明日から、また少しずつ軌道修正していくしかないわね」

「軌道修正か。君らしくていいね」

志郎はうっすらと笑い、それをきっかけに由香はぽんと布団をはねのけた。

「さあ、あなたも起きた、起きた。なんでもこのうちじゃ、早起きして特別の朝ごはんを食べるんでしょう」

朝の七時だというのに、ふかしたての赤飯がテーブルに並べられた。なんでもこれは志郎の祖父の代からのならわしだという。祝いを先取りするという意味らしい。

その最中、電話が鳴った。

「志郎、お祖父《じい》ちゃんからだワ」

春子が芝居がかった様子で、受話器を運んでくる。八十八歳の康隆翁からであった。

「うん……、わかった。うん、うん、ありがとう」

志郎はその最中、舞台に立つ俳優のように、皆の目にさらされていた。

「とにかく落ち着いて結果を待ってろだってさ。このあいだ四柱推命で見たら、僕が勝つのは間違いないから安心しろって」

「お父さんは、やっぱりいいことを言うワ」

春子がため息をついた。

「ありがたいわネ。あんたにはお祖父ちゃんがついてるんだワ。今日、あんたに入れてくれる票の何票かは、お祖父ちゃんのおかげだっていうことを、忘れちゃダメだワ」

こうした場合、嫁というものは決してつけ加えられるものではないということを、既に由香は知っている。この期《ご》に及んでも、いや、今日だからこそ、

「由香さんもよくやってくれたワ。何票かは由香さんのおかげだワ」

などと言う春子ではないのだ。

朝食が済んだ後は、近くの小学校に設置された投票所に出かけた。歩いてもすぐの距離だが車に乗った。新聞社が二社も待機していて、写真を撮らせてくれと言う。候補者がまさに投票用紙を箱に入れる瞬間の、あの写真である。志郎を真ん中に春子と由香が並んだ。記者は何枚か撮った後、こう声をかけた。

「今度は奥さんと二人でお願いします」

春子はほんの少し頰《ほお》をゆがめたが、おとなしく後ろに下がった。

「はい、大鷹さん、こっち見てください」

「奥さん、もっとやわらかい表情で」

朝早い時間だったので、投票所はまだ人もまばらだ。しかし由香は、恥ずかしさのあまり顔がこわばったままだ。微笑《ほほえ》むことなどとても出来ない。

「由香さん、市長夫人になったら、もっと表に出る機会があるヮ。写真撮られるぐらいで、あんなに緊張するのはみっともないヮ」

車の中で春子が言い、すばやく由香は反論した。

「そういうお小言を聞くの、まだ早過ぎると思いますけども」

「由香さん、そういう言い方はないヮ。早過ぎるってどういう意味かしらね」

不思議なもので、選挙戦の後半頃からいっとき平穏を保っていた春子と由香の仲は、また苛々《いらいら》したものになろうとしていた。結局二人は、家に帰るまでのわずかの時間、全く口をきかずに過ごした。

午前中は、春子と志郎も事務所へ顔を出し、由香もオレンジ会の連絡所へ出かけた。京子や邦子と一緒に、テレビの選挙速報を見るつもりであったが、とんでもないと春子に叱《しか》られた。投票用紙が開かれている最中に、事務所にいる候補者やその妻などいないというのだ。

「じゃあ、どこに居るんですか」

「家に居るに決まってるワ」

「落ちた時に、皆の前にいるのが恥ずかしいからですか」

「まあ、由香さん……」

春子の目が吊《つ》り上がった。

「そんな、落ちるなんて、何てこと言うの。私が嫌な言葉は言わないでって、あれほど言ったじゃないの」

「失礼。じゃ、当選した時はどうするんですか」

「そりゃ、すぐに事務所に駆けつけるんだワ。ま、ちょっと時間をおくこともあるワ。その頃になると人が集まってきて、『当選御礼』の大きな立て看板がかかるワ。電気もいっぱいついていてにぎやかになる。そして私らが着くと、皆が拍手で迎えてくれる。あれは何べんやっても涙が出るワ」

先ほどまでの怒りを忘れて、春子はうっとりとした目つきになる。

「私はね、今夜どうしても、志郎にあの涙を教えてやりたいんだワ」

六時半からのローカルニュースの最初で、アナウンサーは河童市長選に触れ、

「投票率は、五五パーセントと市になってから二番目の低さとなりました」

と告げた。そのとたん、隣に座っていた萩原が、

「晴れてたっていうのに、こりゃまずいな」

と画面を見つめた。彼がよく口にしていたことであるが、投票率が六〇パーセントを超した場合は、志郎が優位に立つ。期待している若い層が動いてくれるからだというのだ。彼をはじめとする側近たちが計算したところによると、この町の保守票を橋爪と志郎が食い合った。対抗馬が丸屋の社長だけであった時は、この票の多くは志郎に流れるはずであったのだが、橋爪の参入ですべてが狂ってしまったのである。あてにしていた市役所職員のまとまった票もさることながら、業者の何人かが寝返ったのも痛手だったという。彼らを引き戻すため、萩原は秘密裡《ひみつり》に何度か話し合ってきたのだが、うまくいくかどうかは票を開けてみないとわからない。しかし、

「街頭演説や車でまわるうちに、若い人たちからの確かな手ごたえを感じた」

という。しかし昨日の新聞の、

「投票を前に」

という記事の中、橋爪が同じことを言っていたのに由香は笑ってしまった。どうやら候補者たちが最後に賭《か》け、多くの望みを繋《つな》ぐのが、この、

「若い層からの確かな手ごたえ」

というものらしい。

が、その萩原も夜になると事務所の方へ行ってしまった。開票時刻の夜七時過ぎに

なると、支持者たちが集まり、票読みを待つのだ。大の大人が、何人も机の前に座り、まるで教室のようにペンと用紙を握りしめている。すると電話で、開票結果の中間報告がもたらされる。ひとりが大声でそれを告げる。男たちは数字を暗誦《あんしょう》しながら、それを書き込んでいくというのだ。

由香はそんな光景を見たくてたまらない。自分のこの目で結末を確かめたいと思う。最後を締めくくる大きな渦が、たとえどれほど愚かなものだったとしてもだ。

そんな願望の奥には、夫とともにその時を迎えたくないという気持ちが潜んでいるのかもしれない。萩原がいなくなった後、志郎と春子との三人で応接間に座っている。春子も何も言わず、志郎も黙ったままだ。もし、もしもだが、夫の落選が伝わってきたら、自分はどうしたらいいのだろうか。夫の性格はわかっているつもりだ。へたに慰めることは、決してしてはいけないことであった。二人きりなら何とかうまくやる自信がある。しかし目の前には姑《しゅうとめ》がいるのだ。

由香は思う。姑がいるところで、夫を慰撫《いぶ》することぐらいむずかしいことがあるだろうか。心をひきたてようと明るく言えば、それはそれで姑の怒りを買いそうだ。そうかといって真剣な言葉を使えば、夫の心をさらに暗くしたと憎まれることであろう。夫を励まし、慰めるなどというのは、夫婦の秘めごと中の秘めごとである。それを姑の前でやるなどというのは、彼女を寝室へ招き入れるようなものではないか。

が、そういう類《たぐい》のことがしょっちゅう起こるのが、家族の不思議さであった。

テレビの画面は、選挙とは全く関係ないドキュメント番組を映している。由香が何杯めかの茶を淹《い》れている時に、表の選挙事務所から男がやってきた。

「どうやら票が開き始めたようですヮ」

「そう。一報はこの分だと三十分後ぐらいかね」

春子の目がきらりと光る。

「それで、あっちの事務所の方はどう」

「さっきのぞいてみたら、ざっと、五、六十人はいましたかね」

「五、六十人ね」

春子は唇を噛《か》みしめる。何やらこみ上げてくるものと戦っているようであったが、やがて言った。

「その人数は多いヮ」

「そうですかね」

「選挙になると、人は敏感になるからね。まるでネズミみたいなもんだヮ。おいしそうなエサが来そうなとこには、誰ともなくワーッと寄っていくヮ。あんたね、急いでいろんなとこに電話して、事務所に来てもらうように言ってちょうだい」

そして言った。

「人の集まらんことには、勝ちもやってこないんだワ」

ついに票が開いた。表の選挙事務所から、若い運動員の男が走ってきて、志郎に一枚の紙片を渡す。

「〃おおたか〃四百五十、橋爪三百八十、丸山二百十、竹村四十……」

志郎の読み上げる声に、由香はとび上がった。

「勝ってるじゃない。当選じゃない。ねえ、そうでしょう」

「まだ、わからんさ」

志郎は笑おうとするのであるが、唇がこわばっていてうまく出来ない。

「まだ開票が始まったばっかりだからな」

「どの箱から開けてるか、わからないワ」

春子まで夫の冷静さに加担した。市長選の場合は、国政の大がかりなものと違い、投票箱はいっぺんに開かれる。よって農村部、都市部などといった区別はないのであるが、それでもどのあたりの箱から開けるかということで、ばらつきが出てくる。

小さな市であるが、それでも後援会の結束が強い場所とそうでないところとでは、はっきりと違いが表れるのだ。最初に開いた箱は、もしかすると大鷹本家があるこの付近のものかもしれない。最初にこちらに有利な箱が開き、当選間違いないと思っていても、後半に開く箱が相手の票を次々と伸ばすこともある。

「よく、勝負ごとは下駄《げた》を履くまでわからないっていうけど、選挙も同じことだワ」

と春子。

「当確ってテレビでいっても、最後の最後までわからないっていうことですね」

「ホントにそうだワ。あの当確っていうのはあてにならんワ」

春子は何年か前の参議院選挙の話をした。NHKで当確が出たので、万歳三唱をやり、ダルマの目入れを始めたら、その後突然情勢が変わり、ライバルが当選してしまったというのだ。

「あ、いけない」

春子はあわてて口を押さえる。

「私はなんて縁起の悪いことを言ったんだろう。由香さんのせいで、つい口を滑らせてしまったワ」

「すいません」

手伝いのおばさんがやってきた。盆にはコーヒーと、東京の有名店のクッキーがのせられていた。選挙が始まってからというもの、この家で酒と菓子が途切れたことはない。もちろん選挙事務所で、酒を供してはいけないことは法律で決められていたが、「お客さんが自分で持ってきた酒を、勝手に開けて飲んでいる」という名目のもと、たくさんのビールや日本酒が毎日のように運ばれてくるのである。が、そのクッキーは少し湿っていた。菓子類はいつも無造作に蓋《ふた》が開けられているから仕方ない。

それでも手持ち無沙汰《ぶさた》の由香は、こげ茶色のアーモンドクッキーを噛《か》んだ。とても空腹なことに気づく。緊張のあまり、昼食にほとんど手をつけていなかったからだ。

それにしても奇妙な静けさである。選挙事務所のざわめきも、この奥の応接間へはあまり伝わってこない。テレビも選挙とは全く関係のない番組を流している。大河ドラマは、将軍となった男が幼い息子に何やら説教している最中だ。

由香はふと淋《さび》しさを感じる。それは確かに、空しさというよりも淋しさなのだ。この何ケ月、自分と家族は生活のすべてをなげうって、選挙というものに没頭してきた。今夜、その結果がわかるというのに、町の人々はいつもと全く変わらぬ夕食の膳《ぜん》を囲み、テレビはドラマを流している。自分たちのしたことに、世間の人々は全く関心を払ってくれていないのではないだろうか。こうして不味《まず》いクッキーを噛み、コーヒーをすすっている自分たち三人は、実は世間からとり残されているのではないだろうか。

八時半過ぎ、第二報が届く。今度はその紙片を、誰よりも先に春子がひったくった。

「〝おおたか〟千三百、橋爪千百」

票の山を見ているから、大ざっぱな数字である。

「いいじゃないの」

春子が叫んだ。

「この調子、この調子だヮ。もうちょっとで、ぐんとひき離すヮ。そうしたら当確だヮ。そう、そう、元山《もとやま》さん」

運動員の男を呼び止めた。

「新聞記者さんたちは来てるかネ」

「ひとりだけ河童新報が来ています」

「ふうーん、ひとりだけかネ」

春子が不満そうな表情なのには理由がある。選挙の時、人々はネズミのように敏感になると春子は以前から言っていた。どうも危なそうな事務所からは、さっとひき揚げていき、当選が決まる事務所へ集まっていく。それはそれは大変な勘なのであるが、そのネズミ以上にすごい能力を持っているのが新聞記者たちだという。開票してしばらくたった頃、彼らはどこかの事務所に姿を現すが、彼らを見ると、

「ああ、間違いない。これで決まった」

と選挙事務所の人々は、安堵《あんど》の胸を撫《な》でおろすというのだ。

「やっぱり朝日と読売が来てくれんと困るヮ。もうそろそろ来てくれてもいい頃だけど……」

春子は志郎に遠慮しながらも、そんなことを口にした。

それからまた長い時間があった。途中で萩原が顔を出す。

「どうもいっぺんに開くつもりらしいですわ」

「見に行ってる人たちからも、連絡がないんですか」

「仕分け作業に手間取ってるらしいのと、今までみたいに、ちょこちょこ発表するんじゃなくて、いっぺんにどかんとするみたいですな」

「ちょうどいいワ。ねえ、萩原さん、今度の発表で決まるワネェ。そろそろダルマ出してもいい頃かネ。当選御礼の立て看板を出さなきゃいけないワ」

「いや、奥さん、もうちょっと待ってください」

萩原はあくまでも慎重である。

「橋爪事務所で様子見てきた者の話によると、なんだかあの連中、うきうきしてる様子だって言うんですよ。それに――」

「それに？」

「朝日の記者さんは、あっちへ行ってるらしいんですわ」

「何ですって」

春子の顔色が変わった。これほど理不尽なことがあっていいものだろうかというふうに、いっきにまくしたてる。

「うちがトップで、二百票も開いているのに、なんでそんな意地の悪いことをするんだろ。うちはお祖父《じい》さんの代から、ずっと朝日をとってるんだワ。まわりのうちは、みぃんな河童新報か河童新聞だけど、うちは三紙みぃんなとってるんだワ。朝日の販売店の前田さんから、特別に頼まれたことあるワ。大鷹さんみたいなうちで率先して朝日とってくれたら、この町も少しは文化程度が高くなるって。それなのにうちをないがしろにして、あっちへ行くなんて」

「そんなこと関係ないだろう。販売店と記者はまるで違う」

母親とは反比例して、志郎は次第に冷静になっていくようである。腕組みをし、低い声でものを言うさまは、早くも市長の風格があると思うのは由香だけであろうか。

丸屋の社長は年寄りのうえに、品というものがまるでない。橋爪にしても、まるで風《ふう》采《さい》の上がらない小男だ。選挙期間中にちらっと見ただけであるが、煙草吸いらしく、茶に変色したぎざぎざな歯が、不潔な印象を与える。もはや隠れて煙草を吸うこともなくなった由香は、こうした汚い歯の男が我慢出来ない。ところがポスターの橋爪ときたら、真っ白く整った歯を見せて、にかっと笑っているのだ。

「あのくらいすごい修整って、選挙違反にならないかしら」

と由香が言い、志郎は笑ったものだ。あんなむさくるしい男たちに比べ、志郎の颯《さつ》爽《そう》としていることといったらどうだろうか。日ごとに陽に灼《や》け、たくましくなっていく夫を、由香はうっとりと見つめることがある。この野放図な夫への愛情は、自分でも不思議だった。都会で二人きりで住んでいた時の、批判精神や皮肉っぽい心はいつのまにか消え、夫を偶像のように見ることがある。そんな自分に気づき、由香は驚き怖れることがある。全く選挙というのは、どういう心のメカニズムを生み出すのであろうか。

「ねえ、萩原さん、不思議じゃないですか。こっちの方がちゃんとリードしている。それなのに相手側は落ち着いていて、マスコミの人たちも行ってる。どうも僕たちも読めなかった票が、この後出てくるような気がしませんか」

「それなんだよ、志郎さん」

萩原は頷《うなず》いた。

「どうもあっちは、工業団地の票をとり込んだんじゃないかな。そしてその箱がまだ開いてないんだ」

息苦しいというのは、こういうことを言うんだろうかと由香は思う。不安という大きなカタマリが、喉《のど》のあたりを圧迫して、うまく呼吸が出来ないのだ。こんな経験は何年ぶりだろうか。最後に味わったのは、今から十数年前、大学入試の発表だった。自分の努力というもの以外に、この世の中には運という大きなものが存在していて、それはぐるぐると空《くう》をまわっている。自分の力ではどうにもならないそれを得るために、人間はこれほどみじめな気持ちにならなくてはならないのだろうかと思った最初だった。

「萩原さん、事務所の方はどうですか」

「結構人が集まってるし、みんなおとなしく次の報を待ってますよ」

「それじゃ大丈夫ですよ。朝日の人が来なくっても、安心して待ちましょう」

萩原が事務所に戻った後で、また皆でテレビに見入る。ローカルニュースが始まり、三人はいっせいに身構えた。河童市長選のことは最後に触れられ、

「今夜十時前には、結果がわかる見込みです」

アナウンサーがさりげなく伝えた程度である。その直後、第三報が届いた。

「〝おおたか〟八千七百七十、橋爪八千七百……、開票率は八〇パーセント」

「大丈夫だワ」

春子が力強く言った。

「あんたには、お祖父ちゃんもついてるし、亡くなった伯父《おじ》さんも応援してくれてるワ。このままひき離して当選だワ」

「そうよ、おかしなことには絶対にならないわ」

もし今、自分が泣いたりしたら大変なことになると、由香はぐっと腹に力を入れた。

「だってね、ずっとあなたが一番なのよ。だから急に、橋爪さんが出てくるなんてこ

と起こらない。そんなことってあるはずないわ」

「そうだワ、大丈夫だワ」

春子も嫁に負けじと、息子を慰撫《いぶ》する言葉を続ける。

「安心してるがいいワ。僅差《きんさ》で当選っていうやつだワ。私にも経験あるワ。あれは昭和四十七年の時で……」

「もういいよ。もう少し静かに見ていよう」

その〝静かに〟という言葉に、志郎のさまざまな思いが込められているようで、由香は口をつぐむ。

「こんな時、オレってみっともないこと考えているんだよな」

が、急に喋《しゃべ》り始めたのは志郎である。萩原と話していた時とは、がらりと口調が変わっているのだ。

「もし落ちたら、事務所の方へ行って、集まっている人たちに何て挨拶《あいさつ》しようかって……。それがこわくて嫌で、オレ、何とか当選したいなって今思ってる」

「志郎ちゃんたら」

春子が息子の名を高らかに叫んだ。

「そんなこと、あなたにさせるもんですか。私が絶対にさせないワ」

電話が鳴った。それは誰もが、不吉なものだと思った。志郎がとる。

「うん、わかりました……」

受話器を置いて言った。

「萩原さんからだ。いま、確定した票が出た。全部開いて、九十七票の差で橋爪さんだ」

「志郎ちゃん」

「志郎さん」

二人の女は同時に言い、同時に涙ぐんだ。

「じゃ、僕はそろそろ事務所の方へいくよ」

志郎はガラス戸を鏡にし、ネクタイをきゅっと直した。

「まだ人のいるうちに挨拶をしておかないとね」

冗談ぽく言おうとするのであるが、頰《ほお》は固くこわばったままだ。

由香は萩原から聞いたことがある。落選が決まった選挙事務所ほどみじめなものはない。ひとが一人去り、二人去り、後は逃げるに逃げられない者だけが残る。ダルマや当選御礼の看板は速やかにどこかへ持ち去られ、空になった椅子《いす》の上でチラシが舞っている。急に広くなった事務所に候補者がやってきて、皆に頭を下げる。この時の挨拶はもちろんごく短いものだ。

選挙中、皆さんが頑張ってくれたのに、自分の力が至らず、こんな結果になって本当に申しわけない……。

失意の候補者が頭を下げると、残った支持者たちもじっと俯《うつむ》く。中には泣きだす女性運動員もいるという。

「当選したとこじゃ、その頃お祭り騒ぎ。やたら人が集まってきて、酒を飲んだり鮨《すし》を食ったりする。まるで天国と地獄だよ。若奥さん、選挙っていうのは勝たなきゃ駄目よ、勝たなきゃ駄目」

あの時、萩原は最後に奇妙な声色を使ったものだ。

「私も行くんでしょう」

由香は志郎の傍に立った。いつのまにか左手を使って髪を直している。こうしていると二人で洗面台の鏡の前に立っているようだ。東京のマンション、ブルーのタオルを揃《そろ》えた小さいけれど清潔な洗面所。あれは今度のことで近づいたのだろうか、それとも、もう二度と手の届かないところへ行ってしまったのだろうか。ひとつわかっていることは、いま、そんなことを絶対に考えてはいけないということだ。

夫の後に従《つ》いて由香は廊下を歩く。蛍光灯が夫の後ろ姿を照らし出す。白髪が増えたのは、こめかみのあたりだと思っていたがそんなことはなかった。まるで誰かが置き忘れていったように、襟足の上の方に白いものがまぶしてある。

選挙は終わったのだと由香は思う。早いうちに床屋へ行くように言ってやらなければば。夫は襟足が長いので、髪がちょっとでも伸びるとひどく目立つのだ……。由香は床屋の白衣に包まれた夫を、ぼんやりと想像した。

「志郎さぁーん」

その時だ。エプロン姿の女が体をぶつけるようにして二人の前に立ちふさがった。

「志郎さん、ごめんなさい……。ごめんなさいね、私たちがねえ、力不足でねえ……」

おそらく古いつき合いの支持者であろう。彼女の後ろに、手伝いの女が二人立っていたが、どちらもエプロンで目の縁《ふち》を拭《ぬぐ》っている。

「いや、そんなことありませんよ。皆さんに本当によくしてもらって、ありがとうございました」

途中でこのようなことが二度ほど起こり、結局、表の事務所に行くまで十分ほどかかってしまった。

「あ、大鷹さんが来た」

「候補者がお見えですよ」

正面に立ち、由香ははっきりと目を上げる。想像していたよりも事務所には人がいた。白髪頭の男たちのグループ、中年の女のグループと、ところどころ散らばって座っている。が、萩原の言うとおり、どこかで風がひゅうと流れている感じがあった。放心したように椅子に腰かけている運動員もいる。

「皆さん、本当にありがとうございました」

志郎はゆっくりと頭を下げる。その静かさは喪服によく似合っている。さっきまで戦闘服だった黒いそれは、いま確かに懐かしみと哀《かな》しみを表すものとなった。

「私の力不足でこういうことになりましたが、皆様方からいただいたご厚意は一生忘れません。本当にありがとうございました」

期せずして拍手が起こった。落選候補にふさわしい、力弱くてゆっくりとした拍手である。

「あの、ちょっといいですか」

突然男が乗り出してきた。子どものように痩《や》せた体と、ぼさぼさ髪に特徴がある。よく昼どきを狙《ねら》って取材にやってきた「河童新報」の記者である。

「今回まことに残念でしたねぇ。いやぁ、こちらとしては大鷹さんで決まりかなぁ、と思ってたんですけどねぇ」

彼は中学時代に買ったのではないかと思われるほど、黄ばんだ汚らしい学生ノートを取り出した。

「あの、いまの言葉だけじゃわからなかったんですけど、どうですかね、四年後、狙っているんでしょう。また立つつもりですよね」

「それはちょっと……」

志郎は大きく顔をしかめた。唇がむっとしたように閉じられている。懐かしい顔だと由香は思う。選挙に立つ前の、はっきりと不機嫌を表す顔である。

「今、そんなことお答え出来る場合じゃないでしょう」

志郎が男の声を払いのけるようにし、廊下に戻ろうとしたその時だ。由香は大きく空気が動くような気配を感じ振り返った。目をみはる。なんと春子がそこに土下座しているのである。姑《しゅうとめ》がこのポーズをとっているのを見るのは二回目だ。そう、あの時以来である。

「皆さん……」

春子の眼鏡の陰から、涙が何筋も伝わって流れてくる。いつもたしなみのよい春子なのに、いつのまにか髪が大層乱れている。

「皆さんがよくしてくださったのに、こんなことになってしまいました。本当に申しわけございません」

壇上よりも、コンクリートの床の上に頭をこすりつける姿は、はるかに悲愴《ひそう》感がある。

「奥さん、そんなことしないでッ」

女の悲鳴がとんだ。

「大鷹の家は代々、市長の役をいただいてきました。私の父、兄……。兄は命を賭《か》けてこの市政を守ろうとしたのです。その灯《ともしび》を、息子志郎が継ぐはずでございましたのに、母親の私が至らないばかりに、こんなことになってしまいました」

前回よりも、はるかに醒《さ》めた目で、由香は姑の土下座を見つめている。どうしてこうもまあ、〝市政〟や〝灯〟といった言葉が出てくるのだろうか。こうした古めかしいものが、とっさに言えるというのは特別の才能なのだろうか。

が、次の言葉は由香に衝撃を与える。

「どうか皆さま、大鷹の家を、志郎をお忘れなきようお願いいたします。先ほど口惜《くや》しい報を聞いたとたん、息子は申しました。これで自分の夢が壊れるわけではない。僕はまだ十分に若い。これから四年間は勉強をし、皆さまにご指導願い、再び夢に向かって挑戦したいと申しております。まだ息子はこの思いを皆さまにご披露する時でないと思っておりますようなので、私が差し出がましくも皆さまに申し上げます」

先ほどよりもはるかに大きな拍手が起こった。

「志郎さん、また頑張りましょう」

「奥さん、私たちがついてるわ」

由香はぎりぎりと奥歯を嚙《か》む。嘘《うそ》つき、全く何という嘘つきの婆あなんだろう！

このあいだの「励ます会」の時もそうであった。伯父の死亡時刻を誤魔化《ごまか》し、いけしゃあしゃあと、聞いたこともない遺言を口にした。そして今、春子は志郎の「決意」を創作する。いったい誰が、四年後にもう一度立つなどと言っただろうか。冗談ではない。今度の選挙が終わったら、自分たちは東京へ帰るのだ。志郎は再びサラリーマンを始め、自分も英語教室を再開しよう。そしてこの河童で起こったことは、悪夢と思ってすべて忘れるのだ。そうだ、そうするのだ。

もうこれ以上、自分たちの人生をこの女にかきまわされてたまるものか。

由香は姑を睨《にら》む。その視線を他人に見られてももう平気だと思った。

居間に戻った時、怒鳴り声を上げたのは志郎が先であった。

「お母さん、いったいどういうつもりであんなことを言ったんだよッ」

春子の胸ぐらをつかまんばかりの勢いだ。

「僕はまだこれからのことを何にも決めていない。ましてや口にしたこともないよ。それなのにどうしてあんな出鱈目《でたらめ》を皆の前で言うんだよ」

「出鱈目？」

春子はゆっくりと顔を息子の方に向ける。テーブルの電話が鳴り続けているが、誰もがそれを無視していた。

「出鱈目っていうことはないワ。あんたはきっとそう思っているはずだワ。だから、私があんたの代わりに言ったんだワ」

「そんな勝手な言い方があるかい」

「いい、志郎……」

春子は巫女《みこ》のような所作をつけて、志郎に近づく。言葉も粘り気を持ち、

「あんたも大鷹の家の男だったら、いまきっとそう思ってるはずだワ。この無念さを晴らしてやる、四年後に必ず市長になるってネ」

「ちょっと待ってくださいよ」

由香は姑と夫との間にすべり込んだ。こうすると夫を背に庇《かば》うようなかたちになる。

「志郎さんとこれからどうするかっていうのは、私たち夫婦の問題です。お姑さまが自分で思いついて、皆さんに発表するなんて、あまりに勝手ですよ。反省してください」

「由香さん、あんた勘違いしてるワ」

いきなり仮面が脱ぎ捨てられた。春子の素《す》の顔は、嫁への憎しみと怒りがあまりにもあらわで頬《ほお》と鼻が紅潮していた。

「あんたにそんなこと言う資格はないワ。皆言ってるワ。志郎は嫁のために負けたんだって。由香さんはふしだらなことして、それがバラされるわ、後援会とはうまくいかんわ、まぁ、さんざんだったワ。あんたみたいな嫁を貰った時から、志郎は負けが決まってたようなもんだワ」

「だから離婚してくださいって言ったじゃないですかッ。それを選挙だから困るって

いったのはお姑さまですよ。私だってこの選挙のために、どのくらい嫌な目にあったと思っているんですかッ」

「失礼しますよ」

ドアが開いて萩原が入ってきた。彼も魔法が解けた一人である。例の眉毛《まゆげ》もだらしなく垂れ下がり、ただの老人となっている。

「お取り込み中すいませんがね、どうしても重要な話なんですよ」

二人の女は振り上げた言葉と悪意を、所在なくあたりにおろす。やはり他人には見せられない場面であった。

「いま県警から人が来て、運動員を一人出してくれっていうことでした。私が行ってもいいんだが、もう年で、ぶちこまれることになったらつらい。高橋君に行ってもらうことにした」

「それって、何ですか、どこへ行くんですか」

由香は萩原を見、それから夫を見た。何だか途方もないことが起こりそうな様子である。

「選挙違反者だよ。うちから一人、取り調べを受けるんだ」

「だって、どうして。もし何かあったとしてもうちだけじゃないでしょう。橋爪さんだって、大っぴらにお金をばらまいてたって言うわ」

「負けた方から一人か二人だす。これはもう仕方ないことなんですよ。選挙の結果が出たとたん、県警がすぐに動き出す……」

　萩原は深いため息をつき、それをひきずるように言葉を続けた。

「県警の方は、奥さんも事情聴取に応じてほしいって言ってます」

「お袋が、どうして」

　まるで萩原を叱責《しっせき》するような志郎の大声だ。

「奥さん、ちょっと派手にやり過ぎたようですな。『くれない会』の連中に、食べさせて飲ませて二万円ずつ配るとはねえ……。県警も今回は見逃せないって言ってるんですよ」

「萩原さん、馬鹿なこと言わないでくださいい」

　志郎の顔色が変わってくる。

「お袋がそんなことするわけないでしょう。いくら萩原さんでも許しませんよ」

「いいのよ、いいのよ、志郎ちゃん……」

　〝志郎さん〟が、いつのまにか〝志郎ちゃん〟になっている。

「私もね、今度はかなり焦ってたんだワ。仕方ないワ。でもこれは私ひとりでやったことだから、志郎ちゃんは関係ないワ」

「馬鹿なこと言うなよ」

志郎は怒鳴り、庇うように母親の肩を抱いた。

「お袋ひとり警察に行かせないよ。僕のために、本当にそんなことをしてくれたんだったら、それは僕の責任じゃないか」

「そりゃ駄目だワ。志郎ちゃんは四年後に市長になる人だワ。私ひとりが全部かぶるから心配しないでちょうだい」

春子の目が潤んでいる。選挙違反で逮捕されるかもしれないのに、唇のあたりに恍《こう》惚《こつ》に似たゆるやかさがあった。それは肩におかれた息子の手のためかもしれぬ。指に非常な力が込められているのは、春子のスーツの皺《しわ》の寄り方でもわかる。それは恋人か妻のためにだけ使われる力だ。

「いいえ、お姑《かあ》さま」

由香が叫んだ。

「警察には私がまいります。私も買収をしましたもの。お姑さまの代わりに私が出頭します」

「馬鹿なことを言ったら困るワ。由香さんの買収なんてタカがしれてる。誰も知らないワ」

「でも家の中でひとり出るんなら私が行かなくちゃなりませんわ。私は妻ですから私が行きます」

ツマと発音しながら由香は志郎を見つめる。が、彼は先ほどから続く事態に唖然《あぜん》としていて声が出ないようだ。ぽかんとして妻と母を見つめている。

「さっきお姑さま、おっしゃったじゃないですか。志郎さんは私のために落選したって。だから私に償いさせてください」

「由香さん、何を言ってるのよ」

「萩原さん、うまく取引してください。お姑さまの代わりに私が行きますって……」

由香は胸を張る。いまやっと姑に勝ったのだ。夫のために留置所に入る。これほどあきらかな愛があるだろうか。これを春子にさせてたまるものか、妻だけに許される無償の行為なのだ。

夫の傍を通り過ぎながら、ずっと前から言いたかった言葉を由香はつぶやく。

「いつか私、きっとあなたを国政に送ってあげる」

解説

酒井順子

何かに夢中になっている人、没頭している人の姿というのは時に美しく、そして時に気持ちの悪いものです。

野球などの部活に熱心に取り組む中学生の姿は微笑《ほほえ》ましく、その汗は爽《さわ》やかですらあるのです。けれど〝スポーツなんか全く興味無いし！〟という同級生から見れば、泣きながら地獄の千本ノックに耐える同級生の行動は、奇矯以外のなにものでもない。

おたくと言われる人にしてみても、そうでしょう。特定の分野に関して深い知識を持ったりコレクションをしたりということは、尊敬に値することではある。しかし一般人からすると、なぜか一目でそれとわかってしまう物腰や服装センスは、どことなく近寄りがたいものです。

おたくと言うと男性を想像しがちではありますが、何かに没頭するのは男性だけではありません。コレクター的資質に関しては男性の方が優《まさ》るとしても、女性の場合は自らの人生設計というもの自体に、尋常ではない没頭ぶりを見せることがある。恋愛、結婚、子供のお受験……といった分野にのめり込む女性の姿は、非常に生き生きとしていると同時に鬼気迫るものです。そしてその手の人を見る度に、私はいつも思うのです。〝あ、この人の中のスタビライザーって今、故障中なのだな……〟と。

スタビライザーとは、たとえば船や航空機などに付いている、水平安定装置のこと。スタビライザーがあることによって乗り物の安定性は高まり、乗り心地は増すのです。おそらく人の精神の中にも、一人に一つずつ、スタビライザーのようなものが装備されているのだと私は思います。普段の生活の中では自動的にそれが働いて、私達の精神のナイーブな部分は自意識という鎧《よろい》によって守られ、ちょっとやそっとで傷ついたり激したりしないようになっている。

体内スタビライザーが故障すると、その人は他人の意見を聞かなくなり、また他人からどう見られてもいいよと思うようになります。ですから、ねずみ講まがいの商売の魅力を瞳孔《どうこう》も開かんばかりに滔々《とうとう》と語る人とか、失恋した直後にかつての恋人を口汚く罵倒《ばとう》する人には、何を言っても無駄。「はあ」とか「へえ」とか適当な相槌《あいづち》を打って、やり過ごすしかないことになっています。

この小説はまさに、選挙という特殊なイベントに巻き込まれることによって、一人の女性のスタビライザーが壊れていく過程を描いたもの。

主人公の由香は、非常に性能の良いスタビライザーを持つ人物として登場しています。彼女は上智卒というブランドを持ちつつも、「愛敬《あいきょう》がない」「貧乏クジの由香」と言われるキャラクターであり、外見もむしろ地味。結婚相手の志郎が地方名家の息子とわかってても、「玉の輿《こし》願望を持つ世の中のアホな女」と同じように見られるのは屈辱と考えるような、つまりは派手なものを求めてキャーキャー騒ぐ資質の少ない、平均レベルよりも精神安定性の高い女性なのです。

由香がそんな人間だからこそ、私達はこの小説に引き込まれます。由香が最も毛嫌いしていた、田舎の泥臭さ。それが濃縮されて噴出してくる選挙という事態に、都会派の彼女が如何《いか》にして飲み込まれていくか。その過程を読むにつれ、私達も緊張していきます。

普段から落ち着きが無くて感情の起伏が激しい人が選挙に乗せられるのであれば、それはさもありなんという出来事なのです。しかし、由香は決して、乗せられやすい人ではない。そんな由香の高性能スタビライザーは果たして何故、故障してしまったのでしょうか。

まず、由香のスタビライザーには一つだけ、弱点があったということが挙げられましょう。そう、彼女は安定型ではあるけれど、情というものだけには弱かった。貧乏なオーストラリア人留学生を庇護《ひご》するように付き合った経験もあれば、結婚相手として選んだ志郎もパッとしないバンドマン。「憐憫《れんびん》」のスイッチを押されると、〃アタシがどうにかしなくては〟となり、彼女の安定はゆらぐのです。

負け組になることへの恐れもあったことでしょう。強い上昇志向があるわけではないけれど、実は常に〝人生勝ち組〟の側にいた由香。そんな彼女が姑《しゅうとめ》という存在に、そして選挙そのものに「負ける」可能性を見た時、眠っていた闘争本能が湧《わ》き上がり、それは持ち前の安定感をも覆すほどに、ほとばしった。

実際、選挙は魔物なのだそうです。選挙前、まるで何かに取り憑《つ》かれたように選挙カーから身を乗り出して手を振る候補者や運動員達を見ていると、典型的な無党派・無関心層の私としては〝どうしてあそこまで熱心になれるのか〟と思います。が、目を爛々《らんらん》と輝かせてお願いを続ける候補者の顔を見ていると、実はそれが魂を吸い取る亡霊とわかっていても魅力的な若い娘のところに通いつめてしまう怪談の主人公のように、彼等は選挙という魔物に取り憑かれることに酔っているのではないかと思えてくる。

そういえば小泉純一郎氏の政策担当秘書である飯島勲氏が書いた『代議士秘書』という本の中にも、「選挙は、日本でできる唯一の戦争だ」という文がありましたっけ。自分の国が実際に戦争をする可能性をほとんど感じずに済む今だからこそ、唯一許される選挙という戦争に際しては、只中《ただなか》にいる人達の脊髄《せきずい》から〝非常事態ホルモン〟のようなものが分泌されるに違いありません。そして「勝つ」というただ一つの目的の為に、起《た》つ男はよりマッチョに、支える女はより献身的にという方向に、甘い陶酔とともに突っ走っていくのではないか。

『幸福御礼』というタイトルを見て、ほのぼのとしたユーモア小説を想像してこの本を手に取った方も、多いと思います。しかしそんな方は読み進むうちに、〝これは……サイコホラーの類《たぐい》なのではないか？〟と、自分の勘違いに気づいたのではないでしょうか。

選挙にのめり込むうちに、自分がどう見られているかには全く気づかなくとも、周囲に対する観察力だけは異様なほどに研ぎ澄ませていく、由香。選挙に関わるそれぞれの人が、それぞれの壊れ方をしていくその過程。それらを見てただ無邪気に笑うことは、私にもできないのです。

スタビライザーの故障は、他人ごとではありません。もちろん自分がこの先、選挙に巻き込まれるなどということがあるとは思えないのです。が、たとえば恋愛中に自分でもわからないうちに深みにはまり込み、ふと気がつくと普段からは考えられないような思考や行動に出ていることが、ある。そんな時は、〝あ、私のスタビライザーは今、故障している〟と一応気づきはするのだけれど、即座に修理をすることなど、決してできないのです。壊れてしまったことを知りつつ放置するしかない時の、あのどうしようもない気持ち……。

選挙が題材のこの小説は、林真理子さんの作品としては珍しいタイプのものかもしれません。しかし対象が何であれ、誰かが何かに足を掬《すく》われるようにひきずり込まれていく、その哀《かな》しさと気持ちの悪さを描く時の林さんの筆に、私は惹《ひ》かれます。選挙という題材は、林さんにとって実に描き甲斐《がい》のあるものだったのでは、と勝手に思ってみるのです。

物語は、意外な結末を迎えて、終わります。そこにかつての由香の姿を見ることは、もうできません。そして私は思うのです。由香はそれまで使っていたスタビライザーを捨て、全く新しいものと取り替えたのだ、と。新しいスタビライザーは、かつてのものより安定性は悪いものの、ずっと速いスピードで乗り物を進ませることができるのです。

新しい、河童市製のスタビライザー。それは、姑の春子が持っているものと、全く同じです。もちろん由香は、そんなことを気にはしません。志郎を国政に送ることに成功しようと失敗しようと、彼女にはもう、突っ走る道しか残されていないのです。

自分自身もいつか、由香のように新しいスタビライザーを取り付けることがあるのでしょうか。その可能性が全く無いとは言えないということに気づかせてしまうのが、この本の最も恐ろしいところであるなぁと、私は思います。

本書は、二〇〇一年四月に小社より刊行した文庫を改版したものです。

幸福御礼《こうふくおんれい》

林《はやし》 真理子《まりこ》

平成13年 4月25日　初版発行
令和5年 9月25日　改版初版発行

発行者●山下直久

発行●株式会社KADOKAWA
〒102-8177　東京都千代田区富士見2-13-3
電話　0570-002-301（ナビダイヤル）

角川文庫 23818

印刷所●株式会社暁印刷
製本所●本間製本株式会社

表紙画●和田三造

●お問い合わせ
https://www.kadokawa.co.jp/（「お問い合わせ」へお進みください）
※内容によっては、お答えできない場合があります。
※サポートは日本国内のみとさせていただきます。
※Japanese text only

ISBN 978-4-04-114086-4　C0193

◇◇◇

角川文庫発刊に際して

角川源義

第二次世界大戦の敗北は、軍事力の敗北であった以上に、私たちの若い文化力の敗退であった。私たちの文化が戦争に対して如何に無力であり、単なるあだ花に過ぎなかったかを、私たちは身を以て体験し痛感した。西洋近代文化の摂取にとって、明治以後八十年の歳月は決して短かすぎたとは言えない。にもかかわらず、近代文化の伝統を確立し、自由な批判と柔軟な良識に富む文化層として自らを形成することに私たちは失敗して来た。そしてこれは、各層への文化の普及滲透を任務とする出版人の責任でもあった。

一九四五年以来、私たちは再び振出しに戻り、第一歩から踏み出すことを余儀なくされた。これは大きな不幸ではあるが、反面、これまでの混沌・未熟・歪曲の中にあった我が国の文化に秩序と確たる基礎を齎らすためには絶好の機会でもある。角川書店は、このような祖国の文化的危機にあたり、微力をも顧みず再建の礎石たるべき抱負と決意とをもって出発したが、ここに創立以来の念願を果すべく角川文庫を発刊する。これまで刊行されたあらゆる全集叢書文庫類の長所と短所とを検討し、古今東西の不朽の典籍を、良心的編集のもとに、廉価に、そして書架にふさわしい美本として、多くのひとびとに提供しようとする。しかし私たちは徒らに百科全書的な知識のジレッタントを作ることを目的とせず、あくまで祖国の文化に秩序と再建への道を示し、この文庫を角川書店の栄ある事業として、今後永久に継続発展せしめ、学芸と教養との殿堂として大成せんことを期したい。多くの読書子の愛情ある忠言と支持とによって、この希望と抱負とを完遂せしめられんことを願う。

一九四九年五月三日

角川文庫ベストセラー

ルンルンを買っておうちに帰ろう　林　真理子

モテたいやせたい結婚したい。いつの時代にも変わらない女の欲、そしてヒガミ、ネタミ、ソネミ。口には出せない女の本音を代弁し、読み始めたら止まらないと大絶賛を浴びた、抱腹絶倒のデビューエッセイ集。

葡萄が目にしみる　林　真理子

葡萄づくりの町。地方の進学校。自転車の車輪を軋ませて、乃里子は青春の門をくぐる。淡い想いと葛藤、目にしみる四季の移ろいを背景に、素朴で多感な少女の軌跡を鮮やかに描き上げた感動の長編。

食べるたびに、哀しくって…　林　真理子

色あざやかな駄菓子への憧れ。初恋の巻き寿司。心を砕いた高校時代のお弁当。学生食堂のカツ丼。移り変わる時代相を織りこんで、食べ物が点在する心象風景をリリカルに描いた、青春グラフィティ。

次に行く国、次にする恋　林　真理子

買物めあてのパリで弾みの恋。迷っていた結婚に決着をつけたNY。留学先のロンドンで苦い失恋。恋愛の似合う世界の都市で生まれた危うい恋など、心わきたつ様々な恋愛。贅沢なオリジナル文庫。

イミテーション・ゴールド　林　真理子

レーサーを目指す恋人のためになんとしても一千万円を工面したい福美。株、ネズミ講、とその手段はエスカレート、「体」をも商品にしてしまう。若さ、金、権力――。「現代」の仕組みを映し出した恋愛長編。

角川文庫ベストセラー

美女入門 PART1〜3　林　真理子

お金と手間と努力さえ惜しまなければ、誰にでも必ず奇跡は起きる！　センスを磨き、腕を磨き、体も磨き、自ら「美貌」を手にした著者によるスペシャル美女エッセイ！

聖家族のランチ　林　真理子

大手都市銀行に勤務するエリートサラリーマンの夫、美貌の料理研究家として脚光を浴びる妻、母のアシスタントを務める長女に、進学校に通う長男。その幸せな家庭の裏で、四人がそれぞれ抱える〝秘密〟とは。

美女のトーキョー偏差値　林　真理子

メイクと自己愛、自暴自棄なお買物、トロフィー・ワイフ、求愛の力関係……「美女入門」から7年を経てますます磨きがかかる、マリコ、華麗なる東京セレブの日々。長く険しい美人道は続く。

RURIKO　林　真理子

昭和19年、4歳で満州の黒幕・甘粕正彦を魅了した信子。天性の美貌をもつ女性は、「浅丘ルリ子」として銀幕に華々しくデビュー。昭和30年代、裕次郎、旭、ひばりら大スターたちのめくるめく恋と青春物語！

男と女とのことは、何があっても不思議はない　林　真理子

「女のさようならは、命がけで言う。それは新しい自分を発見するための意地である」。恋愛、別れ、仕事、ファッション、ダイエット。林真理子作品に刻まれた宝石のような言葉を厳選、フレーズセレクション。

角川文庫ベストセラー

アシンメトリー　飛鳥井千砂

結婚に強い憧れを抱く女。結婚に理想を追求する男。結婚に縛られたくない女。結婚という形を選んだ男。非対称（アシンメトリー）なアラサー男女4人を描いた、切ない偏愛ラプソディ。

砂に泳ぐ彼女　飛鳥井千砂

やりがいを見つけるため上京した紗耶加は、気の合う同僚に恵まれ充実していた。しかし半同棲することになった彼氏の言動に違和感を覚えていく。苦悩する紗耶加を救ったのは思いがけない出会いだった――。

アンネ・フランクの記憶　小川洋子

十代のはじめ『アンネの日記』に心ゆさぶられ、作家への道を志した小川洋子が、アンネの心の内側にふれ、極限におかれた人間の葛藤、尊厳、信頼、愛の形を浮き彫りにした感動のノンフィクション。

偶然の祝福　小川洋子

見覚えのない弟にとりつかれてしまう女性作家、夫への不信がぬぐえない妻と幼子、失踪者についつい引き込まれていく私……心に小さな空洞を抱える私たちの、愛と再生の物語。

夜明けの縁をさ迷う人々　小川洋子

静かで硬質な筆致のなかに、冴え冴えとした官能性やフェティシズム、そして深い喪失感がただよう――。小川洋子の粋がつまった粒ぞろいの佳品を収録する極上のナイン・ストーリーズ！

角川文庫ベストセラー

緑の毒　桐野夏生

妻あり子なし、39歳、開業医。趣味、ヴィンテージ・スニーカー。連続レイプ犯。水曜の夜ごと川辺は暗い衝動に突き動かされる。救急救命医と浮気する妻に対する嫉妬。邪悪な心が、無関心に付け込む時――。

光炎の人 (上)(下)　木内昇

日露戦争の行方に国内の関心が集まっていた頃、徳島の貧しい農家に生まれた少年は、電気の可能性に魅せられていた。電気で人々の暮らしを楽にしたいという思いを胸に、少年は大きな一歩を踏み出す。

ホテルジューシー　坂木司

天下無敵のしっかり女子、ヒロちゃんが沖縄の超アバウトなゲストハウスにて繰り広げる奮闘と出会いと笑いと涙と、ちょっぴりドキドキの日々。南風が運ぶ大共感の日常ミステリ!!

大きな音が聞こえるか　坂木司

退屈な毎日を持て余していた高1の泳は、終わらない波・ポロロッカの存在を知ってアマゾン行きを決める。たくさんの人や出来事に出会いぶつかりながら、泳は少しずつ成長していき……胸が熱くなる青春小説！

肉小説集　坂木司

凡庸を嫌い、「上品」を好むデザイナーの僕。正反対な婚約者には、さらに強烈な父親がいて――。(「アメリカ人の王様」)不器用でままならない人生の瞬間を、肉の部位とそれぞれの料理で彩った短篇集。

角川文庫ベストセラー

鶏小説集　坂木　司

似てるけど似てない俺たち。思春期の葛藤と成長を描く（「トリとチキン」）。人づきあいが苦手な漫画家が描く、エピソードゼロとは？（「とべ　エンド」）。肉と人生をめぐるユーモアと感動に満ちた短篇集。

欲と収納　群　ようこ

欲に流されれば、物あふれる。とかく収納はままならない。母の大量の着物、捨てられないテーブルの脚に、すぐ落下するスポンジ入れ。家の中には「収まらない」ものばかり。整理整頓エッセイ。

老いと収納　群　ようこ

マンションの修繕に伴い、不要品の整理を決めた。壊れた物干しやラジカセ、重すぎる掃除機。物のない暮らしには憧れる。でも「あったら便利」もやめられない。老いに向かう整理の日々を綴るエッセイ集！

うちのご近所さん　群　ようこ

「もう絶対にいやだ、家を出よう」。そう思いつつ実家に居着いたマサミ。事情通のヤマカワさん、嫌われ者のギンジロウ、白塗りのセンダさん。風変わりなご近所さんの30年をユーモラスに描く連作短篇集！

まあまあの日々　群　ようこ

もの忘れ、見間違い、体調不良……加齢はそこまでやってきているし、ちょっとした不満もあるけれど、なんとか「まあまあ」で暮らしていければいいじゃない。少し毒舌で、やっぱり爽快！な群流エッセイ集。